KB034256

한국 근대 신문 최초 연작 장편소설 자료집

황원행荒原行 下

감수

김영민(金榮敏, Kim, Young Min)
연세대 국어국문학과 및 동 대학원 졸업. 문학박사, 문학평론가. 전북대 조교수와 미국 하버드대 옌칭연구소 객원교수, 일본 릿교대 교환 교수 역임. 현 연세대 교수. 연세학술상, 한국백상출판문화상 저작상 수상. 주요 논저로 『한국문학비평논쟁사』(한길사, 1992), 『한국근대소설사』(솔출판사, 1997), 『한국근대문학비평사』(소명출판, 1999), 『한국현대문학비평사』(소명출판, 2000), 『한국 근대소설의 형성 과정』(소명출판, 2005), 『한국의 근대신문과 근대소설1-대한매일신보』(소명출판, 2006), 『한국의 근대신문과 근대소설2-한성신보』(소명출판, 2008), 『문학제도 및 민족어의 형성과 한국 근대문학(1890~1945)』(소명출판, 2012), 『한국의 근대신문과 근대소설3-만세보』(소명출판, 2014), 「한국 근대 초기 여성담론의 생성과 변모-근대 초기 신문을 중심으로」(『대동문화연구』 95권, 2016) 등이 있다.

배정상(裵定祥, Bae, Jeong Sang)
연세대 문리대 국어국문학과 및 동 대학원 졸업. 문학박사. 성균관대 국어국문학과 박사후연구원 역임. 현 연세대 원주캠퍼스 국어국문학과 조교수. 주요 논저로 『이해조 문학 연구』(소명출판, 2015), 「근대 신문 '기자/작가'의 초상」(『동방학지』 171집, 2015), 「개화기 서포의 소설 출판과 상품화 전략」(『민족문화연구』 72집, 2016) 등이 있다.

교열 및 해제

배현자(裵賢子, Bae, Hyun Ja)
연세대 문리대 국어국문학과 및 동 대학원 졸업. 문학박사. 현 연세대 강사. 주요 논문으로 「근대계몽기 한글 신문의 환상적 단형서사 연구」(『국학연구론총』 9집, 2012), 「이상 문학의 환상성 연구」(연세대, 2016) 등이 있다.

이혜진(李惠眞, Lee, Hye Jin)
연세대 문리대 국어국문학과 및 동 대학원 수료. 현 연세대 강사. 주요 논문으로 「1910년대 초 『매일신보』의 '가정' 담론 생산과 글쓰기 특징」(『현대문학의 연구』 41집, 2010), 「신여성의 근대적 글쓰기-『여자계』의 여성담론을 중심으로」(『동양학』 55집, 2014) 등이 있다.

황원행荒原行 下

초판인쇄 2018년 2월 1일 초판발행 2018년 2월 10일
엮은이 연세대학교 인문예술대학 국어국문학과 CK사업단
펴낸이 박성모 펴낸곳 소명출판 출판등록 제13-522호
주소 서울시 서초구 서초중앙로6길 15, 1층
전화 02-585-7840 팩스 02-585-7848 전자우편 somyungbooks@daum.net 홈페이지 www.somyong.co.kr

값 20,000원

ISBN 979-11-5905-255-2 94810
ISBN 979-11-5905-253-8 (세트)

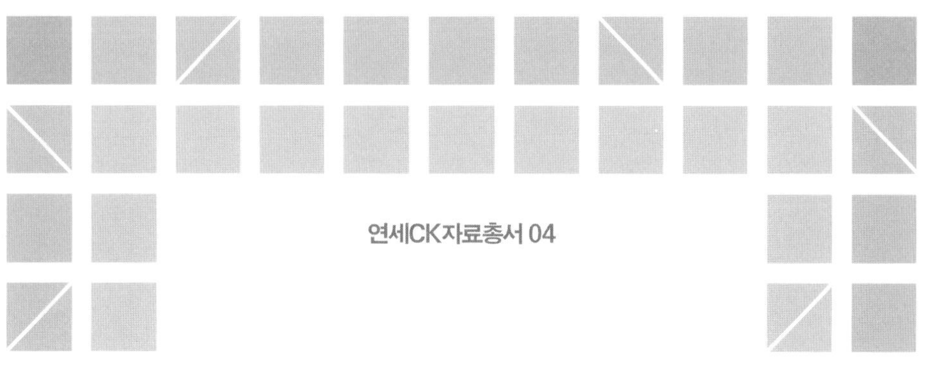

연세CK자료총서 04

한국 근대 신문 최초 연작 장편소설 자료집

황원행荒原行 下

THE FIRST RELAY FEATURE-LENGTH NOVEL IN KOREAN MODERN NEWSPAPER *HWANGWONHAENG*

교열 및 해제_ **배현자 · 이혜진**
감수_ **김영민 · 배정상**

소명출판

일러두기

1. 이 책은 1929년 6월 8일부터 10월 21일까지 『동아일보(東亞日報)』에 총 131회 연재된 연작 장편소설 「황원행」을 모은 자료집이다.
2. 원문에서 소설 중간에 배치한 삽화를 자료집에서는 본문 앞으로 배치하였다.
3. 표기는 원문에 충실하되, 띄어쓰기만 현대 어문규정에 맞게 고쳤다.
4. 들여쓰기와 줄바꾸기는 원문에 충실하되, 오류가 있는 경우에는 바로잡아 표기했다.
5. 본문 가운데 해독 곤란한 글자는 □로 표기하였고, 기타 부호와 기호는 원문을 그대로 따랐다.
6. 원문에서 해독 불가능한 글자 중 추정 복원이 가능한 경우와 명백한 인쇄상의 오류인 글자는 주석을 통해 바로잡았다.

한국 근대 신문 최초의 연작 장편소설 「황원행(荒原行)」

배현자 · 이혜진

1. 게재 현황 개괄

「황원행(荒原行)」은 1929년 6월 8일부터 10월 21일까지 『동아일보(東亞日報)』에 총 131회 연재된 장편소설이다. 이 작품의 특기할 점은 5인의 작가와 5인의 삽화가가 참여한 연작소설[1]이라는 점이다. 참여한 작가는 최상덕(崔象德), 김기진(金基鎭), 염상섭(廉尙燮), 현진건(玄鎭健), 이익상(李益相)이며, 삽화가는 이승만(李承萬), 안석주(安碩柱), 이용우(李用雨), 이상범(李象範), 노수현(盧壽鉉)이다. 다섯 작가가 각기 25회씩을 담당하여 125회로 연재할 계획이었으나, 마지막 부분을 담당한 이익상이 6회분을 더 쓰면서 총 131회를 연재하였다. 작가가 바뀔 때 삽화가 역시 교체되었다. 이들이 담당한 회차와 게재명은 다음과 같다.

1 '연작소설'의 사전적 의미는 '여러 작가가 나누어 쓴 것을 하나로 만들거나 한 작가가 같은 주인공의 단편 소설을 여러 편 써서 하나로 만든 소설'이라고 되어 있다. 현대에는 후자의 경우로 더 많이 쓰이지만 근대 초기에는 전자의 경우로 많이 쓰였다. 즉 여기서의 '연작소설'은 현대에 통용되는 '릴레이 소설'이라는 개념과 같다.

회차	작가		삽화가	
	본명	게재명	본명	게재명
1~25	최상덕(崔象德)	최독견(崔獨鵑)	이승만(李承萬)	이승만(李承萬)
26~50	김기진(金基鎭)	김팔봉(金八峯)	안석주(安碩柱)	안석영(安夕影)
51~75	염상섭(廉尙燮)	염상섭(廉想涉)	이용우(李用雨)	이묵로(李墨鷺)
76~100	현진건(玄鎭健)	현빙허(玄憑虛)	이상범(李象範)	이청전(李靑田)
101~131	이익상(李益相)	이성해(李星海)	노수현(盧壽鉉)	노심산(盧心汕)

「황원행」은 한국 근대 신문 최초의 연작 장편소설이다. 이전에 연작소설이 발표되기도 했지만, 단편에 해당되는 작품들이었다. 한국 근대 신문에 연작의 형태로 처음 등장한 작품은 『매일신보(每日申報)』 1926년 11월 14일부터 12월 19일까지 일요일마다 총 6회 연재된 「홍한녹수(紅恨綠愁)」[2]이다. 그 다음으로 등장한 작품이 『동아일보』에 1929년 5월 24일부터 6월 1일까지 매일 총 9회 연재된 「여류음악가(女流音樂家)」[3]였다. 이 두 작품은, 한 작가가 한 회씩 담당하여 연재한 단편이었다. 『동아일보』는 연작 단편인 「여류음악가」의 연재를 끝내고 그 일주일 뒤 연작 장편인 「황원행」 연재를 시작한다. 연작으로 시도한 장편소설로는 「황원행」이 최초였다. 이후로도 연작소설이 간간 발표되기는 했지만, 이만큼 긴 장편으로 연작소설이 발표된 것은 「황원행」이 유일하다.

『동아일보』는 연작 단편인 「여류음악가」를 게재하는 동안 다음으로 연재할 「황원행」의 소설예고를 시작한다. 「황원행」의 소설예고는 1929년 5월 30일, 5월 31일, 6월 1일, 6월 7일, 이렇게 총 4회에 걸쳐 상당한 지면을

2 참여한 작가는 회차별 게재명 순으로, 서해 최학송(曙海 崔鶴松), 최승일(崔承一), 김명순(金明淳), 이익상(李益相), 이경손(李慶孫), 고한승(高漢承)이다. 이 작품의 삽화는 사진과 그림이 결합된 형태인데, 삽화가에 대한 정보는 따로 주어지지 않는다.

3 여기에 참여한 작가는 서해 최학송(曙海 崔鶴松), 팔봉 김기진(八峯 金基鎭), 방춘해(方春海), 이은상(李殷相), 최독견(崔獨鵑), 양백화(梁白華), 주요한(朱耀翰), 현빙허(玄憑虛), 이성해(李星海)이며, 삽화는 청전 이상범(靑田 李象範)이 도맡아 그렸다.

할애해 이루어졌다. 「여류음악가」 소설예고의 경우, 연작 단편이 연재된다는 정보와 집필진 이름 정도를 간단하게 1회 제시하는 것에 그쳤던 것과는 대비된다. 장편 연작으로 최초의 시도였던 만큼 소설예고도 대대적으로 한 셈이다.

小說豫告

五作家執筆 五畵伯揷畵

連作長篇 荒原行

千紫萬紅의 消夏的好讀物은 六月八日부터 三面에

執筆五作家

▲想涉 廉尙燮氏

▲星海 李益相氏

▲獨鵑 崔象德氏

▲八峯 金基鎭氏

▲憑虛 玄鎭健氏

揷畵五畵伯

▲夕影 安碩柱氏

▲心汕 盧壽鉉氏

▲靑田 李象範氏

▲李承萬氏

▲墨鷺 李用雨氏

『동아일보』, 1929년 5월 31일자 · 6월 1일자 소설예고

5월 30일의 첫 소설예고에서는 위 예고문의 오른편에 해당하는 부분만 게재되었다. 이 예고문은 큼지막한 글씨로 '연작 장편 황원행'이라는 제목을 배치한다. 그 오른쪽에 '5작가 집필, 5화백 삽화'라는 문구를 강조하고, 제목 왼쪽에 언제부터 게재되는가를 밝힌다. 그 아래에는 무엇을 중심으로 이야기가 펼쳐지는가, 그리고 그것을 5작가가 어떻게 그려가는가를 간략하게 밝힌다. 여기에서도 '5작가의 특수한 필치', '5화백의 각이한 필치' 등의 문구를 넣어가며 연작소설의 강점을 최대한 부각하고자 애를 쓴 흔적이 보인다. 첫 소설예고를 게재한 다음 날부터 이틀 연속 게재한 5월

①『동아일보』, 1929년 6월 8일자 3면

②『동아일보』, 1929년 6월 9일자 4면

③『동아일보』, 1929년 6월 11일자 3면

④『동아일보』, 1929년 6월 14일자 3면

31일과 6월 1일의 소설예고에는 첫 소설예고문의 왼편에 5작가와 5화백의 특징을 조금 더 상세하게 제시한다. 또한 각자의 특징을 제시하기 전 다음과 같은 문구를 서두에 배치하여 독자의 기대감을 고취하고자 한다. 집필 5작가에 대해서는 '연작소설 『황원행』의 흥미는 무엇보다도 창작계의 권위요 중진인 작가들이 그 붓을 경쟁하게 된다는 점이다.'라는 문구, 삽화 5화백에 대해서는 '『황원행』에 금상첨화가 될 것은 조선 화단에 신진 기예한 화백들이 책임을 가지고 번갈아 삽화를 그리게 된 것이다'라는 문구가 그것이다. 소설 연재가 시작되기 바로 전날인 6월 7일의 소설예고에는 '연작 장편소설 황원행'이 다음 날부터 연재될 것이라는 것과 집필 순서대로 작가와 화백을 밝히는 것으로 간략하게 게재한다.

연재를 시작한 「황원행」은 주로 3면에 배치된다. 간혹은 4면, 5면, 혹은 7면에 배치되는 때가 있었으나 대부분은 3면에 게재되었다. 『동아일보』는 당시 일반적으로 6면 12단 발행이었다. 3면은 문화면에 해당한다. 작품 게재 단은 고정적이지 않았으나, 5단 이하에 2단에 걸쳐 게재되었다. 분량은 보통 2,000자 내외였다. 삽화는 2단에 걸쳐 그려지기도 하지만, 문자 텍스트와는 달리 3단에 걸쳐 그려질 때도 많았다.

신문 예시 ①과 ②의 경우는 삽화가 3단에 걸쳐 그려진 것, ③과 ④는 2단에 걸쳐 그려진 것이다. 신문 소설에 삽화가 삽입될 경우 ③의 방식으로 게재되는 것이 보편적이다. 하지만 이 작품은 삽화와 문자 텍스트의 게재 단수를 일치시키지 않는 경우도 많았다. 그 이유는 회차의 길이 편차 혹은 기사 배치의 수월성 등 여러 가지가 있겠으나, 결과적으로 삽화를 도드라지게 보이게 하는 효과를 가져왔다. 당시 신문에 상당히 긴 장편소설이 연재가 된다 할지라도 삽화는, 부득이하게 교체되는 경우가 아니면 한 화백이 도맡아 그리는 것이 보편적이었다. 「황원행」 이전에 연재된 연작 단편 「여류음악가」의 경우는 연작임에도 삽화는 이상범이 전적으로 담당했다. 반면에 이 작품에서는 당대 주목 받던 화가들을 섭외하여 삽화 역시 연작의 형태로 진행시켰다.

2. 연작의 묘미 : 10인 10색의 작품 전개

「황원행」의 집필에 참여한 작가들이 어떤 배경에서 참여했는지를 알 수 있는 자료가 많지 않아, 이에 대해 명확하게 말할 수는 없다. 하지만 집필진의 한 사람으로 참여했던 팔봉 김기진의 회고에서 그 단서를 찾아볼 수 있다.

> 동아일보 학예부장 성해 이익상이 날더러 5인의 작가가 한 사람 앞에 25회씩 총 125회로 결말을 짓는 연작소설을 신문에 게재하고 싶으니 이에 참가해 달라는 부탁을 한다. 그래 나는 이 연작소설에 참가하기로 했다. 제목은 「황원행(荒原行)」이라고서 제1회서부터 제25회까지를 독견 최상덕(獨鵑 崔象德)이 쓰고, 제26회서부터 제50회까지 내가 쓰고, 제51회서부터 제75회까지는 횡보 염상섭, 제76회로부터 제100회까지는 빙허 현진건, 제101회로부터 제125회까지를 성해가 맡아가지고 끝을 맺는다는 계획이었다. 먼저 등장한 인물을 죽이거나 살리거나…… 또 새로운 인물 하나를 등장시키거나 열 명을 등장시키거나 자기가 책임 맡은 회수 안에서 자연스럽게 또 리얼하게 맘대로 처리하며 스토리의 발전도 맘대로 처리한다는 자유를 각자가 가지고서 집필하는 것이었다.

이렇게 되어서 5인의 집필자가 한번 명월관에 집합해 간단한 회합을 마치고 난 다음 나는 독견과 함께 동대문 밖 탑골승방으로 원고를 쓰러나갔다. 날마다 두 사람은 자기가 쓰는 내용을 피차에 아르켜주면서 써나아가야 일이 편하고 또 이렇게 해야만 하루속히 함경도로 내려가야 할 내가 짐을 벗어놓게 되기 때문이다. 그래서 독견과 나는 밥장수하는 집 바깥채의 따로 떨어져 있는 방을 두 개를 빌어가지고 그 집에 묵으면서 원고를 쓰기 시작했었다. (…중략…) 애초에 두 사람이 3,4일간에 원고를 써치우기로 작정했던 것인데, 이같이 밤마다 찾아오는 손님 때문에 우리는 1주일 이상 탑골승방에서 시내로 돌아오지 못했었다.[4]

이 회고록에는 몇 가지 정보가 주어져 있다. 우선 제안자, 계획 당시의 집필 횟수와 순서, 집필 재량 권한, 50회까지의 집필 시간, 환경[5] 등이 그것이다. 이에 따르면 「황원행」의 연재는 당시 『동아일보』 학예부장이었던 성해 이익상의 제안으로 이루어졌다. 이익상은 최초의 신문 연작 소설로 『매일신보』에 게재된 1926년 작품 「홍한녹수」에도 참여했었던 작가였다. 그것을 발판 삼아 『동아일보』의 학예부장이라는 직위에서 1929년에 연작소설을 기획한 것으로 보인다. 「황원행」 집필자 5인 중 염상섭을 제외한 최상덕, 김기진, 현진건, 이익상은 모두 이 작품 이전에 『동아일보』에 연재된 연작 단편 「여류음악가」에 참여한 작가들이다. 「여류음악가」가 연재되는 동안 장편 「황원행」의 얼개와 집필진을 소개하는 소설예

4 홍정선 편, 『김팔봉문학전집』 II(회고와 기록), 문학과지성사, 1988, 210쪽.

5 「황원행」은 한 작가에서 다른 작가로 넘어가면 모두 소제목을 새로 시작한다. 반면, 최상덕에서 김기진으로 넘어가는 경계에서만 '조그만 악마'라는 소제목이 연결된다. 최상덕이 '조그만 악마 1'로 자신의 분량을 마무리하고, 김기진이 '조그만 악마 2'로 자신이 담당한 분량을 시작한다. 이러한 까닭을, 최상덕과 김기진이 같은 공간에서 서로 의견을 나누며 함께 집필했다는 정보를 통해 유추할 수 있다.

고가 나오는 것으로 보아 이익상은 「여류음악가」 연재 이전에 이 「황원행」을 구상했던 것으로 보인다. 즉 연작 장편을 연재하기 전, 연작 단편으로 분위기를 고조시킨 것으로 볼 수 있다.

「황원행」의 기획 의도에 대해서 알 수 있는 단서 역시 많지 않다. 이 작품의 소설예고를 통해 그 일단을 엿볼 수 있을 따름이다. 1929년 5월 30일부터 4회에 걸쳐 진행된 소설예고 중 첫 날부터 3회 연속 나타난 이야기의 얼개를 보면 다음과 같다.

> 頑固한 家庭에서 자라난 不運兒와 虛榮과 淪落의 구렁으로 彷徨하는 『모던 女性』을 中心삼아 愛慾의 葛藤, 不合理의 世相, 制度의 缺陷 等을 五作家의 特殊한 筆致로 或은 堅實하게, 그러고도 如實하게 그려낸 朝鮮現代相의 縮小圖이다 그러고 五畫伯의 各異한 筆致는 錦上添花가 될 것이다

이 예고에는 크게 세 가지 정보가 주어져 있다. 먼저 소설의 주인공이 될 두 인물의 특징이 드러나 있다. '완고한 가정에서 자라난 불운아', 그리고 '허영과 윤락의 구렁으로 방황하는 모던 여성'이 주인공이다. 다음에는 줄거리의 중심축이 제시된다. '애욕의 갈등, 불합리의 세상, 제도의 결함' 등을 토대로 '조선현대상의 축소도'를 보여준다는 것이다. 마지막으로, '5작가가 참여하여 견실하고 여실하게 그려낸다는 것, 5화백의 각기 다른 필치는 금상첨화가 될 것' 등으로 여러 작가와 화백이 참여하는 연작소설이라는 점을 강조한다.

1929년 5월 31일자부터 6월 1일자에 걸쳐 이틀 연속으로 작품에 참여한 작가와 화가군에 대해 소개하는 소설예고를 게재하는데, 그 내용을 보면 다음과 같다.[6]

執筆 五作家 연작소설『황원행』의 흥미는 무엇보다도 창작계의 권위요 중진인 작가들이 그 붓을 경쟁하게 된다는 점이다 이제 각인의 특색을 들어보자면

◀想涉 廉尙燮氏 건장한 문장과 치밀한 해부로 가장 특색 있는 작품을 발표하여 왔고 신문소설에 있어서도 이미 독자와 낯이 익은 이다 한낱의 성격을 붓들어다가 그 발전을 그려내는 데는 문단에서 가장 권위 있는 이라 할 것이다. 씹으면 씹는 대로 맛나는 것은 씨의 문장이다. 정독을 요구하는 작가다

◀星海 李益相氏 어떤 때는『로맨틱』하게, 어떤 때는 현실적으로, 그러면서도 시종이 여일하게 건실한 작품을 보여주는 성해도 역시 오랜 침묵을 비로소 연작소설로 깨트리게 되었으니 씨의 무게 있는 글을 좋아하는 독자들은 오랜 주림을 만족할 수 있을 것이다

◀獨鵑 崔象德氏 대중소설가로서의『독견』의 근래의 진출은 실로 놀랠 만하다 파란중첩한『플롯』과 현실을 숨김없이 그대로 그리는 대담한 필치는 많은 독자를 울리고 웃게 하였다. 작품이 나올 때마다 새 것이 발견되는 그의 소설이 연작소설에서는 과연 또 어떠한 재필을 휘두를는지

◀八峯 金基鎭氏 평론으로 많이 알리워진 팔봉은 동시에 시인이요 또 소설가다. 힘 있는 문장, 사회에 대한 열렬한 비판력 그런 것이 지면을 통하야 나타날 때에 미상불 재래의 소설 독자에게 어떤 새로운 무엇을 주지 않을 수 없을 것이다, 누구보다도 씨에게 기대하는 것이 큰 것은 그 까닭이라고 할 것이다

◀憑虛 玄鎭健氏 재료를 취하는 데는 자연주의의 철저하고 문장으로는 육감적이라고 할 만큼 치밀하고도 생기 있는 붓대를 가진 씨는 이미 침묵을 지

6 이 인용문은 현대 어법에 따라 수정하였다.

킨 지 오래다 이번에 오랜 침묵을 깨트리고 연작소설에 그의 찬란한 붓을 들 때는 미상불 어떠한 진보가 있을는지 괄목상대할 만하다

挿畵五畵伯 『황원행』에 금상첨화가 될 것은 조선화단에 신진기예한 화백들이 책임을 가지고 번갈아 삽화를 그리게 된 것이다

◀夕影 安碩柱氏 재주 있는 필치와 새로운 감각이 조선화단에 늘 새로운 자극을 줄 뿐 아니라 풍자와 야유에 풍부한 그의 만화는 사계에 정평이 있다

◀心汕 盧壽鉉氏 특색 있는 씨의 화풍은 나날이 진경(進境)을 보일 뿐 아니라 삽화에 치밀한 관찰과 대담한 생략은 보는 사람으로 아니 놀라게 할 수 없다

◀靑田 李象範氏 한적하고 쇄락한 붓은 노대가를 능가할 만한 구상을 보이며 미전(美展)에서든지 협전(協展)에서든지 늘 이채를 보이는 조선화단의 중진이다

◀李承萬氏 서양화에 있어서 그 중진되는 이를 든다면 누구든지 씨를 꼽을 것이다 그만큼 씨는 조선화단의 보배이다 주밀한 관찰과 여유 있는 붓끝이 소설삽화계에 이채를 보이는 중이다

◀墨鷺 李用雨氏 씨는 언제든지 상징적(象徵的)의 화풍을 보인다 상징에 배미(俳味)를 섞은 삽화는 사계에 이채가 될 것이다

이 소개글에는 간략하지만 5작가 5화백의 특징이 무엇인가를 단적으로 짚어주고 있다. 염상섭은 '건장한 문장과 치밀한 해부', 이익상은 '로맨틱하면서도 현실적인 필치', 최상덕은 '파란중첩한 플롯 구성', 김기진은 '사회에 대한 열렬한 비판', 현진건은 '치밀하면서도 육감적인 필치' 등이 5작가의 특징이다. 아울러 안석주는 '풍자와 야유가 풍부한 새로운 감각', 노

수현은 '치밀한 관찰과 대담한 생략', 이상범은 '한적하고 쇄락함', 이승만은 '주밀한 관찰과 여유', 이용우는 '상징적이면서도 코믹함'이 5화백의 특징이다. 이는 각 작가의 특징을 언급한 것이기도 하지만, 기획자가 각각의 작가에게 기대하는 특성일 수도 있다. 즉 그러한 특성들이 있기에 '연작'의 기획에서 선택된 것일 수 있다는 것이다.

소설예고에서 밝히고 있는 기획 의도나 작가들의 특징이 작품에 그대로 다 재현되었는지는 조금 더 면밀한 분석이 뒤따라야 한다. 또한 보는 시각에 따라 그 평가는 달라질 수 있다. 하지만 분명하게 말할 수 있는 점은 「황원행」에는 5작가 5화백의 각기 다른 성향과 필치가 드러나 있다는 점이다.

「황원행」에 참여한 5작가 5화백의 각기 다른 성향을 표출하며 드러내는 이 불균질한 특징은 통일성 면에서 본다면 하나의 결함으로 볼 수도 있다. 「황원행」에 대한 연구는 많지 않은데,[7] 여기에도 불균질함으로 인한 통일성의 결여를 이 작품의 한계로 지적하는 견해가 존재한다. 하지만 독자와의 관계 속에서 본다면, 작품의 불균질한 특성이 과연 결함으로만 작동했겠는가에 대해서는 재고해볼 여지가 있다. 오히려 「황원행」처럼 긴 장편에서 각기 다른 색채로 접근하는 재미를 줄 수 있고, 이는 다양한 독자의 취향에 부합하는 흥미 요소가 될 수 있기 때문이다.

「황원행」의 연재가 1929년 10월 21자로 완료된 후, 11월 7일부터 10일

7 지금까지 나온 「황원행」에 대한 연구는 다음과 같다.
곽근, 「일제강점기 장편 연작소설 『황원행』 연구」, 『국제어문』 29집, 국제어문학회, 2003, 361~389쪽.
이효인, 「연작소설 『황원행』의 집필 배경과 서사 특징 연구」, 『한민족문화연구』 38집, 한민족문화학회, 2011, 217~252쪽.
이유림, 「한국 신문연작소설 『황원행』의 일러스트레이션 연구」, 『조형미디어학』 19권 2호, 한국일러스아트학회, 2016, 231~239쪽.

까지 4회에 걸쳐 '원호어적(元湖漁笛)'이라는 이가 쓴 독후감이 실린다. 「『애라』의 길과 남, 여성의 생활철학」이라는 제목으로 연재된 이 독후감에는 「황원행」에 대해 '없는 시간이나마 일부러 만들어서라도 한번 읽으시기를', '누구에게나' 권할 만큼 극찬하는 내용들이 나온다. 특히 '시대를 대표할 수 있는 인물의 창조', '새로운 가치를 부여한 대중문학의 계몽적 표본물'이라는 등의 언급은, 글쓴이의 이 작품에 대한 호의적 평가를 단적으로 보여준다. 이 독후감 외에도, 출판에 대해 묻거나, 재독하고 싶다는 등 여러 차례에 걸쳐 독자의 언급이 기사들[8]에 나타난다. 이 기사들은 당시 「황원행」이 독자들에게 큰 반향을 불러일으켰음을 짐작하게 한다.

「황원행」에 대한 이러한 독자의 호의적인 반응들로 말미암아, 여러 작가들이 참여하여 하나의 소설을 완성시킨다는 연작소설의 형태가 당시 꽤나 흥미로운 글쓰기 방식으로 여겨졌을 수 있다. 1929년 『동아일보』에 「황원행」이 연재된 다음 해인 1930년에는 『조선일보』에 연작으로 소년소설이 연재되기도 한다. 1930년 10월 10일부터 12월 4일까지 총 38회에 걸쳐 연재된 「소년기수」가 이에 해당한다. 잡지에서도 연작소설을 게재한다. 『신동아』는 작가와 독자의 공동 제작으로 1931년 11월부터 1932년 3월까지 5회에 걸쳐 「연애의 청산」을, 『신가정』은 1933년에 총 5회짜리 「젊은 어머니」를, 1936년에 총 6회짜리 「파경」이라는 연작 소설을 연재한다. 심지어 연작소설의 '모방'이 이루어지면서 다른 이의 창작물을 표절하는 사태[9]까지 일어나기도 한다.

당시 유행한 연작소설이라는 글쓰기 방식에 대해 부정적 시선도 존재

8 『동아일보』, 1929년 11월 19일자 · 12월 1일자 · 12월 24일자 · 1930년 2월 2일자.

9 『동아일보』 1931년 2월 3일부터 18일까지 총 10회에 걸쳐 '소년연작소설'로 연재된 「마지막 웃음」은 1926년에 잡지 『신소년』을 통해 발표된 '권경안'이라는 이의 작품을 표절한 것이라고, 동신문 1931년 4월 22일자에 기사가 났다.

했다. '연작소설이란 저널리즘에 영합하는 일종의 기형적 산물'[10]로 규정되는가 하면, '일반적 호기(好奇)를 끌기 위하여 합작이니 연작이니 하면서 생명 없는 소설을 당당하게 발표하는 판'[11]이라는 조롱 섞인 시평(時評)을 받기도 하였다. 하지만 이들 역시 대중적 흥미를 유발한다는 점에 대해서는 인정하고 들어간다. 즉 '대중적 흥미 유발'에만 치중하는 것이 비판의 요소가 될지언정, 그 점까지 부정하지는 않는다는 점이다.

요컨대 1929년 『동아일보』에 연재된 『황원행』은 작가뿐만 아니라 삽화가까지 다수가 참여한 한국 최초의 연작 장편소설이다. 이 작품에는 당대의 시대상이 반영되어 있다. 특히 근대적 문물이 유입되어 변화한 경성 분위기의 일단이나, 당시 '모던걸', '모던보이'로 지칭되던 그 시대 인물의 단면을 엿볼 수도 있다. 아울러 지식인, 카페 여급, 형사, 신문 기자 등 다양한 직업군의 면모를 당시 작가들이 어떻게 그려내고 있는가를 볼 수 있는 소설이기도 하다. 뿐만 아니라 이 작품은 당대 주목받던 화백들을 투입하여 문자 텍스트로 표현된 내용을, 담백하거나 혹은 정밀하게, 때로는 육감적이거나 추상적으로 그린 삽화를 아울러 게재하여 보는 재미를 더한 작품이다. 이를 통해 당대 독자들의 큰 반향을 일으킨 작품이다. 이 작품을 정독하여, 연작의 형태로 진행된 장편소설 「황원행」의 성과와 한계를 조금 더 면밀하게 짚어낸다면, 현대 대중과 만나는 창작 문화의 진전에 이바지하는 측면이 있으리라 본다.

10 윤기정, 「문단시언」, 『조선지광』, 1929년 8월호.
11 대동강인(大同江人), 「서고엽기(書庫獵奇)」, 『동아일보』, 1931년 9월 21일.

3. 주요 등장인물

이철호

소설의 주인물. 부잣집의 서자로 태어나 핍박받다 일본 유학을 한 뒤 경성에 돌아와 시국표방설교강도가 되어 장안을 떠들썩하게 한다. 경찰에 쫓기는 동안 애라와 한경 사이에서 삼각관계를 형성하다 홍한경과 함께 국외로 탈출한다.

이애라

소설의 주인물. 카페의 여급으로 모던보이들의 사랑을 한 몸에 받는 인물이다. 형사과장 홍면후의 애정 갈구에도 불구하고 철호를 사랑하여 쫓기는 철호에게 도움을 주지만, 한경과 철호가 함께 도피하자 질투심에 불타오른다.

홍한경

이철호의 여자친구이자 형사과장 홍면후의 동생. 일본에서 유학하는 동안 이철호를 만나 사귀게 되고, 경성에서 시국표방설교강도가 된 철호의 일을 돕게 된다. 이후 철호와 국외로 탈출하지만 철호와 헤어져 혼자 국내로 들어오게 된다.

홍면후

이철호를 쫓는 형사과장이자 홍한경의 오빠. 카페 여급 이애라를 사랑하여, 애라의 요구에 따라 홍한경을 춘천으로 보내는가 하면, 자신이 쫓던 철호의 도피 행각에 기여를 하게 된다.

고순일

이철호가 일본 유학 시절 흑생동맹이라는 단체에서 만난 동지. 홍한경이 춘천으로 내려간 뒤, 한경과 철호 사이에 소식을 전해 주다 경찰에 붙잡히게 된다.

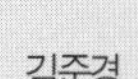

김준경

이철호의 친구. 서울신문사의 기자로서, 시국표방설교강도에 얽힌 이야기를 기사화함으로써 애라와 대면하고 철호의 입장을 애라에게 대변해주는 역할을 한다.

4. 줄거리

■ 1~25회 : 최상덕 집필분

모든 것을 빼앗겨 더 빼앗길 것조차 없는 불행한 시대, 조선 땅의 중심 경성에서 대담하고 교묘한 강도 사건이 일어나 신문 호외로 보도되며 경성을 떠들석하게 한다. 한 청년이 부잣집에 들어가 위협을 하는 것도 아니고 빛나는 눈빛과 설교만으로 돈을 내주게 만든다고 해서 '시국표방설교강도'라는 명칭을 얻게 된 사건이었다. 연달아 이 시국표방설교강도 사건이 발생하는 와중에 빈민굴 집집마다 현금 봉투가 들이치는 괴이한 사건까지 발생한다. 이렇게 전달된 현금이 앞선 강도 사건의 피해금과 관계 있는 것으로 보고, 형사들은 강도 사건을 불령분자의 소행으로 짐작하며 불안해한다. 그리하여 경성 일대를 물샐 틈 없이 수색하지만 범인의 종적이 묘연한 채, 평양에서도 같은 사건이 발생하고, 범인이 평양에서 보낸 투서가 날아든다. 그런데 투서 필적이 형사과장 홍면후의 누이동생 한경의 것과 같아 홍면후는 고심을 하다 동생에게 직접 물어보지만 한경은 시치미를 뗀다.

홍면후는 동생에 대한 의심을 거두고, 카페 백마정으로 향한다. 백마정은, 여학교를 졸업하고, 성악에도 뛰어나며, 매력적이고 아름다운 육체를 겸비한 25세의 '이애라'라는 여급으로 인해 더욱 유명해진 곳이다. 홍면후는 애라에게 매혹되어 이 카페의 단골이 되어 있다. 그런데 애라는, 카페 단골 중 하나인 '이철호'를 좋아한다. 애라가 사랑을 고백하지만, 철호에게 거절당한다. 그 후 애라는 철호가 홍면후의 여동생 한경과 교제 중이라는 사실을 알게 되어 질투를 느끼고, 또 범인이 보낸 편지의 글씨가 한경의 필체라는 것까지 알게 되어 철호가 강도 사건과 연루되어 있다는 것을 눈치챈다. 한편 시국표방설교강도인 철호는 강탈한 돈을 한경에게 맡기고 앞일을 계획하려 하지만 한경이는 철호에게 결혼을 재촉한다.

■ 26~50회 : 김기진 집필분

애라는 철호를 졸라 온천 여행을 한다. 이때 철호에게 한경이와 관계를 끊어달라고 요구해 보지만 철호가 그러지 않으리라고 짐작한다. 한편 홍면후는 애라에게 반지를 선물하며 환심을 구하는데, 애라는 도리어 한경이를 시집보내면 반지를 받겠다고 한다. 결국 한경이를 시골로 보내는 것으로 합의하고 애라는 면후가 주는 반지를 낀다. 애라의 모의에 따라 한경이는 춘천으로 보내진다. 한경이 떠나면서 남긴 편지를 받은 철호는 경찰의 정세를 알려주던 한경의 빈자리에 아쉬움을 느끼면서도, 한편으로 애라를 생각한다.

철호는 본래 안성의 큰 지주이자 양반인 이진규의 서자로 태어났다. 철호와 그의 어머니는 본처의 모진 핍박 속에서 살았다. 철호의 나이 열여섯 살 때 그의 어머니는 핍박을 못 견뎌 작은 바늘 한 쌈을 삼키고 자결하면서 부자, 양반, 세력 있는 놈 등에게 자신의 원수를 갚아달라는 유언을 남긴다. 총명했던 철호는 본실에게서 태어난 형들의 핍박을 피해 일본으로 건너가 갖은 고생을 하며 낮에는 일하고 밤에 야학을 다녀 법대를 간다. 대학 시절 아나키스트 단체인 '흑색동맹' 활동을 한다. 거기에서 한경이를 만나 연인이 된다. 한경이는 철호에게 청혼을 하고, 철호는 마지못해 한경에게 결혼을 약속한다. 이후 한경이는 할아버지 병환으로 먼저 귀국을 하고, 철호 역시 흑색동맹이 유야무야되면서 이것저것에 흥미를 잃어 칠 년 만에 귀국을 한다. 귀국 후 한경을 만나고, 강도 사건을 일으킨다. 이때 강탈한 돈을 맡기고, 편지 대필을 하게 하는 등 한경의 도움을 받은 것이다.

한편 한동안 잠잠하던 시국표방설교강도 사건이 경성에서 또다시 일어난다. 십중팔구 철호가 범인이라고 믿는 애라는 은근슬쩍 그것을 흘리며 철호에게 매달리고, 철호는 애라가 눈치 챈 것을 알고 불안해 한다.

■ 51~75회 : 염상섭 집필분

애라는 철호가 범인이라도 그를 사랑하겠다는 의지를 다진다. 하지만 한편으로는, 범인을 찾는 데 도움을 준다면 큰 돈을 준다는 면후의 제안에, 철호가 자신의 구애를 끝내 거절한다면 그를 팔아넘길 수도 있다는 생각을 하기도 한다. 철호는 애라와 산보를 하던 중 불심검문을 당하고, 그 위기를 넘기는 중에 애라가 자신의 일을 알고 있다는 확신을 갖고 남산장에 간다. 거기서 애라는 자신이 홍면후의 끄나풀이 아니라는 것을 증명하기 위해 손가락을 깨물어 '단심무이심(丹心無二心)'이라는 혈서를 쓰고, 그에 감동한 철호 역시 그 옆에 '이혈보혈(以血報血)'이라는 혈서를 쓴다.

남산장에서 돌아온 애라는 홍면후를 만나 범인 찾는 일을 도와주기로 하고 계약된 돈의 일부를 받는다. 홍면후의 조력 제안을 역으로 이용할 계획을 세운 것이다. 애라는 홍면후에게 소개장을 얻어 철호를 국경 밖으로 내보낼 계획까지 세운다.

한편 일본 흑색동맹 활동 시절 동지였던 고순일이 귀국하여 있다가 한경의 소식과 편지를 가지고 철호를 찾아온다. 한경의 편지에는 철호의 가명이 탄로났다는 것, 자신도 갈 터이니 어서 국경을 벗어나 봉천의 자기 친구 집으로 가라는 내용이 쓰여 있다. 철호는 애라를 속이는 것에 마음이 쓰이지만, 서울을 떠나는 쪽으로 마음이 기울고, 고순일에게 한경이를 봉천으로 보내달라고 부탁한다.

그러나 홍면후는 한경, 철호, 애라의 삼각관계를 의심하여 철호에게 소개장을 써주기로 한 날 백마정에서 삼자대면을 시키고자 한경을 서울로 올라오게 한다. 여차하면 덮치게끔 형사들까지 잠복시켰으나 셋은 이 계획을 미리 알고 대비하여 위기를 무사히 넘기고, 홍면후는 애라의 의형제로 꾸민 철호에게 소개장을 써주게 된다.

■ 76~100회 : 현진건 집필분

애라가 넣은 최면제에 취해 홍면후가 깊이 잠든 사이, 신의주 경찰이, 홍면후의 명함을 가진 청년을 수상하게 보고 경성 경찰서로 전화를 하지만, 홍면후와 연락이 닿지 않아 놓아주게 된다. 뒤늦게 깨어난 홍면후는 한경이가 편지를 써놓고 도망간 사실을 알고 당황한다.

한편 철호를 떠나보낸 애라는 철호가 남기고 간 옷을 정리하다 한경이 철호에게 보낸 편지를 발견하고, 또 홍면후를 통해 한경이 달아났다는 말을 듣고는 자신이 속은 것에 분해 한다. 이것을 지켜본 홍면후는 전후 사정을 볼 때 애라가 그들과 한통속이라고 짐작하고 애라를 잡아들인다. 애라가 남겼던 혈서를 들이밀고, 공범으로 지목하고 잡아들인 고순일까지 대면시키며 애라를 취조하지만 애라는 모든 것을 부인한다. 홍면후는 직감으로 모든 사정을 알아챘지만, 애라의 질투심을 이용하기 위해 애라를 어르고 달랜 뒤 내보낸다. 풀려난 애라는 질투심에 결국 홍면후에게 협력하고, 한경의 방을 뒤져 은신처로 정한 봉천 주소를 알아 낸다.

■ 101~131회 : 이익상 집필분

백마정으로 돌아온 애라는 신문기자로 보이는 낯선 사내가 자신을 찾아와 홍면후의 끄나풀이냐고 묻는 것에 발끈한다. 취조하듯 묻던 사내가 싱겁게 훌쩍 돌아가자 애라는 불안해하며 홍면후와 상의하지만 뾰족한 수가 없다. 게다가 홍면후에게서 봉천 수배령을 내렸다는 말을 듣고는 자신이 한 일을 후회한다. 때마침 온 철호의 편지를 읽은 애라의 후회는 더욱 깊어간다. 그러던 중 신문의 머릿기사에서 설교강도 사건 관련 기사를 보게 된다. '사실'이 아니라 '가정'의 형식으로 난 기사지만 내막을 알고 쓴 기사였다. 이를 통해 애라는 자신을 찾아왔던 낯선 사내가 그 신문사의 기자라는 걸 알고 그를 찾아간다. 애라는 그가 철호의 친구 김준경이라는 것과, 또 철호의 부탁으로 신문기사를 써 애라를 도우려 했다는 것까지 알게 된다. 철호의 진심을 전해 들은 애라는 철호에 대해 토라졌던 마음을 완전히 푼다.

애라는 김준경이 써 준 소개장을 가지고 몸을 피했다. 이후 애라는 한경이 봉천에서 붙들려 왔으나 공범이라는 증거 불충분으로 석방되었고, 홍면후는 사직원을 제출했으나 공이 많다 하여 지방 경찰서로 전직되었으며, 고순일만 예심에 넘겨졌다는 소식을 듣는다. 하지만 철호의 행방은 듣지 못한다.

여러 궁금증을 안고 한경을 찾아간 애라는 그간의 정황을 듣게 된다. 철호와 함께 떠났지만, 곧바로 만주에서 헤어졌다는 것과, 한경이만 봉천 친구의 집에 있다가 붙들려 온 것, 한경이 철호의 아이를 가졌다는 것을 알고, 애라는 같은 여자로서 그의 처지와 동일시하며 한경을 불쌍하게 생각한다. 이때 애라의 향방을 탐사하던 형사가 들이닥친다. 애라는 자신의 죄값을 치를 수밖에 없음을 직감하며 붙들려 간다.

차례

上

下

한국 근대 신문 최초 연작 장편소설 자료집

황원행(荒原行) 下

76회 ~ 100회

현빙허玄憑虛 作

이청전李靑田 畵

1929.8.23 (76)

깁흔 잠 깨니 —

경찰부 수사본부. 애저녁[1]에 졸립다는 형사과장을 돌아가게 한 후 모엿든 형사들은 뿌리뿌리 제 경계구역을 짤하 헤어지고 그 중에도 가장 민완[2]을 자랑하는 형사 몃몃만 처젓다. 무슨 사건이 생기면 손가락을 깨물고 잠을 못 자는 성미요 잡을 범인을 잡을 때까지 잡힐 범인보담도 더 조마ㅅ증[3]을 내는 홍 과장이라, 그들의 생각에는 오늘밤에도 집에서 잔다고 가기는 갓지마는 단 두 시간이 못 되어 자든 잠을 집어치우고 후닥닥 뛰어 달아들 줄 미덧다. 더구나 그가 업는 사이 요처요처[4]마다 널어노흔 경계망에서 혹은 의외의 큰 고기가 걸려들른지도 모르는 법이니 잘못 서둘엇다가는 그야말로 경[5]을 팟다발[6] 치듯 칠 판이다.

남은 형사들은 더욱 신경을 날칼옵게 하고 긴장한 가운대 일 초 이 초를 보냇다.

그러나 한 시가 지내고 두 시가 지내도 형사과장은 나타나지 안햇다.

자정이 지내고 새벽이 되어도 어리친 개 한 마리 걸려들지도 안코[7] 올 듯 올 듯하든 형사과장도 그림자를 보이지 안햇다. 경계하든 형사들도 썩심이 풀렷다[8].

---

1 애저녁. 날이 어두워진 지 얼마 되지 않은 때, 초저녁의 이북 방언.

2 민완(敏腕). 재빠른 팔이라는 뜻으로, 일을 재치 있고 빠르게 처리하는 솜씨를 이르는 말.

3 조마증(症). 어떤 일이 염려되어 조마조마한 증세.

4 요처(要處). 가장 중요한 부분.

5 경(黥). 몹시 심한 형벌.

6 파다발. 무엇에 맞거나 몹시 시달려 만신창이가 되거나 형체가 볼품없이 된 상태를 비유적으로 이르는 말.

7 어리친 개 새끼 하나 없다. 아무도 얼씬하지 않는다는 뜻의 속담.

짧고도 지리한[9] 녀름밤. 헛물켜기에 지친 고달픈 몸과 신경들. 단정하게 걸어안즌[10] 교의[11]가 문득 뒤로 넘어가며 벽에 뒤통수를 치는 작자. 결상에 쌔친 다리가 상 미튼[12]로 썰어지며 반 남아 짱바닥으로 쓸어지랴는 작자. 책상에 이마를 문질르며 게(蟹)거픔을 흘리는 살. 쑴가운대 괴칫[13] 년을 맛낫는지 두 팔로 공중을 휘젓다가 필경 제 쌤을 치는 살. 구슬로 쏫는 짬방울! 잡으랴는 고통도 여간이 아니다

새벽 다섯 시씀 되매, 기지개를 켜는 축, 눈을 부비는 축, 누가 무슨 군호나 부른 듯이 일제이 몸을 쑴틀거린다. 겨우 썰어진 눈들은 놀랜 듯이 사면을 휘휘 돌아보다가 피차에 눈길이 서로 마조치자 아모 일도 업다는 듯이 열업시[14] 씩 웃고는 다시금 제자리에 슬어진다. 그들에겐 새벽 네다섯 시가 가장 맹렬하게 활동할 시각이다. 보통 사람으론 가장 고단하게 잠이 어릿어릿할 그쌔가 찻고 잡기에 령락이 업는 싸닭으로 이 시각이 되면 저절로 곤한 잠도 쌔는 듯.

불 가튼 볏은 어느듯 동창을 쏘이기 시작한다

그쌔싸지도 홍 과장은 얼신도 안는다

늙은 원숭이 가튼 낫작, 반쪽이 책상에 눌러 넙쑥 들어간 오 형사는 솔닙을 씌어다 부쳐 노흔 듯한 웃수염을 보고

『과장 령감이 웬일인가. 왼 밤을 고소란히 자다니?』

『과장은 돌인가. 여러 밤을 새웟스니 곤하기도 하겟지』

『허나! 굉장한 잠인데, 이런 대사건을 압헤 두고 그도 잠 올 쌔가 잇든가』

8 떡심(이) 풀리다. 낙담하여 맥이 풀리다는 뜻의 관용어.
9 지리하다. 시간이 오래 걸리거나 같은 상태가 오래 계속되어 따분하고 싫증이 나다.
10 걸어앉다. 높은 곳에 궁둥이를 붙이고 두 다리를 늘어뜨리고 앉다.
11 교의(交椅). 다리가 긴 의자(椅子).
12 문맥상 '트'의 오류로 추정.
13 문맥상 '청'의 오류로 추정.
14 열없이. 좀 겸연쩍고 부끄럽게.

선잠 깬 측이 이러케 중얼거릴 때에 과장실 뎐화는 불이 붓는 듯이 운다.

『이키! 무슨 일 생기나 보다[15]

하며 솔닙수염은 냉큼 뎐화 소리 나는 대로 뛰어갓다. 다른 군들도 그의 뒤를 쌀하섯다.

『모시!모시!』(여보시오 여보시오)

『응? 어대? 신의주 경찰서!』

『신의주 경찰서!』

하고 엽헤 잇는 군의 얼굴빗도 별안간에 긴장해진다. 그들을 못살게 구는 설교강도가 국경방면으로 튀엿는지도 모르고 그러타면 신의주를 거칠 것임으로 신의주 경찰서란 말만 듯고도 그들의 신경은 칼날가티 날칼오어진다.

『과장 안 계시느냐고요? 네 지금 댁에 계신데 급한 일이거든 그대로 말하슈』

『안 돼요? 쏙 과장이라야 말을 해요? 지금 안 계신데 어써케 합니까? 그냥 말을 하시구려[16]

『뭐요? 비밀? 지급한 비밀이라고? 글세……정 그러커든 나종에 걸구려. 아즉 과장이 출근을 안호섯는데……[17]

『시각을 다투는 일이라고? 암만 시각을 다투지만 과장은 안 계시고 말은 할 수 업다면서! 그러면 어써란 말요?[18]

『뭐요? 다른 게 아니라 응 거동이 수상한 청년이 가는데 그의 지갑에서 과장의 명함이 나왓다 응 그래서?』

15 '』' 누락.
16 '』' 누락.
17 '』' 누락.
18 '』' 누락.

1929.8.24 (77)

連作 小說 **荒原行(77)** 1929년 8월 24일

깁흔 잠 깨니 二

『과장 명함이 나와. 까닭 부튼 일인데』

원숭이 낫작은 벌서 무엇을 알아차렷다는 듯이 동료를 돌아본다

『원! 좀 써들지 말아요』

솔닙 웃수염은 한 번 팩[19]하게 소리를 질르고서 다시 뎐화를 밧는다.

『그래서? 명함이 나와서? 그래 그 명함은 분명히 홍 과장의 명함이란 말요? 물론 분명하고 도장까지 찍혓다? 그럼 고만이지 웨 뎐화를 걸엇단 말요. 명함은 분명한 듯하지마는 명함 가진 사람이 이상스럽다? 뭐시 이상스럽단 말요? 뭐요 뭐, 글세 과장은 안 계시다고 안 햇소』

솔닙 수염은 선듯 자긔에게 말을 하지 안코 망서리는 저편의 태도에 얼마쯤 불쾌한 감정이 난 대다가 넘우 추군추군하게 과장을 찻는 데 벌억 화를 낸다.

『뭐시 어써케 이상스럽단 말요? 코가 삐둘어젓소 눈이 애꾸눈이오 대관절 어써탄 말요? 원 사람 갑갑해 죽겟네. 글세 과장이 안 계시니 나종에 걸란밧게. 그런 게 아니라 어써탄 말요. 뭐요 돈을 가젓다고. 얼마나 가젓단 말요? 현금으로 이천 원 갓가이 가젓다? 그래서? 사람이 돈 가지기도 예사지』

앗가부터 화가 난 뎐화 밧는 이는 이러케 비쑥거린다.

『그래, 돈을 가젓는데 어써탄 말요, 뭐요? 자세한 이야기는 과장이라야

19 팩. 갑자기 성을 내는 모양을 이르는 말.

말하겟다? 곳 뎐화를 다시 걸게 해달라고 건방진!』

저편에서도 화가 나서 뎐화를 탁 끈흔 모양이다. 솔닙 수염은 뎐화통을 부슬 듯이 걸어 버렷다.

『젠장 건방지게, 말을 할 테면 하고 말 테면 말지. 쓱 과장이라야 멋인가. 그래 나는 경관이 아니란 말인가. 시골쓰기는 더 건방지드라니』

하고 화를 덜억덜억 낸다.

『여보게 현금 이천 원! 그게 대관절 웬 돈인가. 허리씌 끌르겟네[20] 그려』

하며 원숭이 낫작은 입을 헤 버린다.

『그까짓 돈 이천 원쯤 가젓다기로니 하상대사라고 과장을 대라 누구를 대라. 지급비밀이다 흥』

솔닙 수염은 앗가 성미가 아즉도 갈아안지 안흔 듯.

『여보게 그러케 말할 것은 아닐세 이 비비 마른 판에 돈을 이천 원씩 너코 다니니 누가 의심을 안켓나. 혹은 설교강도인지도 몰르지!』

『설교강도! 이 사람이 설교강도에 미쳣네그려. 그런 짓을 하고 다니는 놈이 그만큼이야 쏙쏙하겟지. 그래 뭐를 밋고 현금을 지니고 국경을 넘나든단 말인가. 어림도 업시』

『과장의 명함을 미덧겟지!』

하고, 원숭이 낫작은 불숙 나온 제 말에 번개가티 무슨 단서를 잡은 것처럼

『올치 올치 그래 그래』

혼자 고개를 끗덕끗덕하다가

『여, 여보게 크, 큰일 낫네』

란 말을 남기자말자 다름박질로 문을 차고 나갓다.

20 끌르다. '끄르다'의 방언(강원).

그가 불현듯이 쒸어온 곳은 물론 홍면후 집이다.

그는 급한 맘에 대문에서 『이리 오너라!』를 차질 겨를도 업시 안마당으로 쒸어들엇다.

『과장 령감! 큰일 낫습니다』

그는 물에 싸진 사람과 가티 헐덕거리며 웨첫다.

제집에 『큰일』보담도 남의 집에 『큰일』을 내랴고 각금 『큰일』을 격근 그 집안 식구는 이 웨침에 『쏘 경찰서에 무슨 일이 잇나 부다』 하고 그리 놀래지도 안핫다.

어멈의 인도로 그는 쉽사리 홍면후가 자는 안방에 들어갈 수 잇섯다.

방안에 들어서면서 그는 쏘 한 번

『과장 령감! 큰일 낫습니다』

하고 웨첫다. 그러나 아모 대답이 업다. 면후는 입울도 차 던지고 읏[21] 통만 벗은 채 방바닥과 요ㅅ바닥 어름[22]에 배를 걸치고 깁흔 잠이 들엇다. 더렁 더렁 코고는 소리는 황급한 제 부하의 부르지짐을 비웃는 듯.

21 문맥상 '웃'의 오류로 추정.
22 어름. 두 사물의 끝이 맞닿은 자리.

1929.8.25 (78)

깁흔 잠 깨니 三

『과장 령감! 과장 령감!』

처음에는 불르기만 하다가 나종엔 부르짐과 아울러 팔도 흔들고 다리도 흔들고 엇개도 흔들어 보앗지만, 깁히 든 과장의 잠은 좀처럼 깨어나지 안햇다. 마지막으론 두 팔을 가슴패기에 밀어 너허 잡아 일으켜 보앗스되, 잠자는 이의 팔과 고개가 마치 녹아나리는 엿가락 모양으로 일으키는 이의 머리 우에 늘어질 뿐이다. 오 형사는 진력이 나고[23] 구슬 가튼 땀이 매치도록 죽을 애를 썻스되, 아모런 보람이 업섯다.

깨우기에 절망한 그는 다시금 부산하게 일어섯다. 『큰일』 하나를 발견하고 제 상관에게 급보를 하러 왓다가 『큰일』 또 하나를 발견하고 또다시 총총히 뛰어나왓다.

면후는 그날 오정 때가 넘어서야 겨우 깁흔 잠을 깨엇다. 어제ㅅ밤 맥주의 빌미인지 골치가 띙하며 잠은 깨엇지만 머리ㅅ속은 안개가 열 겹 스므 겹 가린 듯하다. 그는 몃 번이나 정신을 모아 보앗지만 물결 우에 그리는 글씨처럼 이내 흐려지고 슬어진다[24]. 어제ㅅ밤 일을 생각하랴고 애를 썻지만 마치 뒤숭숭한 꿈속을 지내온 듯이 련맥[25]을 차릴 수 업섯다.

애라의 모양, 김순태라는 청년의 모양, 백마뎡, 수사본부 등 여러 사람과 여러 광경이 한대 뒤석기고 반죽이 되고 감을감을 살아진다.

---

23 진력(盡力)나다. 오랫동안 또는 여러 번 하여 힘이 다 빠지고 싫증이 나다.
24 스러지다. 형체나 현상 따위가 차차 희미해지면서 없어지다.
25 연맥(緣脈). 이어져 있는 맥락.

『애라에게 돈 이천 원을 주엇것다』

생각하고 뒤미처[26]

『웨 주엇노?』

재우치면[27] 웬셈[28]인지 알 수 업다.

『설교강도를 잡아오란 긔밀비[29]로 주엇지』

한참만에야 그는 저 할 일에 이러케 경위를 짜저보앗다.

『김순태란 청년에게 내 명함을 주엇것다』

『웨 주엇노』

『국경을 무사히 넘어가라고』

『그것은 쏘 무슨 까닭으로?』

『글세!』

다시금 그는 생각의 실마리를 일허버린다.

『오, 올치! 애라가 그 청년을 소개하얏고 나는 애라를 밋고 한 일이지. 애라는 귀여운 계집애다. 령리한 계집애다. 내 일이라면 무엇이라도 잘 보아주겟지. 아므럼 그야 물론이지. 그런 대로 쌜린 년이 돈 생기는 일 마다하고[30] 오라ㅅ줄 지기를 조하할라구… 혈마……[31]

『그런데 저는 웨 안 갓노? 그 청년과 가티 갓스면 일하기가 수월할 텐데』

하고, 고개를 기웃거리다가 문득 황연대각[32]한 것가티

『그야 안 될 말이지 내가 잇는데 그 청년하고 가티 가? 젊은 것들끼리 맛부트면 죽이고 밥이고 다 들리지[33]. 그러면 어찌되는 일인구.[34]

---

26 뒤미처. 그 뒤에 곧 잇따라.
27 재우치다. 빨리 몰아치거나 재촉하다.
28 웬셈. 어찌 된 셈.
29 기밀비(機密費). 지출 내용을 명시하지 아니하고 기밀한 일에 쓰는 비용.
30 마다하다. 거절하거나 싫다고 하다.
31 '』' 누락.
32 황연대각(晃然大覺). 환하게 모두 깨달음.

『가티 가면 맛부틀 년놈이 여긔 잇슬 적엔 맛붓지 말란 법 잇나[35]

『그야 의남매 간이라는데 아모리 그런 것들이라도 그러치야 안켓지,[36]

『그러면 가티 가도 조치 안나』

면후는 암만해도 갈피를 잡을 수 업섯다.

『내가 머리가 아파』

하고, 스스로 입울 속에서 궁글궁글하다가 문든[37] 무슨 생각이 번썩 도는 듯이 벌덕 일어안젓다.

그는 미다지에 비췬 볏발[38]을 바라보고 놀랜 듯이 괘종을 쳐다보앗다. 그는 쏘다시 깜작 놀래며 제 눈을 의심하는 것처럼 괘종 갓가이 걸어가 보고 쏘 한번 놀래엇다.

『응! 두 시!』

하고 무슨 무서운 것이나 본 것처럼 두어 걸음 뒤로 물러섯다.

『내가 이게 웬 잠인고? 지금이 어느 째라고!』

그의 대야머리엔 쌈방울이 매치고 포달스러운[39] 눈은 번썩이기 시작한다. 아모리 여러 날 지친 몸이오 쏘 맥주잔에나 취햇기로 스므 시간 갓가이 인사정신[40]을 모르다니. 그는 제 잠을 물어쓰더 죽일 듯이 『액」[41] 『액』 소리를 치며 니를 싸드득 싸드득 갈다가, 별안간에 목소리를 가다듬어

『한경아!』

하고, 제 누이를 불럿다.

---

33 들리다. 물건의 뒤가 끊어져 다 없어지다.
34 '』' 누락.
35 '』' 누락.
36 '』' 누락.
37 문맥상 '득'의 오류로 추정.
38 볕발. 사방으로 뻗친 햇살.
39 포달스럽다. 보기에 암상이 나서 악을 쓰고 함부로 욕을 하며 대들 듯하다.
40 인사정신(人事精神). 신상에 벌어지는 일을 살피거나 예절을 차릴 수 있는 제정신.
41 '』'의 오류.

1929.8.26 (79)

連作小說 荒原行(79) 1929년 8월 26일

깁흔 잠 깨니 四

『한경아!』

면후는 연거펴 또 한번 소리를 놉혀 불르다가, 설사 한경이가 마츰 등대하고[42] 섯다 하드라도 미처 대답할 여유를 남겨두지도 안코 그는 불현듯 한경의 거처하는 뜰알엣방으로 쒸어나려 갓다.

한경의 방문은 면후의 황황한[43] 손길에 열렷다. 그러나 방안은 텅 비엇다. 아모 구석에도 사람의 그림자는 볼 수 업다. 한경의 모양은 차즐 수 업다!

한 발을 방안에 들여 노흔 채 제 눈을 의심하는 것처럼 한참 어리둥절하고 서 잇든 올아비는, 무슨 결심을 한 듯이 신도 벗지 안코 성큼 방안으로 쒸어들엇다. 그 독사와 가튼 눈방울은 이모저모로 굴을스록 더욱 반들반들하게 빗난다. 마치 어느 구석에 숨어 잇는 제 누이를 긔예[44] 차저내고야 말랴는 것처럼. 독 올른 그 눈알맹이엔 한경이 대신 책상 우에 바늘로 쏘자 둔 편지 쪽 한 개를 발견하얏다. 틀림업는 누이의 필적. 아니 일즉이 자긔에게 횃불 가튼 분을 도두는 평양에서 보낸 범인의 필적.

올아버님께 ——

저는 저 갈 대로 갑니다. 오늘날까지 길러주시고 가르처주신 은혜는 무

42 등대(等待)하다. 미리 준비하고 기다리다.
43 황황(遑遑)하다. 갈팡질팡 어쩔 줄 모르게 급하다.
44 긔예. 마지막에 가서는 그만(곽원석, 『염상섭 소설어사전』, 고려대학교 출판부, 97쪽).

엇으로 갑사올지 생각하면 아득합니다마는 밟는 길이 다른 다음에야 일즉이 갈리는 것이 조치 안해요? 올아버니께서 저를 동긔[45]로 녀기신다면 저의 간 곳을 캐지 말아주셔요. 저도 동긔의 정으로 마즈막 한마듸 여쭐 것은 제발 지금 하시는 일을 고만두시고 아름답고 씩씩하게 살아나가실 길을 손수 개텩하십시오.

한경은 올림

『앙!』

하는 소리가 올아비의 입슐로 새며 싸드득 니를 갈아부쳣다.

『괘씸한 년!』

니를 앙 문 채 배앗는 듯이 한마듸 뇌이자, 앙상하게 쌔만 들어난 그의 손아귀에 든 편지 쪽은 박박 찌저젓다.

『죽일 년!』

그는 쏘 한번 뇌이고 후닥닥 쒸어나왓다.

그는 제 방으로 돌아와 불이나케 경찰부로 뎐화를 걸랴다가 말고 모자도 쓰지 안흔 채 대문 밧그로 쒸어나가다가 쏘다시 급히 집 안으로 쒸어들어와 행랑어멈을 보고 인력거 한 대를 급히 불르라고 하얏다. 아범이 인력거를 불러온 째는 벌서 그가 다시 자동차부에 뎐화를 걸어 자동차 한 대를 지급히[46] 보내라고 명령하고 잇섯다. 자동차가 문 밧게서 쌩쌩 소리를 질를 째엔 그는 처음 걸랴 하든 경찰부에 다시 뎐화를 걸고 잇섯다. 그는 마치 미친 사람 모양으로 썰썰 매고 날쒸고 서둘럿다.

『여보, 여보, 여보, 여보![47]

45 동기(同氣). 형제와 자매, 남매를 통틀어 이르는 말.
46 지급(至急)히. 매우 급하게.

그는『여보』ㅅ소리를 뎐화 밧는 저편에서 미처 대답할 사이도 업시 사태가 나도록 불러 제치고 제 풀에 성이 나서 콩 튀듯이 뛴다.

『여보, 여보, 여보, 여보, 경찰부 고등과요, 뭐, 뭐, 뭐, 오오! 오 형사요, 앗가 집에 왓드라고! 내가 암만 ᄭᅢ워도 자드라고! 가만잇서, 가만잇서! 내 말 들어, 내 말 들어요. 뭐뭐 지급보고할 것이 잇다고? 뭐뭐, 신의주 경찰서에서 뎐화가 왓섯서. 그래, 그래, 어ᄯᅥᆫ 청년이 내 명함을 가지고 가드라고. 그래, 웨 내게 직통 뎐화를 걸지 안햇섯? 내가 잣서? 응, 응, 오 군이 다시 뎐화를 걸어보니ᄭᅡ 뭐시 어ᄶᅢ? 그대로 노하 보냇다? 내 명함을 밋고? 여긔서 아모런 반뎐이 업스니ᄭᅡ 의심 업는 사람인 줄로 알앗다고. 바가[48]! 바가! 오우 바가!』

하고 형사과장은 집어 던지는 듯이 뎐화를 ᄭᅩ자 버렷다.

그리고 날으는 듯이 대문ㅅ간을 나가서 선ᄯᅳᆺ 자동차에 올랏다. 자동차ㅅ문을 냉큼 아니 열어 준다고 하마트면 운전수의 ᄲᅣᆷ을 쥐어질를[49] 번하얏다.

---

47 '』' 누락.

48 바가(ばか, 馬鹿). 어리석음, 바보, 멍청이.

49 쥐어지르다. 주먹으로 힘껏 내지르다.

1929.8.27 (80)

깁흔 잠 쌔니 五

면후가 자동차를 몰아온 곳은 물론 경찰부다. 그는 들이닥치면서 경부선과 경의선 방면에 인상(人相)을 자세하게 그리어 홍한경을 잡아 보내라는 뎐보 수배를 치고 부산과 신의주 두 관문에는 자긔가 직접 뎐화를 걸어 보앗다. 한경이가 그짜위 편지를 남기고 달아난다면 론물[50] 국경으로 빠저나갈 터이오 그러타면 륙로로 압록강을 건너든지 수로로는 부산으로 장긔[51]를 거처 상해를 가는 두 길밧게 업스리라고 추측한 것이다. 그러고 혹은 몰라서 인천에까지 뎐화를 걸어 두엇다.

부산과 인천의 회답은 시원치 안햇고 오즉 신의주의 회답만 귀가 번쩍 씌엇다. 분명히 홍한경이란 녀자가 아츰 첫차에 잇섯고 족음 수상한 눈치도 업지 안하 짐까지 검사해 보앗스나 자긔가 홍 형사과장의 친누이라고도 할뿐더러 짐 속에는 경긔도 경찰부라 인쇄한 봉투에 홍 과장의 함자가 뚜렷이 잇슴으로 신지무의[52]하고 그대로 보냇스니 지금쯤은 벌서 봉텬도 통과햇스리라 한다. 홍 과장은 얼굴이 파라케 질리며 발을 통통 굴럿다. 그 대야머리의 숨구녕[53] 맥까지 펄펄 쒸노는 것이 겨틔 사람에게도 보이엇다. 아모리 크고 어려운 사건을 맛나도, 어대까지 침착하고 랭정하든 그이어늘. 오늘처럼 펄펄 쒸고 수선[54]을 피고 안절부절을 못 하는 것은

50 '물론'의 글자 배열 오류.
51 장기(長崎). 일본 나가사키를 이르는 말.
52 신지무의(信之無疑). 조금도 의심하지 아니하고 믿음.
53 숨구녕. 숨구멍의 방언(강원, 경상, 전남, 충청, 평안, 함경, 황해).

십여 년을 가티 잇는 오 형사도 처음 보앗다.

전번 필적 사단으로 면후가 얼마쯤 한경을 의심한 것은 사실이다. 영락업시 가튼 글씨는 치의[55]를 안흐랴 안흘 수 업섯든 것이다 그러나 랭혹하기 돌과 갓고 날칼옵기 칼날과 가튼 그이언만 실낫만한 동긔의 정이 업지 안햇다. 막내동이 어린 누나[56]! 어버이를 일즉이 여의고 제 손으로 길러내고 제 힘으로 공부를 시켜 논 귀여운 누나! 사십이 넘어 슬하에 일뎜혈육이 업고 사막가티 쓸쓸한 그의 가뎡에 오즉 한 송이 꼿인 어여쁜 누나! 그의 가슴에 올아비의 사랑과 아비의 정을 한꺼번에 자아치게 하는 한경이! 그러타! 한경이야말로 겨울가티 싸늘한 그의 성격에 오즉 한줄기 봄바람이오 한 그믐밤 빗가티 캄캄한 그의 감정에 오즉 한 개의 빗나는 별이엇다. 이러한 한경이를 자긔의 가장 미워하는 설교강도의 공범으로 밋기는 정말 실혓다. 귀신이 울 만큼 가든[57] 필적이 잇다금 그의 가슴을 어둡게 하얏스되 『설마 그럴리야 잇나! 치의하는 내가 미친놈이지!』 하고 호의 잇는 의심을 던질 섇이엇다. 애라의 청을 들어주는 체하고 춘천으로 보내면서 뒷구멍으로 춘천 경찰서를 시켜 그 일거일동을 감시케 한 것도 결국은 한경이를 어씨하자는 것이 아니라 갈피 못 잡는 제 의심을 뎨 삼자로 하야금 명명백백하게 풀어보랴 한 것이엇다. 더구나 백마뎡의 일 막에 이르러서는 제 의심을 결뎡뎍(決定的)으로 풀어버리자고 꾸민 놀음이다. 자긔는 맨 나종에 들어갓고 역시 뎨 삼자인 다른 형사들로 철호와 한

54 수선. 사람의 정신을 어지럽게 만드는 부산한 말이나 행동.
55 치의(致疑). 의심을 둠.
56 누나. 현대에는 같은 부모에게서 태어난 사이거나 일가친척 가운데 항렬이 같은 사이에서, 남자가 손위 여자를 이르거나 부르는 말이지만, 여기에서는 '여동생'을 지칭하는 의미로 쓰임.
57 문맥상 '튼'의 오류로 추정.

경과의 대면하는 찰나의 표정을 보살피게 한 것도 쏘한 그런 뜻에 지내지 안햇든 것이다. 만일 면후로 하야금 한경이를 의심하면서도 밋는 한 구석이 업섯든들 그는 결코 제 누이를 아모 거리김 업시 고민 업시 남의 손에 내어맛기지 안햇스리라. 한경이와 철호 두 사이에 아모런 의심뎜을 발견치 못하고 아슬아슬한 이 고비를 무사히 지냇슬 째, 철호, 한경, 애라의 안심의 숨길보담도 실상인즉 면후의 깃븜이 더 컷든 것이다. 그 바람에 그는 철호에게 선선이 제 도장 찍은 제 명함을 내어주엇고 애라의 쌀흐는 술에 무엇이 든지도 맛볼 새 업시 들이켠 것이다.

그런데! 한경이는 보기 조케 달아나 버렷다. 더구나 맛득지안흔 충고비스름한 소리와 비웃고 조롱하는 글ㅅ발(그의 눈에는 그 글 사연이 그러케밧게 보이지 안햇다)을 남기고 의긔양양하게 자최를 감추고 말앗다!

오늘날까지 싸하 노흔 귀신도 제 눈은 속이지 못한다는 직업뎍 자신(職業的自信)과, 이 세상에 오즉 하나 남은 도덕뎍 위안(道德的慰安)이 한써번에 물거픔가티 살아지고 말앗다

면후는 눈이 아니 뒤집힐 수 업섯다.

1929.8.28 (81)

連作 小說 荒原行(81) 1929년 8월 28일

떨어진 편지 쪽 —

그 이튿날 아츰 오정 때가 지내도 애라 또한 잠이 어릿어릿하얏다. 분홍 망사 모긔장 안으로 해ㅅ발은 령롱하게 비취건만 숨길은 아즉도 그를 쓰으는 듯. 푸른 불[58]결을 지처 나가는 인어모양으로 그는 연두빗 숙고사[59] 겹입울[60]자락에서 헤어 나와 포동포동한 젓가슴을 앗김업시 들어내노코 갸름하고도 토실토실한 종아리는 입울 우에 되는대로 언첫다. 오뚝한 코ㅅ테 땀방울이 송송 쏫앗는데 하느적어리는 머리칼 몃 올이 파레처럼 걸렷다.

몸이 허물어지고 바사드는 듯한 철호와 가티 격는 그 순간순간. 조마조마하고 아실아실하게 지나치는 고비고비. 터질 듯이 긴장한 가슴 미트로 흘러나리는 달착지근한 사랑의 술물. 귀신 모르는 비밀을 제 손가락 끗테 걸어두고 맘대로 멋대로 휘휘 내젓는 상쾌한 맛. 무지개가티 써올르는 허영심. 화려한 봄을 약속하는 압날의 공상. 남산장 은윽한 구석방에서 철호와 마지막 순간을 잡은 이래로 애라를 기다리는 밤과 낫은 공작의 날애처럼 찬란하얏든 것이다. 어제ㅅ밤에 뜻대로 감쪽가티 철호를 써나보내고 안심의 숨길을 내어쉴 새, 몃 날 몃 밤을 두고 그의 겨테는 얼신도 하지 안튼 잠의 날애가 싸뜻하게, 노곤하게 그를 덥헛든 것이다.

---

58 문맥상 '물'의 오류로 추정.
59 숙고사(熟庫紗). 삶아 익힌 명주실로 짠 고사. 봄과 가을 옷감으로 쓴다.
60 겹이불. 솜을 두지 않고 거죽과 안을 맞대어 여민 이불.

애라의 솟닙 가튼 입술엔 웃음의 그림자가 그윽이 움즉엿다. 은어[61] 가튼 힌 팔둑이 굼실하고 벌어지며 모로 돌아눕는 그는, 더듬더듬하면서 제가 베고 자다가 내어버린 베개를 얼사안앗다. 그러자 그는 족음 놀랜 듯이 눈을 반남아[62] 썻다. 제 가슴 속에 참다라케[63] 안긴 베개를 보고, 그는 방글에 웃엇다. 아모리 자든 잠결에라도 제 손으로 멀리 써나보낸 철호를 제 엽헤서 더듬고 그 대신 베개를 추켜 안은 것이 웃으엇든 것이다.

눈부신 해ㅅ발을 피하는 것처럼 벽을 향해 다시 돌아누으며 그는 쏘 한 번 방싯 웃엇다.

어제ㅅ일을 생각하면 그는 자아치는 웃음을 참을래야 참을 수 업섯다. 그 반들반들한 대야머리가 제 손에 기름이나 무든 것처럼 매끈하게 넘어간 것이 아모리 생각해 보아도 어써케 신통방통하고 쌔가 쏘다지는 듯이 고소한지 몰랏다. 자긔가 밤낫으로 잡으랴고 노리는 범인을 제 코압헤 노코 손 솟 한번 건듸리지 못할 쑨인가, 제 명함을 제 손으로 쓰어내어 제 글씨로 소개장을 쓰고 제 손으로 제 도장을 씩든 광경은 생각할스록 재미가 난다.

『그짜위가 형사과장! 한우님 맙시사! 흥』

하고, 애라는 쏘 한 번 코웃음을 첫다. 세상에서는 독사보다도 더 영독하다[64]는 그 인물을 그처럼 못난이를 맨들고 엿가락가티 늘어지게 하고 콩고물가티 곱은곱은하게 하고, 녹초가 되게 한 것은 누구의 힘이냐? 애라의 힘이 아니냐, 나의 힘이 아니냐. 눈섭 한 올이만 솟솟이 세웟다가 살작 뉘엇다가 하기만 하면, 홍면후쯤은 마치 일긔 고르지 안흔 첫봄의 얼음장 모양으로 얼고 녹고 한다.

61 은어(銀魚). 바다빙엇과의 민물고기.
62 반(半)나마. 반 조금 지나게.
63 참다랗다. 분명하고 틀림없다.
64 영독(獰毒)하다. 모질고 독살스럽다.

애라는 새삼스럽게 신통한 자긔의 힘을 늣길 제 더할 나위 업는 만족이 가슴에 차고 머리에 차고 왼 몸에 넘처 올랏다.

『그짜위 형사과장이야 백 명 천 명이 잇슨들 내 비밀의 냄새인들 만[65] 타도 못 보지!』

하고, 애라는 또 한 번 색 웃엇다.

『그런데 철호 씨는 지금 어대까지나 가셧소』

지금쯤은 국경도 곱다라케 넘어섯슬 것이오 그 능란한 솜씨에 벌서 안전디대(安全地帶)에 들어누어 코웃음을 치고 잇슬 것이다.

홍면후가 더할 나위 업시 못난 정비례로 철호는 마치 태양과 가티 그의 눈압헤 번썩이엇다.

65 문맥상 '마'의 오류로 추정.

1929.8.29 (82)

連作小說 **荒原行(82)** 1929년 8월 29일

썰어진 편지 쪽 二

『어쩌면 그러케 대담하고 침착할가. 시침이도 청승맛게 쎄든걸!』

애라는 제 덜미를 집흔 위험에도 눈섭 솟 하나 움즉이지 안코 태연자약[66]하든 철호의 태도를 생각하고 다시금 탄복하얏다. 이런 인물이야말로 칼날 우에서 춤을 추어도 발 한번 빗드될 이가 아니다 아니다. 미더서 밋는 보람이 잇고 존경해서 존경한 갑이 잇는 사람이란 철호 가튼 인물을 가르처 한 말이리라. 이십 반생을 두고 그리고 찻든 그이를 인제야 맛낫고나. 붉은 등과 푸른 술에 속절업는 청춘을 늙히며 갑업시 허덕이는 산애들의 속업시 벌인 팔둑의 수풀을 벗어나서, 철호의 쓰거은 가슴에서 비롯오 안윽한 주막을 발견한 듯십헛다.

흥미에서 의혹에, 의혹에서 탄복에, 탄복에서 정열에! 그의 철호에 대한 감정의 경로는 이러케 밧귀엇든 것이다. 별가티 번썩이는 철호의 두 눈은 그의 생명의 쏫이오, 불길이오, 해ㅅ발이다. 썌가 휘고, 살이 가루가 되고, 왼몸의 피가 마지막 한 방울싸지 쌔지짓쌔지짓 타는 한이 잇드라도, 이 쏫이, 불길이, 해ㅅ발만은 일치 안흐리라고, 그는 몃 번이나 스스로 맹서를 하얏든고! 문득 애틋한 어젯밤 리별광경이 눈압헤 써나왓다.

일분일초가 천년 가튼 면후와의 짬나는 교섭이 씃나자 애라는 먼저 자긔 집으로 돌아오고 대강대강 써날 준비를 마친 뒤에 철호도 뒤미처[67] 짤하왓다.

---

66 태연자약(泰然自若). 마음에 어떠한 충동을 받아도 움직임이 없이 천연스러움.
67 뒤미처. 그 뒤에 곧 잇따라.

바루 이 방에서 두 사랑의 짝은 차ㅅ시간을 기다렷다. 언제든지 쾌활하고 수다하든 자긔이언마는 이때만은 목이 메엿는지 말 한마듸 짓걸일 수가 업섯다.

쌔근하게 차올르는 가슴 멋업시 스멀스멀하는 눈시울. 뒤풀이하는 으스러지는 듯한 포옹. 금방 썰어젓다가 쏘다시 피어올르는 『키쓰』의 꼿. 일 초가 한 시 되는 시계의 요술.

『시간이 거진 된 모양인데, 인제는 써나야겟군』

하고, 풀 업시 일어서는 철호.

『뭘요! 아즉도 여섯 시 삼십 분밧게 안 됏는데, 일곱 시니 반 시나 남지 안햇서요』

나는 듯이 몸을 일으켜 철호의 압흘 막는 애라.

『뎡거장엘 좀 일즉어니 가야지 노치면 어써나』

『오래간만에 시골씌기 틔를 보이는구려. 시간 전에 가면 남 먼저 써나나』

애라는 금시로 썰어지랴는 눈물방울 고인 눈동자를 흘겨보인다.

『나종 가는 것보담은 낫지』

철호도 식은 웃음을 짓는다.

『내 겨티 그러케 실혀요. 그럼 안녕히 행차합쇼』

하고, 애라는 앵돌아진다[68]. 철호는 다시 주저안는다.

오 분! 십 분! 아니 써나보내고는 못 박일 시각은 필경 닥처오고 말앗다! 철호의 목에 쏙 매달리는 애라의 손길. 얼굴과 비비는 얼굴.

뎡거장까지 물론 전송을 할 것이로되, 감정에 겨워 혹은 자긔네의 뒤를 쌀호는지도 모르는 형사들에게 눈치를 채일는지도 몰라서 뎡거장 송별은 하지 안키로 작뎡하얏든 것이다.

---

68 앵돌아지다. 노여워서 토라지다.

철호가 방문을 열고 나갈 제

『안녕히 가서요』

하고, 애라는 고개를 숙엿다.

『애라 씨도 얼른 오구려』

철호의 남긴 말.

대문을 나갈 쌔

『안녕히 가셔요』

하고, 애라는 쏘 고개를 숙엿다.

『애라 씨도 얼른 오구려』

철호의 쏘 한번 부탁.

골목 안을 나설 쌔

『안녕히 가셔요』

하고, 애라는 쏘 새삼스럽게 고개를 숙엿다.

『애라 씨도 얼른 오구려』

철호의 재우치는 부탁.

훤출한 엇개가 골목 밧까지 살아질 쌔까지 애라는 우두머니[69] 서 잇다가 쏜살가티 제 방으로 쒸어들매 참앗든 눈물이 한거번에 쏘다젓다……

산애 리별을 밥 먹듯이 해제친 애라이건만, 이번 리별에야말로 처음 리별의 맛을 알앗다. 이러케 맑고도 쓸쓸한 슬픔을 격거보기는 난생 처음이엇다.

다시금 엽흐로 돌아누으며 멍하게 텬정을 쳐다보다가

『철호 씨! 철호 씨! 잠간만 기달려줍쇼. 나도 곳 가겟서요』

라고 혼자 중얼거렷다.

69 우두머니. 우두커니.

1929.8.30 (83)

連作小說 荒原行(83) 1929년 8월 30일

떨어진 편지 쪽 三

철호 업시 단 하루ㅅ밤을 지내보고 애라는 철호와 가티 써나지 안흔 것을 몹시 뉘우첫다.

일분일초라도 철호를 써나 견듸기 어려운 줄 애라는 절실하게 깨달앗다. 그러면 애라는 무슨 까닭으로 철호와 가티 가지 안햇든고? 면후가 그들의 가티 가는 것을 꺼리고 실혀하는 것은 사실이라 할지라도, 그 대야 머리가 송두리채 애라에게 빠진 오늘날이니 그럴듯하게 주물르고 꾸며 대면야 감쪽가티 못 빠저 갈 것도 아니다. 더구나 비상수단을 쓸랴면야 하로 이틀쯤 애라를 아니 찻게 맨들기는 손바닥 뒤치기보담[70]도 더 쉬운 일이 아니냐.

애라의 써나지 못한 원인은 온전히 다른 대 잇섯다. 그것은 한경이가 마타 가지고 잇는 철호의 돈을 빼앗어 가지고 달아나랴는 불덩이 가튼 욕심이다. 철호가 대담하게 위험하게 빼앗은 돈이 칠팔천 원은 넘을 듯하다. 자긔가 철호에게 주어 보낸 돈 이천 원과 이 돈을 합하면, 돈 만 원이나 착실히 되는 셈 폭이오 이것만 가지면 철호와 화려한 생활, 꿀 가튼 그날그날을 보내는 미천은 넉넉할 듯 십헛든 것이다. 그러고 철호와 한경의 새[71]를 베어노차면 무엇보담도 이 돈을 한경의 손아귀에서 빼어내어야만 한다. 돈을 움켜낸 뒤에야 넌즛이 면후에게 일러주어 제 누이를 잡아먹게

70 보담. '보다'의 방언(경북, 전남).

71 새. '사이(서로 맺은 관계. 또는 사귀는 정분)'의 준말.

하든지 쓴더먹게 하든지 한경을 처치할 방법은 얼마든지 잇섯다. 그러한 뒤에 자긔도 철호의 뒤를 쌀하 자유로운 만주벌판에서 사랑의 마지막 승리를 자랑하랴는 것이 애라의 배ㅅ장이다. 그래 한경이가 춘천에서 멋모르고 백마뎡에 들어닥질 쌔 망우리고개에 녀학생 모양으로 차린 제 『병뎡』 하나를 보내어

만일 백마뎡에 오게 되거든 철호나 누구나 맛나드라도 모른 체할 일 쏘 돈은 애라에게 전할 일

이라는 철호의 위조편지를 전하게 한 것이다.

일간[72] 그는 무슨 수단으로든지 한경이와 직접 맛나든지 쏘는 전인[73]을 노튼지 긔어히 그 돈을 바다 쥘 작뎡이엇다.

애라는 아즉도 입울 속에서 몸을 궁그리며 돈 차저낼 궁리에 머리를 쌋다. 제아모리 의엿한[74] 학교를 졸업하고 지식이 도고하다[75] 하드라도 아즉 세상 물정 모르는 계집애다. 내 솜씨에 아니 넘어가지는 못하리라 하얏다.

『철호 씨가 시방 어썬 곤경을 격고 계시는지 아슈. 내가 안 가지고 가면 목숨을 내어노코 벌은 그 돈을 누가, 전할 테요? 나도 여긧 일이 밧브니까 돈만 전해들이고는 하루밧비 돌아올 터애요 철호 씨와 나와는 남매지의밧게 아모것도 업지마는……』

애라는 한경이와 맛닥들여 교섭할 말까지 준비해 노핫다. 그 승겁게 생긴 한경의 눈에 스르를 눈물이 매치며 『부듸 잘 전해 주서요!』 하고 돈 싼 보통이[76]를 글르는[77] 광경까지 눈압헤 서언하얏다.

---

72 일간. 가까운 며칠 안에.

73 전인(專人). 어떤 소식이나 물건을 전하기 위하여 특별히 사람을 보냄. 또는 그 사람.

74 의엿하다. 문맥상 '행동이 거리낌 없이 아주 당당하고 떳떳하다'를 뜻하는 '어엿하다'의 의미로 추정.

75 도고(道高)하다. 도덕적 수양이 높다.

『그런데 한경이는 어찌 되엇슬가!』

애라는 문득 이런 생각을 해보앗다. 백마뎡에서 돌아간 뒤 단단히 제 올아비의 감금을 밧고 그 애지중지하는 철호 씨와 한마듸 작별도 못 하고 애쑤진 눈물만 짜고 잇슬 광경을 생각하매 애라는 깨가 쏘다지듯이 재미가 낫다.

『그런데 가만 잇거라!』

하고 독한 웃음이 흘르든 애라의 눈은 별안간 동글애진다. 그 멍텅구리 면후가 철호에 대한 의심을 푸는 동시에 한경에 대한 의심도 풀엇스면! 아니다, 그럴 수는 업슬 것이다. 아모리 철호가 범인이 아닌 줄은 깨달앗지만 그러타고 범인의 필적과 한경의 필적이 꼭 갓다는 수수꺽기가 풀린 것은 아니다. 면후는 아즉도 빈틈업시 한경을 감시할 것이다.

『그런데 면후가 참 어써케 되엇노』

하고, 애라의 눈은 더욱 호동글애진다. 그는 소소라처 일어낫다.

면후의 맥주 곱보에 최면제 『아다린[78]』을 녀허주든 광경이 불현듯 머리에 써올랏다.

76 보(褓)퉁이. 물건을 보에 싸서 꾸려 놓은 것.

77 그르다. '끄르다(맺은 것이나 맨 것을 풀다)'의 옛말. 모음으로 시작하는 어미 앞에서는 '글-'로 나타난다.

78 아달린(Adalin). 최면제나 진정제로 쓰는 디에틸브롬아세틸 요소로 만든 약품. 쓴맛이 있고 냄새가 없는 흰색의 가루이다.

1929.8.31 (84)

떨어진 편지 쪽 四

백마뎡의 일 막은 면후에게 마지막 수단인 모양으로 철호, 애라, 한경에게도 삿 가는 단편이엇다. 잡히느냐, 빠저나가느냐, 가장 위험한 두 갈래 어름[79]에 그들은 서게 된 것이다. 분화산 우에서 추는 춤이오, 서리 가튼 비수를 물고 부리는 재조이엇다. 죽고 살고 하는 이 마당에 이러타 할 준비도 업시 다달으는 것은 무모한 노릇이오 어리석은 짓이다.

철호는 애라에게 이런 주의를 시키며 애라의 방에 제 변장긔구를 숨겨노케 하고 면후의 먹는 맥주에 『아다린』을 타서 먹이도록 한 것이다.

무사하게 이 아슬아슬한 고비를 넘어서면 물론 조코, 그러치 못하면 변장을 한 다음에 면후가 먹은 최면제가 효력을 발생할 째를 타서 달아나자는 것이 철호와 애라의 계획이엇다.

그들의 계획은 예뎡보담도 더 쉬웁게 안전하게 실행되엇다. 철호는 멀리 쒸엇다. 면후는 세상모르는 잠에 뒤덜미를 집혓스리라.

『그러면 한경이는 어찌 되엇슬가? 달아나지나 안햇슬가?』

애라의 머리엔 선득하고[80] 날칼오운 칼날이 지내가는 듯하얏다. 면후가 깁히 잠들엇다면 한경이도 가만히 잇슬 것 갓지 안타 자긔의 가장 사랑하는 애인을 위하야 그 파수병을 먹인 최면제가 천만뜻밧게 자긔의 가장 미워하는 사랑의 덕을 지키는 감시인을 잠들게 하는 결과를 나코 말앗

79 어름. 구역과 구역의 경계점.
80 선득하다. 갑자기 놀라서 마음에 서늘한 느낌이 있다.

다! 애인을 뺏내는 수단이 사랑의 덕에게도 달아날 긔회를 준 듯하얏다.

애라는 안절부절을 못 하얏다.

『설마, 한경이가 달아낫슬라구. 저는 제 올아비가 잠든 줄도 모를 테니 그러케 만만하게 빠저나갈라구』

애라는 이러케 돌이켜 생각하고 겨우 맘을 노핫다. 모긔장을 것고 입울과 요를, 한 군대로 밀치고 난 뒤에 철호가 벗어던지고 간 헌털방이[81] 양복쪠기가 웃목에 그대로 널려잇는 것을 발견하얏다. 저 케케 낡은 검둥양복을 걸치고 협수록한[82] 꼴로 백마뎡에 나타나든 철호의 녯 모양을 그리며, 애라는 거둠거둠[83] 그런 옷을 거두엇다. 옷에 밴 철호의 냄새가 제 코안으로 긔어들 제, 다시금 가슴이 쌔근해진다. 몬지가 케케 안즌 것을 더러운 줄도 모르는 듯이 제 가슴에 비비고 얼굴에 비비다가 자긔네의 사랑의 긔념으로 이런 털방이 옷을 간직해두랴 하얏다. 밀칭[84]을 열어 제치고 몬지를 털 째에, 바지와 저고리 주머니를 뒤집고 털엇다. 그째 바지 왼편 주머니에서 꾸기꾸기한 조히쪽 하나이[85] 떨어젓다. 애라는 무심쿠 그 조히쪽을 집어들엇다. 구김살을 펴보니 연필로 날려 쓴 글발이 보인다. 희미하나마 그 자톄(字體)를 보고 애라의 가슴은 어지러웟다. 그것은 한경의 글씨가 분명하다. 그러나 그의 가슴을 쥐어뜻게 한 것은 글씨보담도 그 사연이엇다.

춘천을 써나기 전에 고 선생을 경찰서에서 제게로 차저왓서요. 눈치가

---

81 헌털뱅이. '헌것'을 속되게 이르는 말.
82 협수룩하다. 옷차림이 어지럽고 허름하다.
83 거둠거둠. 손으로 여러 번 거두어 쥐는 모양.
84 밀창문. '미닫이'의 방언(경북, 충북).
85 이 시기에 오면 모음 뒤에는 '가' 조사가 쓰는 것이 일반적인데 여기에서는 '이' 조사를 그대로 쓰고 있음.

수상합니다. 고 선생을 피하게 하십쇼. 또 돈은 제가 어쩌케든지 가지고 가겟습니다. 애라 씨에게는 아니 들이겟습니다. 곳 떠나주십쇼.

이 편지 쪽은 백마뎡에서 한경이가 술적 철호에게 전한 것이오 철호도 창졸간[86]에 얼핏 사연을 보앗지만 찌저 내버릴 여유가 업서서 그대로 포케트[87]에 너허두고 틈 보아 업새자든 것이 총총히 떠나노라고 이저버린 것이다.

86 창졸간(倉卒間). 미처 어찌할 수 없이 매우 급작스러운 사이.

87 포켓(pocket, ポケット). 호주머니.

1929.9.1 (85)

떨어진 편지 쪽 五

그 편지를 읽고 난 경애[88]는 새ㅅ별가티 홉쓴[89] 눈에 피ㅅ발이 어렷다. 박속가티 힌 니ㅅ발은 입술이 터지는 줄도 모르고 앙 나리물엇다 왼몸이 사시나무 떨리듯이 떨렷다. 얼굴빗은 다홍을 친 듯이 새빨개젓다가 다시 해쓱해지고 뒤미처 새파라케 질렷다. 된 꼴 안 된 꼴을 다 보고 구진 변 몹쓸 노롯을 격글 대로 다 격것다는 애라이건만, 이런 분한 꼴, 애닯은 변은 처음 당하는 일이다.

『돈은 어써케든지 제가 가저가겟다! 애라는 안 주겟다! 앙큼스러운 년도 잇지!』

애라는 또 한번 니를 갈앗다. 만일 한경이가 겨테 잇다면 머리채를 끄어들고[90] 매암을 돌리고 그 힌 기름가티 엉긴 살덩이를 팍팍, 물어쓰더도 시원치 안흘 듯.

『곳 써나 달라! 흥! 철호 씨를 써나게 한 것은 누구의 힘인가. 제 년이 주저넘게 바루 써나라 말아라. 얌치업는 년!』

하고 애라는 또 한번 몸을 부르를 떨엇다.

머리씃까지 치밀린 분심이 시간을 짤하 잠간 갈아안자, 한경의 밉살맛고 괘씸한 것보담도 산애의 야속한 남이 더할 수 업시 슬펏다.

88 '애라'의 오류.
89 홉뜨다. 눈알을 위로 굴리고 눈시울을 위로 치뜨다.
90 끄들다. 잡아 쥐고 당겨서 추켜들다.

『철호 씨도 철호 씨지! 그런 편지 쪽을 넌즛이 바다보고 시침이를 뚝 싸다니』

모든 것을 다 바친 산애! 제 가슴에 희망의 꼿구름을 돌게 하고 해ㅅ발과 가티 번썩이는 압날을 약속한 산애! 그 산애가 요만한 비밀이라도 자긔에게 숨긴 것이 얼마나 원망스러운지 몰랏다. 더구나 제 사랑의 뎍과 저 몰래 편지 쪽 하나이나마 주고바든 것이 치가 썰렷다.

그러나 다시 한번 돌이켜 생각할 쌔 이번 일은 결코 철호의 죄가 아닌 것은 분명히 쌔달을 수[91] 잇섯다. 한경이에게 외수[92]ㅅ전갈을 한 것은 애라 자신이 아니냐. 두 사이에 황홀한 최후의 순간을 잡은 이래로 거짓의 첫걸음을 밟은 사람은 애라 자신이 아니냐. 철호도 자긔 모르는 한경의 편지ㅅ사연을 보고 스스로 놀래엇슬른지 모르리라. 총명한 그는 벌서 애라의 약은 쐬를 알아차리고 속으로 괘씸하게 녀겻는지 모르리라.

『철호 씨! 용서해 주셔요!』

하고, 애라는 먼 구름을 향해 두 팔을 벌리며 하욤업는 눈물을 흘렷다. 방울방울 힌 눈물이 제 무릅 우으로 구을러 썰어질 쌔 그의 맘은 안윽하게 갈아안젓다.

실상은 그런 짓을 한 것도 철호를 위한 충정[93]에서 나온 것이다. 그의 행복을 위하야 그를 속인 것이 하상[94] 큰 죄이랴. 철호가 그 비밀을 발견하얏스면 선선히 말을 할 것이지, 갓갑지도 안흔 길을 써나면서 쏭하고 써난 것이 생각스록 야속하얏다. 더구나 그 쏭한 속이 궁금하얏다. 철호가 갓가이 잇스면 달음박질로 쒸어가서 그 사정을 저저이[95] 말하고 제 잘

91 원문에는 '수'의 글자 방향 오식.
92 외수(外數). 속임수.
93 충정(衷情). 마음에서 우러나오는 참된 정.
94 하상(何嘗). 근본부터 캐어 본다면.

못을 빌며, 그의 산애답지 안케 앵돌아진[96] 속을 얼마든지 나물하고 퍼붓고 십헛다.

『이것저것이 모두 한경이 그년 때문이다. 그년만 그런 편지를 철호 씨에게 들이지 안햇스면 아모 일도 업슬 것을—어대 두고 보자!』

그는 또 한번 한경이를 잡아먹을 듯이 별럿다. 만일 맛나보아서 선선히 그 돈을 내어노치 안커든 마지막 수단으로 면후에게 일러주어 쇠창살 맛을 보게 하리라고 그는 스스로 결심하얏다.

이때이엇다. 애라는 제 등 뒤에 사람의 그림자가 움즉이는 것을 늣기엇다. 무심코 고개를 둘러보니 어느 틈에 왓는지 홍면후가 돌로 깍가 세운 사람 모양으로 제 등 뒤에 서 잇섯다.

『에그머니!』

애라는 넘우 의외ㅅ일에 외마듸ㅅ소리를 질럿다.

95 저저(這這)이. 있는 사실대로 낱낱이 모두.
96 앵돌아지다. 노여워서 토라지다.

1929.9.2 (86)

애라의 후회 —

『그러케 놀[97] 건 업서. 나는 애라의 집에 못 올 사람인사[98]』

면후는 이런 소리를 하며 능글능글하게 웃어 보인다.

애라의 어질업고 놀랜 가슴은 일찰나에 갈아안젓다. 그는 제 코압까지 지처들어온[99] 대덕을 보고 모든 감정을 이즐 만큼 긔민한[100] 녀자엿다.

『올 사람이고 못 올 사람이고, 이게 무슨 짓애요. 신사답지 안케 남의 집에 왓스면 이리 오너라 한마듸씀은 불러도 조치 안해요』

제법 얼굴빗을 바루고[101] 쑤지람을 하다가

『에그머니! 이를 어쩌나 남 옷도 입지 안햇는데』

하고 헤벌룸하고 벌어진 유가다[102](일본침의) 자락으로 앗김업시 들어난 제 보얀 젓가슴을 부등켜안으며 교태를 부린다.

『걸친 것은 옷이 아니고 뭐야. 그러케 아양을 쩔지 안해도 반할 사람은 반하겟지』

면후도 오늘은 웬일인지 한손도 접히랴 들지 안햇다. 입가에 써도는 웃음의 그림자도 전가티 개개 풀리지 안코 매친 대가 잇섯다.

『에그머니나! 옷 벗은 게 아양으로 보이시거든 벌거벗고 사는 야만부

97 문맥상 '랠'의 탈자 오류로 추정.
98 문맥상 '가'의 오류로 추정.
99 짓쳐들어오다. 세게 몰아쳐 들어오다.
100 기민(機敏)하다. 눈치가 빠르고 동작이 날쌔다.
101 바루다. 비뚤어지거나 구부러지지 않도록 바르게 하다.
102 유카타(ゆかた, 浴衣). 목욕을 한 뒤 또는 여름철에 입는 무명 홑옷.

락에나 가슈! 령감 대야머리[103]를 보고 아양 필 년은 아즉 생겨나지도 안햇답니다』

애라도 한마듸를 지지 안햇다

『그야 대야머리가 젊은 놈의 하이칼라[104]만이야 못하겟지』

하고 면후는 그 포달스러운[105] 눈을 깔아 메치며 의미 잇게 한마듸 뇐다.

『잘도 알아먹엇소 그러케 잘 알면서 누구더러 아양을 피네 마네……』

애라는 한술을 더 쓰며 짐짓 샐르통해진다.

『아양 핀다는 게 그러케 비위에 거슬렷담』

『그럼 귀부인께 못할 말이지!』

하고 애라는 녹아나리는 듯이 방글애 웃으며

『제발 잠간만 나가 주어요 남 옷 좀 입게』

하고 애라는 벌덕 몸을 일으켯다

『차저온 마테 나가 달라! 그게 겨우 손님 대접이야』

면후의 눈 가장자리는 족음 풀렷다 『요걸! 요걸! 죽여줄가 살려줄가!』 하는 안타까운 표정.

『내가 당신께 또아[106]를 가르칩니다』

하고 애라는 터질 듯 터질 듯 하는 웃음을 압니와 알엣입술로 지긋이 멈추며 가슴에 부텃든 팔을 쎄어 압문을 가르친다. 은어가티 공중에 헤엄치는 팔둑의 곡선미. 환하게 들어난 가슴에 힌 달 모양으로 은은히 내다보이는 젓통. 웃음을 멈추노라고 저윽이[107] 썰리는 꼿닙 가튼 입슐. 허리

103 대야머리. 대머리.
104 하이칼라(high collar). 예전에, 서양식 유행을 따르던 멋쟁이를 이르던 말.
105 포달스럽다. 보기에 암상이 나서 악을 쓰고 함부로 욕을 하며 대들 듯하다.
106 도어(door). 문.
107 저으기. 꽤 어지간한 정도로.

와 허북지의 둥글고 좁읏한[108] 륜곽, 느슨한 알에 옷자락 안으로 쒸어나올 듯 쒸어나올 듯한 토실토실한 종아리!

면후는 오늘날까지 애라의 육톄의 비밀을 이러케 로골덕으로 본 적은 업섯다. 이 새로운 유혹, 새로운 마력에 그는 애라를 차저온 목뎍도 잠간 이저버렷다. 애라의 살의 향긔는 그의 앗가 먹은 결심을 질식시키기에 넉넉하얏다.

눈부신 이 살덩어리는 한걸음 면후에게로 닥아들엇다.

『나가 주어요!』

쑷구름을 거처 오는 쇠꼴이 소리다. 면후는 얼쩔쩔하게 정신을 일헛다. 문득 제 눈압헤 서렷든 무지개는 서긔를 쑴으면서 쏜살가티 움즉이엇다. 애라는 채 개키지 안흔 입울 우에 쓸어지며 발을 토당토당 한다.

『좀 나가주어요! 좀 나가!』

애라는 어린애 모양으로 어리광을 피며 졸라댓다

『응, 응, 나가 주지, 나가 주지』

면후는 물에 빠진 사람의 소리를 내며 녀왕의 명하는 대로 문밧그로 나왓다.

108 조붓하다. 조금 좁은 듯하다.

1929.9.3 (87)

애라의 후회 二

『인제 들어오셔요』

애라의 소리가 날 때까지 면후는 문밧게 얼업시 서 잇섯다.

애라는 어느 틈에 방을 맑아케 치워 노코 참다라케 양장을 하고 날아갈 듯이 도사리고[109] 안저잇섯다. 손님이 주인의 권하는 대로 방석에 주저안즈매 애라는 새삼스럽게 나붓이[110] 절을 하며

『이런 루옥[111]에 왕림하신 것을 영광으로 생각하옵니다』

하얏다.

면후도 등달아

『천만의 말슴이올시다』

하고 머리를 숙이엇다.

『아이그 슴거워라[112]』

애라는 별안간 깍대글 웃으며 쌀헛든 다리 하나를 엽흐로 내어 던진다. 면후도 다리를 풀어 평좌[113]를 첫다.

한동안 어설핀 침믁. 면후의 애라에게 뭇고저 하는 것도 한경이 사단이오 애라의 뎨일 궁금한 것도 한경이 소식이다. 피차에 제 속은 안 보이고 저편 속을 써볼 궁리를 하노라고 잠간 말문이 막혓든 것이다.

---

109 도사리다. 두 다리를 꼬부려 각각 한쪽 발을 다른 한쪽 무릎 아래에 괴고 앉다.
110 나부시. 작은 사람이 매우 공손하게 머리를 숙여 절하는 모양.
111 누옥(陋屋). 자기가 사는 집을 겸손하게 이르는 말.
112 슴겁다. '싱겁다'의 옛말.
113 평좌(平坐). 격식을 차리지 않고 편하게 앉음.

면후가 먼저 입을 벌엿다.

『순태라든가 하는 청년은 무사히 갓겟지』

『무사히 가다니요. 써먹듯이 일럿는데 그럼 엽길로 샛슬라구』

『아니 잘 가겟느냐 말야』

『그럼 잘 가지 안코 령감 명함까지 지니고 갓는데』

하고 애라는 그런 걱정을 하는 것이 쑥스럽다는 듯이 핀잔을 준다.

『그래, 일을 잘할가』

『잘할 줄 알고 보내 노코 저더러 또 다짐이오?』

애라는 예쁘게 눈을 흘긴다. 면후는 어색한 듯이 잠간 말을 끈헛다가

『글세, 일이야 잘하겟지만, 회쑥회쑥한[114] 젊은 사람의 일을 누가 아나. 대관절 애라허고는 어썬 관계야?』

애라는 별것을 다 뭇는다는 듯이 말끄럼이 면후의 얼굴을 쳐다보다가

『의옵바란밧게! 그러케 의심이 만하서야 죽도 밥도 다 안 되지. 밋는 사람은 턱 좀 미더 보아요』

『못 밋는 게 아니라 의옵바라면 언제부터 의옵바란 말인가. 젊은 것들 일을 누가 아나』

하고 면후는 지어서 썰썰 웃엇다.

『뭣이 어쌔요? 그것도 말이라고 하슈. 귀신 가튼 령감 모르는 일을 내가 어찌 알아요』

하고, 애라는 쌜근하고 성을 낸다.

『아니 언제부터 의옵바가 되엇단 말야. 애라의 말을 들으면 순태는 다년 해외로 돌아다니고 나온 지도 얼마 안 된다면서!』

『난 몰라요!』

114 회뚝회뚝하다. 넘어질 듯이 자꾸 한쪽으로 쏠리거나 이리저리로 흔들리다.

애라는 한 마듸 톡 쏘고 다시 대ㅅ구도 안흐랴는 것처럼 입슐을 꼭 담은다.

『제 일을 제가 몰르고 누가 안담. 올아비니 뭐니 하면서 언제부터 안 것도 모른담』

『작년에 그럭저럭 알앗단밧게!』

『그 그럭저럭이 수상탄 말야!』

『수상하다면 수상한 대로 하구려. 누가 어쩌나』

하고 애라는 그 보얀 목덜미를 보이며 슬적 벽을 향해 돌아안저 버렷다.

『저, 저, 애라, 그러지 말고 내 말을 좀 들어요. 애라 일신[115]에도 관계되는 중대사건이니!』

『멋대로 하구려. 난 몰라요, 몰라.』

하고, 돌이돌이 돌이질을 친다.

『자아, 그럼 순태 말은 고만두세』

면후는 제 말을 굽혓다.

『이왕 써나보낸 사람을 이러니저러니 하면 쓸대 잇나』

하고 혼자ㅅ말가티 중얼거린다.

『써나보낸 사람이라고 고만둔다. 매우 관대합신걸. 지금이라도 의심이 나거든 안동현에나 봉텬 령사관에 뎐보 한 장이면 당장 잡아 올걸. 지금쯤은 그 명함을 밋고 령사관에서 후원을 밧고 잇슬 테니 좀 잘 잡히리. 뎐보 치기가 귀찬커든 당장 애라 이년이라도 잡아너쿠려. 알토란 가튼[116] 공범이 형사과장님 코압헤 잇지 안소!』

하고, 애라는 홀제[117] 다시 돌아안즈며 얼굴을 면후에게로 밧삭 들이다혓다. 웃수염에 다힐 듯 말 듯한 그 입슐은 못 견듸리만큼 붉다.

---

115 일신(一身). 자기 한 몸.

116 알토란 같다. '옹골차게 실속이 있다'는 의미.

117 홀제. '홀지에(뜻하지 아니하게 갑작스럽게)'의 준말.

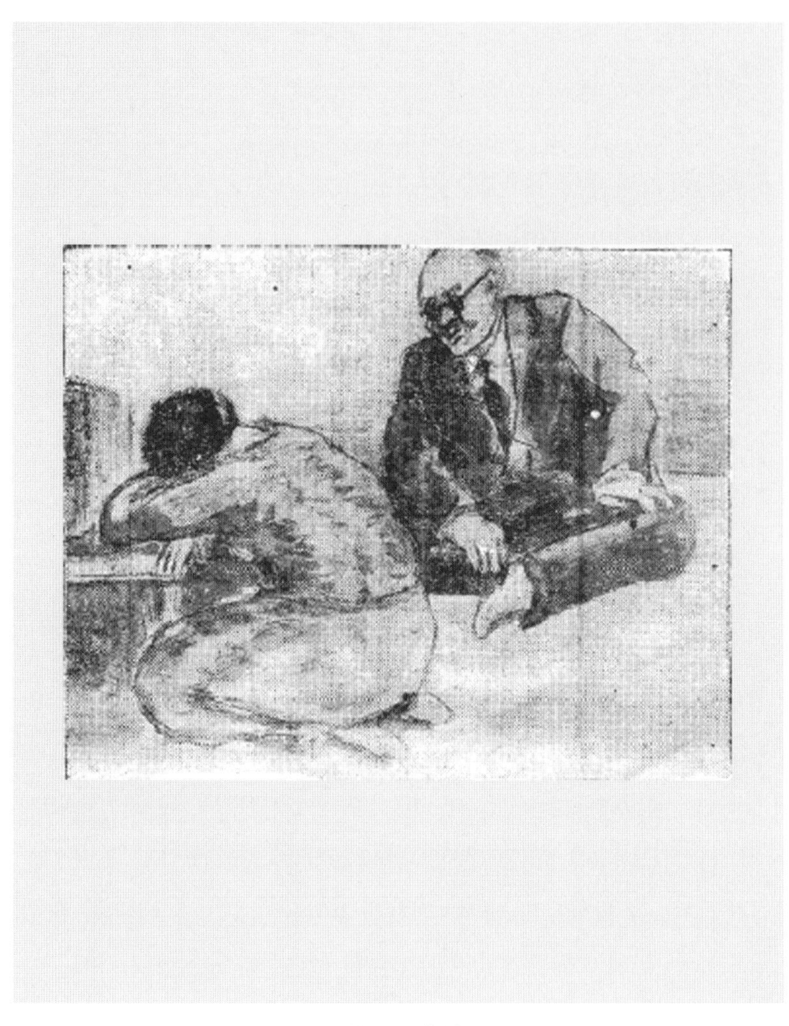

1929.9.4 (88)

애라의 후회 三

『요런 독살이』

하고 형사과장은 어여쁜 범인의 뺨을 가볍게 튀기엇다.

『독살이 아니면! 벌레라도 밟아 보아도 꿈틀거리지 안나. 언제는 살이나 베어 먹일 듯이 정답게 굴고 할 말 못 할 말을 꿀을 담아 붓듯이 늘어노하서 남의 비위를 동해노코 인제 와서는 죽일 년 족치듯이 수상하다, 어쩌다 별소리를 다 하니!』

하다가 불꼿이 이는 듯하든 애라의 눈이 스르를 흐려지며 단박에 구슬가튼 눈물이 뚝뚝 떨어진다. 원통하고 야속해서 못 견듸는 모양으로 그의 목소리는 껄덕어린다[118].

『고만두어요 다 고만두어요. 범인을 잡거나 말거나 누가 알아요. 주저넘게 팔을 것고 나선 내가 미친년이지. 참 장하슈, 형사과장이 장하슈. 의심이 나거든 지금 당장이라도 잡아너쿠려』.[119]

애라는 쏫쏫이 세윗든 몸을 다시금 파다버리며 엉엉 울기 시작한다.

『네가 또 연극을 꾸미는고나』 형사과장은 속으로 생각하면서도 길움한[120] 속눈섭이 은가루를 뿌린 듯이 번쩍이며 덜덜 떨리는 어여쁜 턱의 파동(波動), 탈아멘 고개와 늘어진 엇개의 가련한 꼴이 또 다른 유혹이 되

118 껄떡거리다. 숨이 끊어질 듯 말 듯 하는 소리가 자꾸 나다. 또는 그런 소리를 자꾸 내다.
119 '.』'의 기호 배열 오류.
120 기름하다. 조금 긴 듯하다.

어 그의 동정을 자아내게 한다. 그는 쏘다시 참인지 거짓인지 분간하기가 아리숭아리숭 해진다. 돌이어 자긔를 위해 일하고 애쓴 것을 미더주고 십헛다.

『그러나 한경이 사단은 어찌된 노릇이냐. 한경을 속히 시집보내라는 것도 애라요 춘천으로 쏘츠란 것도 애라가 아니냐. 그의 비밀의 열쇠는 오즉 애라가 □ 것이 아니냐. 설혹 내가 애라를 밋는다 하드라도 한경이 일만은 세상업서도 짜저야 될 것이 아니냐!』

애라의 눈물에 살아지는 듯한 감정을 맛본 면후의 가슴에도 이 소리마는 더욱 날칼옵고 놉핫다.

『글세 순태 얘기는 고만두잔밧게. 날 좀 봐요. 누가 의심을 한다는 것도 아니오, 그만 일에 울 것이야 뭔가』

면후는 두 손으로 싸털인 애라의 턱을 괴어 올렷다.

『앗가ㅅ말은 다 실업슨 소리고!』

『앗가ㅅ말은 실업고 인제는 정말 족치겟다는 수작이구려. 듯기 실혀요. 다 듯기 실혀!』

하고, 애라는 눈물이 글성글성한 눈으로 흘겨보며 고 예쁜 새끼손가락으로 두 귀를 막는다.

『안야 안아[121], 이건 참 정말 롱담이 안야』

면후는 빌며 귀 가리운 두 팔을 잡아 나리엇다. 손아귀에 몰신[122]하는 보들아운 촉감(觸感)에 면후의 맘은 쏘 한 겹 풀렷다.

『다른 것은 다 고만두고 이 말만은 쏙 들어주게』

하고, 면후는 제 입을 애라의 귀 갓가이 다혓다. 애라도 어느 결엔지 눈

---

121 문맥상 '야'의 오류로 추정.

122 몰씬. 잘 익거나 물러서 연하고 물렁한 느낌.

물을 거두고 정신을 귀로 모으는 듯하얏다.

『저! 저! 웨 요전에 애라가 한경이를 멀리 보내라고 햇지!』

『난 또 무슨 소리라구』

하고, 애라는 시들하다는 듯이 펄석 물러안는다.

『그건 무슨 까닭이야』

『그걸 또 새삼스럽게 물으셔요』

긔썻해야 그 잘난 소리를 뭇느냐는 듯이 애라는 경멸하는 눈치를 보인다.

『애라가 무슨 까닭으로 한경이를 시골로 쏘츠라 햇슬가? 암만해도 궁금한데!』

『그러케 궁금하거든 한경 씨 당자께 물어보시구려』

애라는 배앗는 듯이 한마듸 하고 고 작은 입을 쌧죽한다.

『흥, 한경이가 잇서야 물어라도 보지』

『그럼 한경 씨가 어대로 가셧단 말애요?』

하고, 애라의 눈은 호동글애진다.

『어제ㅅ밤에 달아난 모양이야!』

하고, 올아비는 긴 한숨을 쉰다.

1929.9.5 (89)

애라의 후회 四

한경은 달아낫다!

제 친올아비의 입으로 새어나온 확실한 이 소식은 애라의 머리를 바수는 텰퇴[123]요, 가슴을 오려내는 비수이엇다. 씽! 하고 소리를 내며 심장의 고동도 일시에 긋친 듯. 벌컥 머리에 올라온 피는 소용돌이를 치는 듯.

앗가 한경의 편지를 발견할 째 분하고 원통하든 것은 여긔 대면 쌔소금이다. 그째는 오히려 사태를 바루잡으랴면 바루잡을 여유가 아즉도 남은 듯십헛다. 실낫 가트나마 희망이 잇섯다. 안타싸우나마 달착지근한 감상(感傷)이 잇섯다. 그러나 이 소식은 절대덕이오 결뎡덕이다. 그째보담 몃백 곱절 몃천 곱절 더 분하고 더 원통하얏다. 두 년놈! 그러타, 이번에는 한경이만이 아니다. 한경이가 어제ㅅ밤에 갓다면 철호와 한 차를 탄 것이 분명한 사실이다. ——그 두 년놈을 그야말로 쌔를 갈아 마시고 간을 내어 씹어도 시원치 안햇다.

그는 울고 십헛다, 그러나 타오르는 분통의 불길은 그의 눈물조차 말려버렷다. 그는 웃고 십헛다, 그러나 물어씃긴 입슐의 싸근싸근한 피ㅅ방울만 이ㅅ몸을 슴여들 쌘이다.

그러나 이 분노가 한곱이 숙자[124], 가을바람가티 쓸쓸한 적막이 거긔 잇섯다. 이러틋이 아구락스럽게도 만발햇든 희망의 쏫이 썌리채 쥐어씃

123 철퇴(鐵槌). 쇠몽둥이.
124 숙다. 기운 따위가 줄어지다.

길 줄이야! 순풍에 돗을 달고 술렁술렁 써나가든 사랑의 배가, 봄을 약속하는 항구를 눈압헤 두고 악착하게도 산산조각이 될 줄이야! 그나 그뿐이냐, 오늘날까지 피가 마르도록 살이 으스러지도록 죽을 애를 다 써서 지어노흔 제 사랑의 배가 다른 사람 아닌 제 사랑의 뎍을 섯동산으로 실어다 주고 말앗다. 또 그나 그뿐이냐, 그 배에는 자긔의 오즉 하나 압날의 희망이오 생명의 불길인 애인조차 제 사랑의 뎍과 나란이 안저 가티 가지 안햇느냐. 거긔는 희망의 파랑새가 어여쁜 놀애를 부르리라, 그러나 여긔는 절망의 독사가 가슴을 물어뜨들 쌘이다. 거긔는 찬란한 봄 아츰이 깃브게 웃으리라 그러나 여긔는 캄캄한 그믐밤이 검은 날애를 펼칠 쌘이다.

만일 홍면후 — 현직 형사과장이 제 턱을 바치고 잇다는 엄연한 현실이 그의 의식을 제재하지 안햇든들 그는 미처낫슬는지도 모르리라.

면후는 넘우도 돌변한 애라의 긔색에 속으로 놀래면서 깃버하얏다.

『올타, 인제야 본색을 들어내는고나. 이 계집애가 한경의 비밀도 알거니와 그 비밀에는 제 생사까지 달린 모양이로고나』

하면서, 안경 넘어로 애라의 머리칼 하나 근육 하나 움즉이는 것도 노치지 안흐랴고 눈독을 들엿다.

『그래, 한경이 달아난 데 대해서 애라는 무슨 집[125]작이 업나』

슬슬 애라의 긔색을 삷혀가며 능청스럽게 물어보앗다.

『짐작이 무슨 짐작요』

애라는 팍 물어 쎌 듯이 한마듸 쏜다. 그는 이 멍텅구리한테나 화풀이를 하랴는 듯하얏다.

『그래 애라가 모르고 누가 안단 말야』

125 '짐'의 오류.

형사과장은 한 번 넘겨집흐며 반쯤 얼른다.

『애라가 알아요? 내 일도 잘 모르는 년이 남의 일을 어째 안단 말요. 령감은 허수아비요, 바지저고리요. 자긔 누이가 달아나는지 어쩌는지도 모르고 잇섯단 말요. 쌘쌘도스럽소, 자긔가 노치고서 남더러 아느냐 모르느냐. 난 령감 가튼 멍텅구리는 보기도 실코 말도 하기 실혀요. 자아, 얼른 가주셔요 령감이 안 가시면 내가 달아나겟소』

애라는 눈이 불이 나도록 면후를 집어 세우다가 정말 나는 듯이 몸을 일으키드니만, 것잡을 새 업시 문을 차고 나가버렷다.

1929.9.6 (90)

連作小說 荒原行(90) 1929년 9월 6일

애라의 후회 五

회호리바람에 휘날리는 사람 모양으로 허둥허둥 달음질을 치든 애라는, 자긔ㅅ집 골목을 헤어나와 큰길가에 이르자 멈칫하고 발을 멈췃다.

『내가 이러고 어델 갈 작뎡인고』

두방망이질[126]을 하는 가슴, 모닥불을 퍼붓는 듯한 머리, 소용돌이를 치는 감정에도 싸늘한 랭수를 끼언즈며 이런 생각이 써올랏다.

『내가 이러케 허둥거리는 것을 보고 그 능굴이[127] 가튼 면후가 모든 것을 알아차리지나 안햇슬가!』

애라는 압뒤 생각 업시 면후를 몰아세우고 집을 튀어나온 것을 차차 뉘우치기 시작하얏다. 좀 더 시침이를 쎄고 좀 더 랭정하게 몸을 가지고 좀 더 솜씨를 부릴 것을 이러케 방정맛게 경솔[128]하게 서둘른 제 자신이 얼마나 원망스러운지 몰랏다.

사랑을 일흔 슬픔, 사랑을 쌧긴 원한, 불기둥 가튼 질투심도 인제 와서는 오히려 뒤ㅅ절이다. 첫재 제 발부터 쌔어노코 보아야 할 일이 아니냐. 철호도 가고 한경이마저 갓스니 일이 만일 탄로가 난다면 십자가를 질 이는 오즉 애라 자신쌘이 아니냐!

감정의 폭풍우가 적이 갈아안자 명민한[129] 애라의 리지[130]는 이 사실

126 두방망이질. 가슴이 매우 크게 두근거림을 비유적으로 이르는 말.
127 능굴이. '능구렁이'의 옛말.
128 원문에는 '솔'의 글자 방향 오식.
129 명민(明敏)하다. 총명하고 민첩하다.

을 쇠뚤혀 볼 수 잇섯다.

지금 당장이라도 집으로 돌아가서 면후를 구슬리고 눅혀 볼가도 십헛다. 그러나 오늘날까지 언제든지 한 손을 접어준 면후 압헤 백긔를 옷는다는 것은 첫재 그의 자존심이 허락치도 안커니와 아즉 제 감정이 갈아안기도 전에 섯불리 아양을 썰다가는 돌이어 제 발목을 잡힐른지도 모른다. 이러기도 어렵고 저러기도 어렵다.

종로 길거리에 홀로 우두머니 서 잇는 애라는 난생처음으로[131] 어썰 줄을 모르며 울고 십헛다.

얼마 만에 그는 백마뎡을 향해 걸음을 옴겻다. 지금 새삼스럽게 면후에게 사과를 한다는 것도 쑥스러운 일이오, 차라리 아모 일도 업섯든 것처럼 참다라케 낫익은 곳에나 얼굴을 내어노코 설레는 가슴을 진정한 다음에 차차 무슨 궁리를 하는 것이 온당할 것 가탓다.

그러나 백마뎡에서 애라를 기다리는 것도 쏘한 놀랠 만한 사실이엇다.

자긔만 보면 언제든지 웃는 낫을 보이든 주인의 눈치도 쌀쌀하다. 철철 돈을 색린 덕으로 마치 녀왕가티 위해 올리든 동무들도 입을 쎗죽하고 슬슬 베돈다[132].

다만 자긔 외에는 오즉 하나 조선 녀자인 란쌍이 눈짓으로 애라를 은욱한 대로 넌짓이 불럿다.

『애라쌍, 큰일 낫소오』

「소」ㅅ자를 길게 쌔는 것이 란쌍의 말버릇이다

『앗가 경찰부에서 형사가 나와서 애라쌍 방을 삿삿치 뒤젓다오』

130 이지(理智). 이성과 지혜를 아울러 이르는 말. 또는 본능이나 감정에 지배되지 않고 지식과 윤리에 따라 사물을 분별하고 깨닫는 능력.

131 원문에는 '로'의 글자 방향 오식.

132 베돌다. 한데 어울리지 아니하고 동떨어져 행동하다.

하고, 란짱은 그 큼즉한 눈을 더욱 크게 쓴다.

『내 방을 뒤지다니? 그래 무엇을 더러[133] 가저갓나요』

『가저간 건 몰라도 그 방에 쇠통을 채우고 당분간 아모도 출입을 말라드래. 또 그뿐이 안요, 어제ㅅ저녁에 애라짱이 쓰든 맥주병과 곱보를 내노흐라고 주인을 들복지오』

『그래, 내 쓰든 것을 차저냇나』

애라는 파라케 질리며 숨이 갓븐 듯이 채친다[134].

『어대 알 수야 잇소오. 그래서 어제ㅅ밤에 쓴 맥주 빈 병과 곱보를 모조리 거둬갓다오』

하다가 문득 뒤를 돌아보며 란짱은

『에그머니!』

하고 외마듸ㅅ소리를 질럿다.

애라의 핑핑 내어둘리는 눈길에 원숭이 낫작의 오 형사와 섀르퉁한 입술에 앙상하게 압니를 담은 가슴 보는 일본인 형사가 자긔네들보담도 두 자[135]도 안 떨어지게 서 잇지 안흔가!

오 형사는 한걸음 애라 압흐로 닥아들며

『애라, 잠간만 가티 가세』

『어댈 가잔 말애요』

반사뎍으로 대꾸를 하고 애라는 흠칫하고 한 걸음 물러서며 눈을 홉뜨엇다.

『웨 알지』

하고 오 형사는 능굴이가티 한번 씩 웃는다.

133 더러. 전체 가운데 얼마쯤.
134 채치다. 일을 재촉하여 다그치다.
135 자. 길이의 단위로, '척'이라고도 한다. 한 자에 약 30.3cm이다.

1929.9.7 (91)

連作小說 荒原行(91) 1929년 9월 7일

어여쁜 범인 (一)

애라는 마츰내 오 형사를 쌀하오고야 말앗다. 형사과장이나 가트면 그래도 모르지만 뒤어질 날이 며츨 남지도 안흔 늙은 것과 실랭이를 하는 것도 창피한 일이오 설령 이러니저러니 싸저 보앗자 그 벽창호가 알아먹을 리도 업슬 듯하얏든 것이다.

애라 일평생을 통하야 오늘 가튼 액날은 또다시 업스리라. 한한[136] 변, 설은 꼴, 창피한 노릇이 꼬리를 맛물고 뒤ㅅ덜미를 집다가, 인제 와서는 다시 옴작달삭할 수 업는 긔막힌 단대목[137]에 다달으매 그의 맘은 돌이어 이상스럽게 갈아안젓다.

『되는 대로 되어라』

그는 속으로 몃 번이나 재우친지 몰랏다.

『잡아먹든지 쓰더먹든지 할 대로 해보렴』

하고 코웃음까지 치게 되엇다.

이왕 이 디경을 당할진댄 면후를 보거든 실컷 퍼부어나 주고 살든지 죽든지 할밧게.

고러케 안녕하게 제 누이를 지켜 필경 달아나게 맨들고 악풀이로 자긔를 잡아가는 면후의 심사를 생각할스록 니가 갈리고 치가 썰렷다. 한경이나 철호보담도 면후가 몃백 곱절 더 밉고 괘씸하얏다.

---

136 한(恨)하다. 몹시 억울하거나 원통하여 원망스럽게 생각하다.
137 단(單)대목. 어떤 일이나 고비에 가까워져서 매우 중요하게 된 기회나 자리.

원풀이, 한풀이, 독풀이, 화풀이를 맛나든 마테[138] 그 대야머리를 아주 묵사발이 되도록 실컷 맘것 해제치리라고 그는 돌이어 분연히 오만하게 오 형사의 압장을 섯다.

면후를 펴부을 모든 말이 거의 준비되엇슬 째 그들은 경찰부에 다달앗다. 그런데 제 생각과는 아주 싼판으로 면후는 코ㅅ백이도 내다뵈지 안코 바른길로 류치장에 집어너흐랴 든다.

『형사과장이 부르신다 해노코 한마듸 말도 업시 사람을 잡아넛는단 말요』

할일업시 동물원 짐승 울이가티 꾸며노흔 류리창 목책[139] 압헤 늘어섯슬 제 애라는 몸을 쌔치며 소리를 질럿다.

『무슨 말이야!』

그 못난이 오 형사가 별안간에 싼사람이 된 것가티 오늘 싼은 주상 가튼 호령을 뒤집어씨우며 왼손으로 힘썻 팔목을 나꾸□서 오른손으로 털컥하고 열은 쇠창살문 안으로 집어 던진다.

애라가 다시 앙탈할 겨를도 업시 무거운 나무창살문은 제 잔등을 휘어 갈기는 듯이 쾅 소리를 내고 잠기엇다.

등 뒤에 쿵 하는 문 닷는 소리를 듯자, 애라의 눈압흔 금시로 한 그믐 밤 빗가티 캄캄해젓다. 제가 서 잇는 사바세계가 별안간에 아가리를 벌리고 디옥에 걱꾸로 썰어질 째의 늣김이나 이러할 듯. 아모리 모로 쒸고 세로 쒸고 버둥거려도 한 번 다친 문은 그 길음길음[140]하게 쌔들어진[141] 나무니ㅅ발은 벌릴 것 갓지도 안햇다.

핑핑 내어둘리는 눈길에도 살과 옷으로 닥가낸 듯한 반들반들한 널조

138 맡. 주로 '-는/던 맡에', '-는/던 맡으로' 구성으로 쓰여 '그 길로 바로'의 뜻을 나타내는 말.
139 목책(木柵). 말뚝 따위를 죽 잇따라 박아 만든 울타리. 또는 잇따라 박은 말뚝.
140 기름기름. 여럿이 다 조금 긴 듯한 모양.
141 빼드러지다. 끝이 밖으로 벌어져 나오다.

각 바닥과, 모르히네를 찔르다가 잡혀 온 듯한 기생 퇴물가튼 녀자 둘이 쪼굴이고 안즌 것이 보이엇다. 남감[142]과 달라서 녀자 류치ㅅ간은 별로 분비지 안햇다. 왼편도 판장, 오른편도 판장, 뒤판장 우에만 쇠창살 창이 터젓슬 쌘이다.

약 오른 배암 모양으로 독이 치바친 애라는 더운 줄도 몰랏다. 그 사람의 비위를 거슬러 틀어 올리는 퀴퀴한 냄새도 몰랏다. 일구월심[143]에 홍면후가 나타나기만 기다렷다. 『사람을 가두엇스니 혈마 한 번 믈어라도 보겟지!』 하는 것이 애라의 오즉 하나 희망이오 긔대이엇다.

일분일초가 피가 말르도록 지리하다. 그러나 그 긴긴 해가 지고 뎐긔ㅅ불이 번쩍어리건만 아모 이러타 할 소식이 업섯다. 밤이 다 되엇다. 아홉 시를 지내고 열 시를 지내고 자정이 지낼스록 지내치는 담당의 구두ㅅ발 소리나마 점점 드믈어질 쌘이다.

『나를 말려 죽일 작뎡인가. 어대 얼마나 잘 죽이는지 두고 보자!』

애라는 속으로 뇌이며 입슐을 또 한 번 쌔물엇다

새벽 두 뎜이나 지냇스리라. 뚜벅뚜벅하는 구두ㅅ소리에 일찰나 전에 어릿어릿하든 애라의 잠은 번쩍 깨엇다. 과연 그 발소리는 제 방 압헤 와서 멈추어지며 일본인 담당이 창살 넘어로 듸미다 보며 혀가 잘 안 도는 조선말로

『애, 애라가 누구——』

한다.

『내요!』

하고 애라는 영채 도는 눈을 홉쩟다.

142 남감(男監). 남자 죄수를 가두어 두는 감방.

143 일구월심(日久月深). 날이 오래고 달이 깊어 간다는 뜻으로, 세월이 흐를수록 더함을 이르는 말.

1929.9.8 (92)

連作小說 荒原行(92) 1929년 9월 8일

어여쁜 범인 (二)

애라는 그 일본인 담당을 짤하 나왓다. 복도를 몃 구비 돌고 층층대를 거처 으슥하고 음침한 취됴실로 들어오게 되엇다. 한복판에 엉성한 나무 책상과 교의[144] 한 개와 걸상 한 개 다다미를 곤두세워 막아노흔 압창과 뒤창, 여긔저긔 허터노흔 흉물스러운 취됴 긔구들.

담당도 나가버리고 애라 혼자 걸상에 안젓노라니 까닭 업시 무싀무싀한 생각이 뒤덜미를 집는다. 이 음침한 방 가운대 오즉 한 개의 광명인 뎐등도 검을검을 조으는 듯. 어홍한 이 구석 저 구석에서 독개비가 튀어나올 듯 나올 듯하다. 애라의 간은 콩만해젓다.

『얼른 누가 와주엇스면!』 속으로 몃 번이나 중얼거렷다. 그러나 십 분이 지나고 이십 분이 지나도 사람의 그림자 하나 얼신거리지도 안는다. 밧게는 소낙비가 쏘다지는 우 하는 바람 소리와 함께 촬촬거리는 비ㅅ소리가 요란하다. 다다미로 가리워 창이 절컥절컥 흔들리며 불길한 소리를 낸다. 애라는 전신이 오글아 붓는 듯하얏다.

지리한[145] 시간이 한 시간가량이나 지냇스리라. 마츰내 압문이 씨그덩하고 열리며 면후가 나타난다. 애라는 처음엔 하도 반가워서 선득 몸을 이르키랴다가 말고 그대로 주저안젓다.

애라는 오늘에야말로 비롯오 형사과장을 보앗다. 반들반들한 대야머

144 교의(交椅). 의자.

145 지리하다. 지루하다.

리와 배암가티 번썩이는 족으만한 눈과 앙상하게 담은 입에는 찬바람이 도는 듯하다.

『네가 백마뎡 카페에 잇는 리애라지!』

형사과장은 담은 니ㅅ발 새로 새삼스럽게 이러케 뭇는다. 애라는 얼쩔쩔해서 미처 대답도 못하얏다. 이 사람은 전일에 자긔가 잘 알든 홍면후와는 아주 싼사람인 듯하얏다.

『전일에 알든 것은 사사ㅅ정분[146]이오 오늘은 설교강도의 공범으로 너를 취됴할 테다. 일호반뎜[147]도 그이지[148] 말고 바른대로 알외야 된다. 알앗지!』

하고, 형사과장은 안경 넘어로 어여쁜 범인을 노려본다.

이 말에도 애라는 무에라고 대꾸를 해야 조흘지 몰랏다.

『만일 네가 모든 것을 자백하면이어니와 다 아는 일을 되쟌케[149] 거짓말을 꾸며대혓다가는 십 년 징역이다 응!』

형사과장은 또 한번 얼른다.

『제 지은 죄가 뭐얘요』

애라는 할슥한 입슐을 겨우 벌려 이러케 한 번 반문을 해보앗스나 자신은 족음도 업섯다.

『네 지은 죄를 네가 몰은단 말이냐!』

형사과장은 불가티 성을 낸다.

『너는 설교강도 김순태의 정부로 그놈이 세상에도 무서운 큰 죄인인

146 사사정분(私事情分). 사사로이 사귀어서 정이 든 정도. 또는 사귀어서 든 정.

147 일호반점(一毫半點). '일호(一毫)'를 강조하여 이르는 말. '일호'는 한 가닥의 털이라는 뜻으로, 극히 작은 정도를 이르는 말.

148 그이다. '기이다(어떤 일을 숨기고 바른대로 말하지 않다)'의 방언(평안).

149 되잖다. 올바르지 않거나 이치에 닿지 않다.

줄 번연히 알면서 그놈을 너의 집에 숨겻고 또 그놈의 압잽이가 되어 경찰의 비밀을 염탐하지 안핫느냐. 그래도 네 죄를 모른단 말이냐』

하고, 형사과장은 발을 한 번 굴른다.

애라는 웃슥하고 몸에 찬솔음이 끼치는 듯하얏다.

『제가 벌서 다 알고 안젓구나!』 속으로 탄복하다가 『얼러대이는 수작이지, 정말 제가 알앗스면 나를 오늘날까지 가만이 두엇슬 리가 업지!』

하고 싼전을 부릴 용긔가 낫다.

『김순태 씨가 설교강도애요? 제의 옵바가 ——』

하고, 살그머니 눈을 쓰며 어여쁜 범인은 어이업다는 듯이 쌍긋 웃엇다.

『그래도 바른대로 말을 못하느냐. 그럼 내가 증거를 보혀주마』

하고, 포케트를 흠칫흠칫하더니 봉투 한 장을 끄어낸다.

애라는 그 속에서 나타나는 물건을 보고 깜짝 놀래엇다.

1929.9.9 (93)

어여쁜 범인 (三)

애라가 놀랜 것도 무리가 아니다. 그것은 철호와 최후의 순간을 잡든 찰나에 둘이 주고바든 혈서이엇다. 철호와 매즌 영원한 사랑의 그념으로 장 속 김[150]히 감춰둔 이 혈서가 면후의 손에 들어온 것을 보아, 애라가 집을 나온 뒤에 백마뎡과 가티 엄밀한 가택 수색이 잇섯든 모양이다.

그 혈서는 군대군대 번저서 글자의 형용이 분명치 안핫스되 애라의 눈에는『단심무이심』(丹心無二心)『이혈보혈』(以血報血)이란 글자가 뚜렷이 보이엇다. 처음 쓸 때엔 샛밝안 빗이 덧는 듯하얏건만 오늘날엔 슬어진[151] 사랑의 상징처럼 피ㅅ빗이 담갈색으로 변해저서 흉물스럽고 칙칙해 보인다.

이 지낸날의 사랑의 흔적에, 애라는 무서운 증도 이저버리고 다시금 분노와 원한이 머리를 쳐들엇다. 피로써 피를 갑는다는 그의 애인은 제 붉은 맘을 칼로 갑흘 줄이야, 영원한 사랑을 맹서한 이 표적이 도야지에게 던진 진주가 될 줄이야!. 그나 그뿐도 아니다. 인제 와서는 자긔를 올가넝는 무서운 쇠사슬로, 증거픔으로 나타나게 되엇다. 이것도 저것도 무[152]두 내 코압헤 안저잇는 이 형사과장 때문이다. 철호를 달아나게 한 것도 이 놈팽이오 한경이가 쌩손이를 치게 된 것도 이 멍텅구리 덕택이다.

그래노코 시방[153] 와서 사람을 얽어 너코 얼러대는 것은 되쟌키도[154]

150 문맥상 '깁'의 오류로 추정.
151 스러지다. 형체나 현상 따위가 차차 희미해지면서 없어지다.
152 문맥상 '모'의 오류로 추정.
153 시방(時方). 지금.

분수가 잇지 안흐냐.

『그게 뭐요?』

애라는 찬바람을 쌩으며 한마듸 쏘앗다. 이 한마듸는 『내가 네놈한테 넘겨갈 줄 아느냐 죽을 쌔까지 싸워보자』 하는 선전포고이엇다.

증거픔을 보이면 더욱 숙어질 줄 알앗든 범인이 돌이어 공세를 취하는데 형사과장은 저윽이 놀래엇다.

『뭐라니! 네 것을 네가 모르느냐, 김순태 놈과 사랑을 맹서한 혈서인 것을 모르느냐』

『뭐요, 사랑을 맹서한 혈서! 흥!』

애라는 어이업다는 듯이 코웃음을 친다.

『종시 그래도 바른말을 못할가』

『바른말이 무슨 바른말이우. 맛득잔케[155] 사람을 웨 이리 얼르시우. 잠자코 듯고 잇노라니 아모 소리나 함부로 하사[156]는구려. 사랑을 맹서하는데 곡 피ㅅ걸레가 잇서야 맛이랍듸까. 맙시사 말아요, 누구를 세 살 먹은 어린애인 줄 아슈』

애라의 눈에는 취됴실도 업섯다. 형사과장도 업섯다. 그의 얼굴은 다홍을 쌔린 듯이 □[157]밝애지고 눈은 새ㅅ별가티 번쩍인다. 부들부들 써는 족으마한 손은 금시로 형사과장의 쌤이라도 후려갈길 듯하다.

어여쁜 범인의 무지개 가튼 긔염[158]에 형사과장도 얼마ㅅ동안 말문이 막혓다.

---

154 되잖다. 올바르지 않거나 이치에 닿지 않다.
155 마뜩잖다. 마음에 들 만하지 아니하다.
156 문맥상 '시'의 오류로 추정.
157 문맥상 '새'로 추정.
158 기염(氣焰). 불꽃처럼 대단한 기세.

『김순태를 보낸 놈은 누구요. 한경이를 달아나게 한 놈은 누구요? 제 손으로 제 일을 잡처 노코 웨 애매한 사람을 올가너코 어르싹싹 어린단 말요』

저편이 서먹서먹하는 긔색을 보자 이편은 더욱 긔세를 올린다.

『요년, 시끌업다! 여긔가 어댄 줄 알고 함부로 써드느냐 좀 걱꿀오 매달려 보련』

형사과장도 필경엔 성을 내고 말앗다.

『요년! 말슴 좀 나춰 합슈. 호령만 하면 누가 벌벌 썰 줄 아나베. 세상에 산애가 김순태 하나쑨이라서 남의 피ㅅ걸레를 가지고 증거니 뭐니 하고 써드시우』

『증거픔쑨인 줄 아느냐. 증인도 잇다. 좀 불러줄가』

형사과장은 득의양양하게 부르짓고 초인종을 눌럿다. 순사 하나이 들어서며 경례를 한다. 형사과장은 눈짓으로 순사를 자긔 갓가이 불러서 귀ㅅ속에 대고 무에라고 몃 마듸 일러 보낸다.

1929.9.10 (94)

連作 小說 荒原行(94) 1929년 9월 10일

어여쁜 범인 (四)

면후가 증인을 보여주마고 큰소리를 하고 불러온 사람은 고순일이다. 고순일은 한경의 소식을 철호에게 전해주고 철호의 말을 또 한경에게 전하고저 사람의 눈을 피하면서 돌우 춘천으로 나려갓다가 한경이가 불시에 백마뎡으로 끌려오는 바람에 길이 어긋나서 춘천 경성서의 경계망에 걸리고 만 것이다.

고순일의 검거는, 의심ㅅ구름만 겹겹히 싸히고 갈피를 잡을 수 업는 설교강도 사건에, 오즉 한 개의 광명이엇다. 서울에 올라온 것과 백마뎡에서 철호와 애라를 맛나본 것과 다시 한경을 차저간 순일은, 설사 진범인이 아니라도 공범인 것만은 갈 대 업는 사실이다. 여긔 용긔를 어든 면후는 갑작이 대활동을 개시하야 형사 한 대는 백마뎡으로 보내고 한 대는 자긔가 거늘이고 애라의 집을 습격하얏든 것이다. 그날 지내치게 늣잠을 잔 것은 분명히 최면제를 먹은 까닭인 상 십고 그러타면 백마뎡에서 애라의 부은 맥주에 그 최면제가 들엇든 것도 짐작할 수 잇섯다. 맥주병과 곱보를 검사한 것은 이 까닭이오 애라의 집에서는 처음 애라의 속을 써보랴 하얏스나 그 능란한 말솜씨에 한 손을 접히고 기연가미연가[159] 하다가, 한경이 달아낫다는 말에 애라가 허둥지둥 쒸어나가는 것을 보고, 무슨 까닭인지 분명히 몰랏스되, 어써튼지 한경이 달아난 사건에 애라가, 중대한 관계를 가진 것은 벌서, 의심할 여디가 업섯다.

---

159 기연(其然)가미연(未然)가. 그런지 그렇지 않은지 분명하지 않은 모양.

미리 매복해 두엇든 형사대의 한 패는 애라의 뒤를 밟아 쉽사리 검거하게 되엇고 또 한 패는 애라의 집을 샷사치 뒤저서, 혈서까지 발견한 것이다.

애라의 검거에 면후의 고민이 업지드 안햇다. 사십이 넘은 오늘날에 뒤늦게 타오르는 정열의 대상인 그를 우그려 넛는 것도 참아 못할 일이어니와 긔밀비[160]를 이천 원 템[161]이나 들여노코 아모도 몰래 저 혼자 한 노릇이 만일 들어난다면 세상은 얼마나 비웃을가. 치정에 살오잡힌 형사과장! 카페 계집에게 돈을 이천 원씩이나 쓰고 갈팡질팡하는 못난이 형사과장!

그러나 한경이 사단에 눈이 뒤집히엇고, 오늘날까지 귀애하고[162] 미더준 애라가 저를 속이고 범인과 부동[163]이 된 것을 어섬푸레하나마 깨달은 오늘날에 그대로 내버려 둘 수는 업섯다. 그네들의 항용[164] 쓰는 문자를 빌리면, 그야말로 직무를 위하야 눈물을 먹음고 애라를 톄포한 것이다.

잡아온 길로 곳 취됴를 해보랴 하얏지만 낫에는 남의 이목도 번다하거니와, 애라의 마력에 대한 충분한 준비를 하노라고 해를 지우고 밤을 밝힌 것이다. 다른 경관으로 취됴를 시키랴면 이런 경위에 가장 조흔 일이로되 제 비밀이 탄로될가 무서워서 입슐을 깨물고 제 손으로 취됴를 해보랴 한 것이다.

애라는 고순일이 들어오는 것을 보고도 눈섭 하나 쯥작이지[165] 안햇다.

『애라! 이분을 모르느냐. 이래도 또 거짓말을 할 텐가』

형사과장은 호령한다. 애라는 그 맑은 눈을 말뚱말뚱하게 쓰고 이윽히

160 기밀비(機密費). 지출 내용을 명시하지 아니하고 기밀한 일에 쓰는 비용.
161 템. (수량을 나타내는 명사 뒤에서 주로 '템이나' 꼴로 쓰여) 생각보다 많은 정도라는 뜻을 나타내는 말.
162 귀애(貴愛)하다. 귀엽게 여겨 사랑하다.
163 부동(符同). 그른 일에 어울려 한통속이 됨.
164 항용(恒用). 흔히 늘.
165 꼽작하다. 머리를 숙이거나 몸을 한 번 가볍게 굽히다.

순일을 바라보다가

『난 몰라요』

『몰르다니! 백마뎡에서 맛나본 적이 업단 말야!』

『흥, 백마뎡에서 맛나본 사람! 종로 네거리에서 아모나 주서 오시구려. 백마뎡에서 다 나를 봣다고 할 테니. 그 숫한 손님을 어써케 다 긔억하란 말요』

『순태와 네가 맛나보고 춘천 한경에게로 보낸 고순일을 네가 모른단 말이냐』

『뭐ㅅ이 어쩌고 어째요』

애라는 이 말에 쌀쓴 증[166]을 낸다.

『춘천 한경 씨에게 보낸 사람이라구요. 내 얼굴을 좀 쪽쪽이 보시고 물어보구려. 내가 한경이오? 내가 령감의 애지중지하는 누님이오, 내 얼굴을 좀 자세 보시오, 내가 홍한경이오? 난 카페로나 놀아먹는 리애라라는 천한 계집애요. 서슬 푸른[167] 형사과장 누의님[168]은 죽엇다가 다시 쌔어나도 못 되지오! 한경 씨 아는 사람에게 제가 무슨 상관이오!』

---

166 증. '성(노엽거나 언짢게 여겨 일어나는 불쾌한 감정)'의 방언(평안).

167 서슬 푸르다. 권세나 기세 따위가 아주 대단하다.

168 누의님. '누님'의 옛말.

1929.9.11 (95)

어여쁜 범인 (五)

애라의 숨길은 쌕은벌덕어리고[169] 눈에는 피ㅅ발이 섯다. 날름거리는 입슐과 혀바닥에서는 불꼿이 줄엉줄엉 허터지는 듯하다.

『이분이 누구인지 알으켜 들이리까, 제 누이의 일이라고 야속하게도 모르시니 내가 아는 대로 말하지오. 이분은 한경 씨의 병뎡이오, 쏘는 애인인지도 모르지오. 저 협수룩한 쇌과 쥚쟌을 쌔고 다녀도 계집이라면 밋이라도 씻어준다오. 령감이 찻는 설교강도인가 개망난인가 한 놈팽이에 한정[170] 씨의 말을 전갈하러 다니는 분도 저분이오 그 강도의 말을 한경 씨에게 전갈 다니는 분도 저분이랍니다. 좀 훌륭한 일이오 의리도 잇지오 미듬성도 잇지오……』

책상 한엽헤 쭈글이고 섯든 고순일은 이쌔에 애라의 말을 끈흐며 무거운 입을 벌렷다.

『여보시오 누구신지는 몰르지만 말을 넘우 지망지망히[171] 하시는구려. 나를 언제 보셧다고 그런 모욕을 하시오』

어여쁜 범인의 긔염에 한동안 말문이 막혓든 형사과장은 제법 위엄을 보이는 듯이 그 앙상한 손으로 책상을 한 번 첫다.

『시끌업다. 하여간 너이들의 말을 들으면 공범이 분명하구나』

---

169 쌔근발딱거리다. 숨이 차서 숨소리가 고르지 않고 가쁘고 급하게 자꾸 나다.
170 '경'의 오류.
171 지망지망하다. 조심성이 없고 경박하게 촐랑대는 데가 있다.

애라는 다시금 말을 가투챈다.

『공범이 분명하다? 어써케 하시는 말요. 누가 애라 이년과 저 젊잔흐신 고 성[172]생님과 공범이랍듸까. 공범이라면 홍한경 씨와 고순일 씨가 공범이겟지오. 그 갸륵한 한경 씨 설레에 나 가튼 년이야 공범 차례인들 참례할 줄 아슈. 대관절 한경 씨는 웨 아니 잡아오슈? 범인의 필적과 한경 씨의 필적이 넘우 달라서 안 잡아오슈? 령감도 동긔의 정이 잇나 보구려. 피ㅅ줄이 켱겨서 노젓슈. 강도 애인 노릇도 형사과장의 누님이라야 썩 해먹겟구려. 어써케 하는 셈이오, 제 누이가 아니면 죄 업는 년을 올가너허도 조코, 제 누이는 강도를 대신해서 편지질로 경찰을 놀려도 일이 업단 말요.』

『무슨 잔소리야』

형사과장은 두 손으로 귀를 막는 듯이 쌤을 괴고 부르지젓다.

『웨 듯기 실소. 참, 바른 소리는 상피[173]라든가. 내 목을 잘라보구려. 이 소리만은 어대 가든지 할 테요. 제집에서 강도를 길러내어 슬그머니 쌔어돌리고 애매한 사람만 잡아 우그리면 다 무사할 줄 아슈.』

형사과장은 무슨 생각에 자진 듯이 눈을 딱 감고 잇다가 문득 초인종을 눌럿다. 앗가 그 일본 순사가 또 나타낫다. 눈짓으로 고순일만을 더려가라고 명령하얏다.

면후와 애라는 단둘이 남앗다. 형사과장은 목소리를 한층 썰어털이며

『여보게 애라! 그게 다 무슨 종작업는[174] 소리야. 업는 자네 죄를 억지로 얽을 낸 줄 아나. 자네 당자보담도 자네 죄 업기를 바라는 사람은 나

172 문맥상 '선'의 오류로 추정.

173 상피(相避). 친족 또는 기타 관계로 같은 곳에서 벼슬하는 일이나 청송(聽訟), 시관(試官) 따위를 피함.

174 종작없다. 말이나 태도가 똑똑하지 못하여 종잡을 수가 없다.

일세. 순리로 말하면 나도 조쿄 자네도 조흘 것 아닌가. 백마뎡에서 밤마다 맛나도 조쿄 들여안츠고 나와 살림을 해도 조치 안흔가. 암만해도 자네가 빗길로 나가는 모양일세. 광명한 세상을 등지고 이승의 디옥이라는 감옥에서 썩으면 조흘 것이 무엇이람』

면후의 말낫[175]은 무거웟다. 진국으로 애라를 위하는 듯하얏다.

자긔와 철호 사이를 쌔개고 한경을 들어오게 한 고순일의 의외 출현으로 말미암아 혈서로 흥분된 애라의 가슴에 더 한층 불을 질럿든 것이나, 면후의 사정 비슷한 소리에는 얼마큼 귀가 솔깃하지 안흠도 아니다.

『시장햇겟지 ―』

면후는 또 한 번 자상스럽게 물엇다. 그 말을 듯고 보니 어제 왼종일 굶은 것이 생각히며[176] 별안간에 배가 고팟다. 애라도 긔가 죽은 듯이 스르를 눈을 감으며 맥업시 중얼거렷다.

『배가 고파요』

175 말낟. 몇 마디의 말.
176 생각히다. 생각나다.

1929.9.12 (96)

악마의 발원 (一)

형사과장은 덴쌰라[177] 소바[178] 두 그릇을 시켜왓다. 경관과 범인은 마조 안저서 이 새벽녁의 간단한 식탁으로 얼마쯤 구순해젓다[179]. 짜근짜근한 국물이 보송보송한 빈 창자ㅅ속으로 흘러나릴 제 애라는 얼마나 맛난지 몰랏다. 그것은 단순한 음식물이 아니고 마치 선약[180]과 가튼 효력이 잇섯다. 쓸아리든 가슴이 대번에 풀리고 조비비든[181] 맘이 너누륵해진다[182]. 그야말로 식후의 뎨일미로 면후는 담베까지 권하얏다. 평일에는 개썩가티 보이든 해태이어늘 지금엔 그 푸른 갑만 보아도 눈이 뒤집힐 만큼 반가웟다. 황황한[183] 손길로 한 개를 쌔어 물 제 입에만 다혀도 향긋한 냄새가 비위를 움즉인다. 후하고 한 목음을 쌤는 맛이란 천금을 주어도 밧구지 안흐리라. 푸른 연긔가 감을감을하고 살아질 째, 애라도 살아지는 듯한 늣김을 맛보앗다.

사람이 모든 자유를 일흘 째엔 흔이 본능으로 돌아가기가 쉬운 법이다. 제아모리 결긔 잇는 사람이라도 한번 가치는 몸이 되고 보면 한 술의 보담 더 맛난 음식과 한 목음 담베를 그립어한다. 이 족으마한 식욕과 편의

177 덴푸라(てんぷら). 튀김.
178 소바(そば). 메밀국수.
179 구순하다. 서로 사귀거나 지내는 데 사이가 좋아 화목하다.
180 선약(仙藥). 효험이 썩 좋은 약.
181 조비비다. 조가 마음대로 비벼지지 아니하여 조급하고 초조해진다는 뜻으로, 마음을 몹시 졸이거나 조바심을 냄을 이르는 말.
182 너누룩하다. 감정이나 심리가 좀 느긋하다.
183 황황(皇皇)하다. 갈팡질팡 어쩔 줄 모르게 급하다.

를 채우게 될 때 그 쾌미와 만족은 가친 경험 업는 이의 상상 밧긔다.

애라도 오늘가티 면후가 고마운 적은 업섯다. 돈 이천 원을 아귀를 마추어 제 손에 쥐어줄 때보담도 이 국물과 담베가 더 반갑고 고마웟다.

면후도 담베 연긔만 후후 뿜어내고 한동안은 말이 업다가

『애라, 좀 생각해보게 앗가도 말햇지만 애라가 암만해도 길을 빗둘우든 모양이야. 나허고 써먹듯이 약속을 해노코 그게 무슨 방정이람. 그야 반주구레한[184] 산애를 보면 젊은 맘이 동하기도 쉽고 또 보통 사람과 달르니까 얼마큼 호긔심도 잇겟지만, 후환이 걱정이란 말야!』

면후는 애라를 위해 개탄하는 듯이 애석해하는 듯이 다시금 말을 이엇다.

『그런 놈이란 제가 필요할 때 사랑이니 뭐니 하다가도 홱 돌아서면 돌이어 앙물[185]을 하는 겔세. 곱다라케 남의 비위만 슬슬 긁적어려 노코는 그야말로 썻다 봐라야!』

제 폐부[186]를 꾀뚤허 보는 듯한 형사과장의 말 한 마듸 한 마듸에 애라의 고개는 절로 숙어젓다. 인제 와서는 앙탈을 하고 버틔어 볼 아모런 용긔도 업섯다.

『제 속으론 딴배ㅅ장 차린 놈에게 속을 준 애라만 불상치 안하. 적이 의리가 잇고 정이 잇는 놈 가트면 제 몸만 살짝 빼어나가고 애라를 떨어털이고 갈 것이가. 령리한 사람이 웨 그러케도 생각을 못 한담. 그러고 저 혼자 나갓스면 차라리 조치. 남의 집 처녀까지 꾀어내 가지고 달아나지 안햇느냐 말야! 세상에 죽일 놈 가트니』

중얼거리는 듯이 종용종용히 일르든 면후는 마츰내 스스로 흥분된 듯

184 반주그레하다. 생김새가 겉보기에 반반하다.
185 앙물하다. '앙분하다'의 방언(경상). '앙분하다'는 분하게 여겨 앙갚음할 마음을 품는다는 뜻.
186 폐부(肺腑). 마음의 깊은 속.

이 소리를 놉힌다.

『그럼, 한경 씨는 어써케 하실 작뎡이야요』

시방껏 잠자코 잇든 애라는 한 마듸 가투채어 보앗다.

『어써케 하다니, 올아비를 배반하고 집을 나간 그 년을 가만이 둘 줄 아나. 강도 놈과 배가 마저 다니는 그런 년은 내 누어[187]가 아니다, 내 원수다. 세상 업서도 그 년은 잡고 볼 터이다』

하고, 면후는 목에 피ㅅ대를 세운다.

『참 그래요, 동긔가 아니라, 원수애요』

애라는 맛박망이를 첫다.

『애라, 우리 가티 일을 해보지 안호랴나』

면후는 저 먹은 뜻대로 애라가 움즉이는 것을 보고 맨 마즈막으로 한 마듸 싸저보앗다.

『난 죄수가 안애요』

하고 애라는 고개를 갸웃이 들어 면후를 쳐다본다. 면후는 그 뜻을 얼른 알아차리고

『지금 당장이라도 내노흐면 그만이지!』

하고, 의미 잇게 눈을 숨썩한다.

187 문맥상 '이'의 오류로 추정.

1929.9.13 (97)

악마의 발원 (二)

면후는 그날 새벽으로 애라를 내어보냇다. 어제까지도 이런가 저런가 하는 의심이 업지 안햇스되, 한 시간 남아 애라의 취됴와 고순일과의 대면으로 모든 사단을 분명히 깨달을 수 잇섯다. 한경이 말이라면 애라가 펄펄 뛰는 것으로 보아 두 사이가 사랑의 원수인 것은 어렵지 안케 알아차릴 수 잇섯다. 이 비밀의 열쇠가 한 번 열리매 한경이를 춘천으로 쏘츠라든 수수썩기도 풀리고 한경이 달아낫다는 소식에 미친 듯이 흥분한 까닭도 련맥[188]이 다핫다. 범인의 필적과 한경의 필적이 갓고, 김순태란 청년이 써나든 밤에 한경이가 그림자를 감춘 사실을 마춰 보면, 설교강도 사건의 진범인은 김순태란 청년이오, 그 청년은 곳 애라와 혈서를 주고바든 산애와 가튼 인물이며 또 한경의 애인인 것이 틀림이 업섯다. 애라가 고순일을 무여디하게[189] 몰아세운 것은, 순태와 한경이 사이에 비밀 련락을 해준 탓으로 자긔가 실련의 화살을 맛게 된 분풀이임이 갈 대 업는 사실이다.

이 사건을 싸고도는 한 조각 구름ㅅ장은 오즉 김순태란 청년의 정톄다. 김순태란 것은 물론 엉터리업는 가명일 듯하고 고순일이가 련락을 취한 것을 보면 처음부터 의심하든 리창이가 곳 김순태인 듯도 십헛다. 만일 그러타면 리창을 잡으라고 김순태를 보낸 것은 마치 장량[190]이 소식을 장

188 연맥(緣脈). 이어져 있는 맥락.
189 무여지(無餘地)하다. 다시 더 할 여지가 없다.

량에게 뭇는 격과 질배업는[191] 멍텅구리 수작을 한 것이다.

그러면 애라가 웨 김순태와 가티 가지 안햇느냐, 하는 것이 아즉도 남은 의문이다. 그러나 이 두 가지 비밀의 잠을쇠는 애라의 손이면 어렵지 안케 열어볼 수 잇고 애라는 인제 제 손아귀에 들엇스니, 그런 허접쓸에기[192] 수수썩기쯤은 당장에라도 알아낼 듯십헛다.

그는 확실히 애라가 제 수중에 든 것으로 알앗다. 그가 애라를 선선히 내어노흔 것도 반분은 이 신념 때문이다. 물론 얼뜬 치정이 백분의 일쯤 애라의 고생하는 것이 아차럽기도[193] 하얏다. 그러나 가장 큰 리유는 넘우 배심[194]을 쌋다가는 눈 딱 감고 덤비는 그 성미에 무슨 소리를 해내털일지[195] 모르겟고 만일 그 입으로 자긔의 비밀이 탄로되는 날이면 제 코압헤까지 나타난 설교강도를 그대로 노하 보내고 그를 위해 편의까지 도아준 직책은 벗기 어려울 듯하얏다. 형사과장도 물론 미역쑥이어니와 세상의 비난도 귀가 아플 모양이다. 애라를 덧들이느니[196]보담 무슨 수로든지 구슬리는 것이 시방[197] 와서 상책인 줄을 애라를 취됴해 보면서 절실하게 깨달앗다. 애라의 환심 사기는 그리 어려운 노릇이 아님도 알앗다. 사랑을 일코 날뛰는 그 질투심만 리용하면 인제야말로 제 뜻대로 움즉일

190 장량(張良). 자 자방(子房). 시호 문성공(文成公). 한나라 명문 출신으로, BC 218년 박랑사(博浪沙 : 河南省 博浪縣)에서 시황제(始皇帝)를 습격했으나 실패, 하비(下邳 : 江蘇省 下邳縣)에 은신하고 있을 때 황석공(黃石公)으로부터 『태공병법서(太公兵法書)』를 물려받았다고 한다. 진승(陳勝) · 오광(吳廣)의 난이 일어났을 때 유방의 진영에 속하였으며, 후일 항우(項羽)와 유방이 만난 '홍문의 회(會)'에서는 유방의 위기를 구하였다.

191 진배없다. 그보다 못하거나 다를 것이 없다.

192 허접쓰레기. 좋은 것이 빠지고 난 뒤에 남은 허름한 물건.

193 애처롭다. 가엾고 불쌍하여 마음이 슬프다.

194 배심(背心). 배반하는 마음.

195 해내트리다. 일을 제꺽 처리해 치우다.

196 덧들이다. 남을 건드려서 언짢게 하다.

197 시방(時方). 지금(只今).

줄 잘 알앗다. 그러고 미행만 톡톡한 형사 한 명을 부텨노흐면 내어노하도 제 손바닥 우에서 춤추는 것보담 더 안전할 듯십헛든 것이다.

면후는 그 이튼날 저녁쌔가 되어도 이런 생각이 머리에 매암을 돌며 형사과장실을 써나지 안햇다. 어제ㅅ밤을 통으로 새운 탓에 얼마큼 졸리지 안흠은 아니로되, 한번 혼이 나본 뒤이라 집에 돌아가 누을 것은 생의[198] 도 못 하얏다.

싸르릉하고 불시에 뎐화가 왓다. 고은 애라의 목소리다.

『어제ㅅ밤에 고단치나 안흐셧서요』

첫인사로 뭇는다. 어제ㅅ밤 취됴실에서 지낸 것도 마치 하로ㅅ밤 유흥으로 밧게 생각치 안는 말세다.

『참 고단하지』

면후의 눈가장자리도 풀리며 정부를 위로하는 듯.

『그런데 나 좀 여쭈어볼 일이 잇서요, 고순일 씨가 어써케 되엇서요』

『어써케 되다니, 그대로 잇지』

『난 내노흐신 줄 알고 불야불야 뎐화를 걸엇서요, 왼종일 생각해 보니 싸 한경 씨의 간 곳은 고 씨가 잘 알 듯해요. 좀 욱대겨[199] 보시구려』

『그래, 그러지!』

하고, 면후는 만족한 듯이 뎐화를 쓰젓다. 애라가 제 사람이 된 것은 분명한 사실이다.

198 생의(生意). 어떤 일을 하려고 마음을 먹음. 또는 그 마음.
199 욱대기다. 난폭하게 윽박질러 위협하다.

1929.9.14 (98)

악마의 발원 (三)

애라는 훤할 역[200]에야 집에 돌아와 집안사람의 놀랜 이야기에 대강대강 대답하고, 곳 제 방으로 들어가 요 입우자리를 깔고 누엇다. 도틈하고 폭신폭신한 요ㅅ바닥, 보들아운 생고사[201] 겹입울이 얼마나 몸에 편한 것을 절절히 늣기엇다. 지긋지긋한 류치ㅅ간은 생각만 해도 몸서리가 치이엇다. 짓익여 노흔 듯한 팔과 다리를 흠신 펴고 늘어지게 기지개를 한 번 켜보매 협착하다[202]든 제 방이 얼마나 넓고 자유로운 것을 알 수 잇섯다.

『면후가 싹싹은 해!』

하고 선선히 자긔를 내어 보낸 면후에게는 또 한번 고마운 생각이 낫다.

면후가 고마운 대신으로 철호가 어써케 밉고 원망스러운지 몰랏다. 어썬 쌔의 녀자의 맘이란 바람에 날리는 수수ㅅ닙보담도 더 가볍다.

『그런 놈이란 제가 필요할 쌔만 남을 리용하는 법이다』

하든 면후의 말이 다시금 생각혓다. 그러타! 그 말이 참으로 올타. 철호는 일종의 흡혈귀다 내 피를 마즈막 방울까지 쌜아먹고 빈썹더기만 남기자, 헌신짝 버리듯 툭 차던지고 말앗다. 손톱만한 불상한 생각과 가엽슨 정도 업시 뒤도 돌아보지 안코 쎳나봐라다. 그러다가 씨블어진 여듧달둥이[203] 한경이를 달고 달아나는 년석[204]이 리상이 잇스면 얼마나 고상하

200 역. '언저리'의 방언(평안).

201 생고사(生庫紗). 생명주실로 짠 비단의 하나.

202 협착(狹窄)하다. 차지하고 있는 자리가 매우 좁다.

203 여덟달둥이. '팔삭둥이(제달을 다 채우지 못하고 여덟 달 만에 태어난 아이. 똑똑하지 못한

며 사상이 잇스면 얼마나 놀라우랴.

이때까지 가장 신성하고 순결하다고 생각하든 최후의 순간도 지금 와서는 그런 쑥스러운 일이 세상에는 또다시 업슬 듯하얏다. 쏙쏙 울든 자긔, 손가락을 깨물든 자긔에게 침이라도 배앗고 십헛다. 새빩안 제 정열을 새빩안 제 피로 뎜뎜이 물들인 혈서도 시방 보면 휴지 쪽의 가치도 업는 듯하얏다. 불상한 애라는 아름답고 깨긋하든 지낸날의 제 감정까지 스스로 쥐어뜻고 싯[205]밟아버렷다.

『원수를 갑하라! 원수를 갑하라! 네가 지긋지긋하게 생각하는 그 류치ㅅ간에 두 년놈을 잡아 너코 그 쇠창살 속에서 썩게 하렴으나. 두 년놈이 주리[206] 란장[207]을 틀리고 악착한 비명을 칠 째에 보기 조케 웃어주렴으나.』

질투의 피에 줄인 악마는 애라이[208] 귀에 그 독한 입술을 대고 속살거렷다.

『어찌하면 한시밧비, 아니 일초라도 빠르게 저 년놈을 올가 올고!』

애라는 돌아누으며 입술을 깨물고 생각해 보앗다.

철호가 써날 째에 제가 어대 가 잇슬 주소조차 쏙쏙히 일러주지 안흔 것이 새삼스럽게 생각헛다. 워낙 큰일이 꼬리를 맛물고 닥치는 날이라 엄벙덤벙[209]하는 바람에 그 주소까지 분명히 알아두지 안흔 것이 지금 와서도 쌔가 아프도록 후회가 낫다.

사람을 놀림조로 이르는 말로도 쓰임)'와 '여덟달내기(팔삭둥이의 이북방언)'가 결합되어진 것으로 추정.

204 년석. '녀석'의 방언(제주, 평북).

205 문맥상 '짓'의 오류로 추정.

206 주리. 죄인의 두 다리를 한데 묶고 다리 사이에 두 개의 주릿대를 끼워 비트는 형벌.

207 난장(亂杖). 고려 · 조선 시대에, 신체의 부위를 가리지 아니하고 마구 매로 치던 고문. 영조 46년(1770)에 없앴다.

208 문맥상 '의'의 오류로 추정.

209 엄벙덤벙. 들떠서 함부로 행동하는 모양.

『잇는 대를 알앗스면 시방 당장이라도 잡아올 걸 갓다가!』

하고 애라는 중얼거렷다.

『봉텬ᄭᅡ지 ᄲᅡ저나오기만 하면 어대서든지 맛나겟지』

하는 흐리마리한[210] 말을, 자긔를 경계하는 말인 줄도 모르고서, 돌이어 일군[211]의 주밀한[212] 주의에서 나온 소리인 줄로 고지들어, 어림업시 탄복하든 일을 생각하든 제 자신이 얼마나 미운지 몰랏다.

『세상에 얼ᄲᅡ진 년도 잇지』

하고, 제 몸을 물어쓰더도 시원치 안흘 듯십헛다.

저녁 ᄯᅢᄭᅡ지 궁리를 하든 판에 문득 번개가티 고순일의 생각이 낫다. 그놈이 한경이와 철호ㅅ사이에 비밀련락을 해주엇스니 두 년놈이 어대서 어ᄶᅥ케 맛나자는 약속도 분명히 잇섯슬 듯십헛다. 별안간에 입울자락을 거더치고 ᄯᅱ어나와 면후에게 그런 뎐화를 걸엇든 것이다.

210 흐리마리하다. 말끝을 분명하지 않고 모호하게 하다.
211 일군(逸群). 재능 따위가 여럿 가운데 썩 뛰어남.
212 주밀(周密)하다. 허술한 구석이 없고 세밀하다.

1929.9.15 (99)

악마의 발원 (四)

그 다음날 오정 쌔가 족음 지내서 면후는 애라를 차저왓다.

『이리 오너라』 하는 소리에 애라는 벌서 면후의 목청을 알아듯고 불이 나케 마루를 쒸어나려 슬리싸를 짝짝어리고 대문ㅅ간까지 나와 마젓다.

『오늘은 제법 신사답으신데 이리 오너라를 다 차즈시고』

하면서 애라는 간들어지게 웃어 보이엇다.

『그럼, 언제는 신사가 아니든가』

하고, 면후도 반가운 얼굴이다.

『접때는 남 옷도 안 입엇는데 그냥 쒸어들지 안흐셧서요?』

『그야 범인을 잡으러 온 날이니 그러치』

하고 면후는 웃는다.

『에그머니! 오늘도 무시무시한걸. 쏘 뒤ㅅ구녕으로 잡아너흘지 누가 아나』

하고, 애라는 쌕쌔글 웃엇다.

『그럴른지도 모르지 수상한 긔색만 보이면 쏘 집어 챌른지 모르지』

『에그 그런 불길한 소리는 좀 말아요. 남의 간담이 서늘하게』

하고, 애라는 웃음 담은 눈을 흘겻다.

둘은 방안으로 들어왓다.

『오늘은 절도 안나』

『절한 뒤ㅅ긔티 조찬튼걸』

하고, 애라가 살짝 웃다가 진국으로

『참 고순일을 취됴해보셧서요』

하고, 초조한 듯이 뭇는다.

면후의 얼굴은 잠간 흐려지며

『글세, 그게 걱정이야. 놈이 분명히 아는 눈친인데 워낙 황소가티 생겨먹어서 세상 자백을 해야지. 세 번이나 혼 썰음을 시켜도 그저 모른다고만 우기네그려.』

『그럼 무슨 일로 백마뎡에는 왓다고 해요』

『어허, 누가 백마뎡에나 왓다고 해야 말이지. 경찰에서는 분명히 아는 일이라고 써먹듯이 일러 듯겨도 백마뎡이 어대 부튼 지도 모른다나. 김순태도 모르고』

『가만이 계서요, 김순태라면 정말 모르겟지오. 본명은 리철호니까요』

『응, 리철호! 저 안성 리 참판집 아들 아닌가?』

『누가 안 그러태요 그 집 서자애요, 동경에서는 한동안 리창이라고 행세를 햇대요』

『오 올치! 그래 암만해도 리창이 간 대가 업서저서 내가 차젓드니만……』

하고, 형사과장은 무릅을 친다.

『그래요, 고순일도 아마 동경 잇슬 째 알앗겟지오. 한경 씨도 물론 그때 친구이구요』

『그것을 내가 모르다니……』

하고, 면후는 머리를 극적극적한다.

『그러니 고순일이가 철호도 알고 한경 씨도 알고 두 사이에 조방군이[213] 노릇한 것도 분명한데 시침을 쎄면 될 말이오』

애라는 취됴하다가 자백을 못 바든 형사과장보담도 더 펄펄 뛴다.

『놈이 할일업는[214] 쌕대[215]야! 어써케 고집이 센지 아모도 모른다고만 버틔니 긔막힐 노릇이지. 서울에 잠간 볼일이 잇서 왓다가 돌아가는 사람을 웨 이러케 고생을 시키느냐고 제가 돌이어 맛득잔케[216] 인권유린이니 뭐니 하고 대드는 판일세』

『그런 놈을 그대로 두셔요』

애라는 더욱 분해한다.

『그야 죽일 수도 업는 일이지. 그 외에 한경이 간 곳을 알아낼 도리는 업나』

애라는 이윽히[217] 무엇을 생각하는 듯하드니 별안간에 손벽을 친다.

『무슨 조흔 생각이 낫나』

면후도 깃버한다.

애라는 무슨 중대한 사건을 밀고하는 사람 모양으로 면후의 귀에 대고 속살거렷다.

『형사과장ㅅ댁을 수색해봐야 될 일이 잇소』

---

213 조방(助幇)구니. 오입판에서, 남녀 사이의 일을 주선하고 잔심부름 따위를 하는 사람.

214 하릴없다. 조금도 틀림이 없다.

215 빽대. 고집이 세어서 말이 잘 통하지 않는 사람을 일컫는 말.

216 마뜩잖다. 마음에 들 만하지 아니하다.

217 이윽하다. 느낌이 은근하다. 또는, 뜻이나 생각이 깊다.

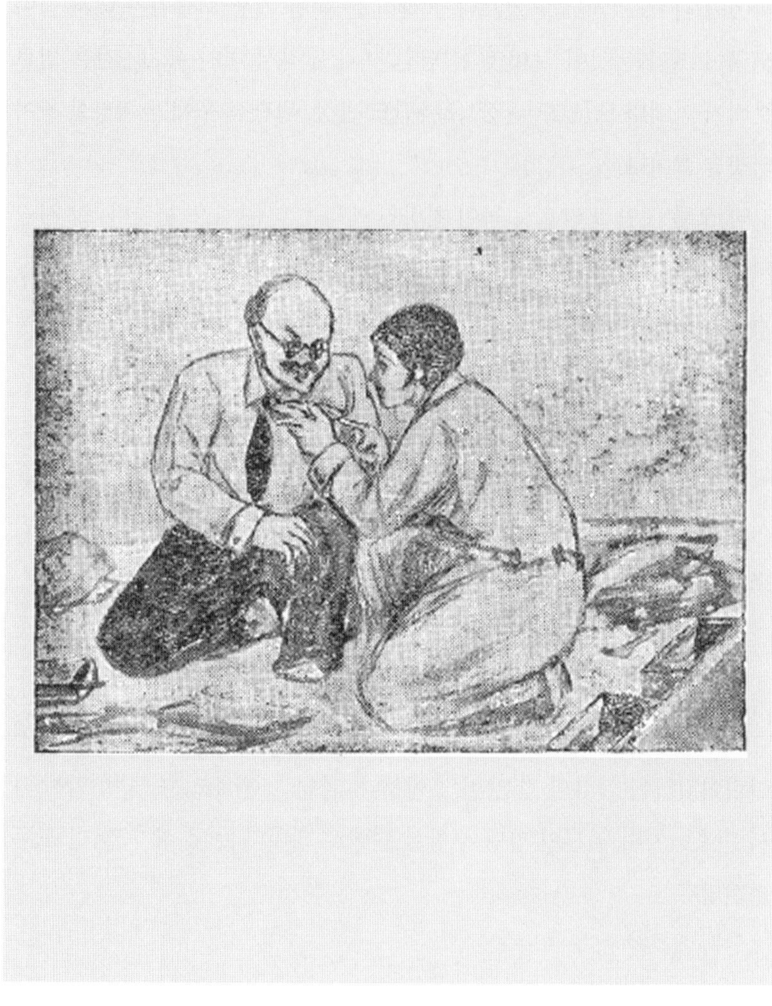

1929.9.16 (100)

악마의 발원 (五)

『우리 집을 수색하다니』

면후는 의외라는 듯이 채처[218] 물엇다.

『한경 씨 거처하든 방을 샷샷치 뒤저 보셧서요』

『참 그도 그러쿠먼』

하고, 면후는 뒤를 이어 일어나는 사변[219]에 평상시의 랭정을 일허버리고 한경의 방을 검사해 볼 생각이 아즉까지 안 난 것을 깨우치게 되엇다.

『허나, 찬찬한[220] 그 애의 일이라 무슨 증거될 만한 것을 남겨 노핫슬라구』

면후는 애라의 명안[221]이 의외로 신통치 못하다는 듯이 시들하게 중얼거린다. 애라는 화를 내며

『누이라고 넘우 밋는구려. 어쨋든지 뒤저나 보아요. 돈 쌋든 보작이라도 나올 테니』

『돈 쌋든 보작이?』

하고, 면후는 귀가 쫑긋해진다.

『설교강도의 훔친 돈을 누가 마튼 줄 아슈. 형사과장 누나가 마트셧다오. 그 돈 숨긴 곳도 물론 형사과장님 댁이라오』

218 채치다. 일을 재촉하여 다그치다.
219 사변(事變). 사람의 힘으로는 피할 수 없는 천재(天災)나 그 밖의 큰 사건.
220 찬찬하다. 성질이나 솜씨, 행동 따위가 꼼꼼하고 자상하다.
221 명안(名案). 훌륭한 안건이나 좋은 생각.

애라는 여태 그것도 몰랏느냐는 듯이 핀잔을 준다.

『그러튼가! 괘씸한 넌 가트니』

형사과장은 황연대각[222]하면서도 일은 썩 재미나게 된 일이로고나 하얏다. 현직 형사과장의 집[223]에 설교강도의 훔친 돈이 감춰진 줄이야 귀신 아닌 사람으로는 알 도리가 업기도 할 것이다.

『그러기에 등하불명[224]이랍니다 좌우간 댁부터 수색을 해보아야 돼요. 어때요, 명탐정이지오?』

애라는 자랑하는 듯이 쌩긋 웃엇다.

『과연인걸, 참 녀자 명탐정이라 달르구면[225]』

『수색하는 대는 내가 곡[226] 립회를 해야 됩니다』

『그야 그럴 일이지』

면후는 애라를 더리고 자긔 집으로 왓다. 한경의 방을 이 잡듯이 뒤저 보앗스되, 옷가지, 책 나부랑이, 편지 허접쓸에기밧게 별로 이러타 할 증거픔이 업섯다.

『별것이 업구먼』

형사과장은 실망한 듯 중얼거린다.

『그래도 자세자세 좀 보시구려』

편지 수럼이를 일일이 검사하며 애라가 한층 더 골돌한다. 편지도 대개 동경이나 조선 안에 잇는 전일 동창생에게서 온 것이오 수상한 것은 발견

222 황연대각(晃然大覺). 환하게 모두 깨달음.

223 원문에는 '집'의 글자 방향 오식.

224 등하불명(燈下不明). 등잔 밑이 어둡다는 뜻으로, 가까이에 있는 물건이나 사람을 잘 찾지 못함을 이르는 말.

225 문맥상 '먼'의 오류로 추정.

226 문맥상 '꼭'의 오류로 추정.

을 하지 못하얏다.

애라는 얼마씀 썩심이 풀리엇스되[227] 긔예[228] 무슨 증거든지 잡아내랴고 애를 부등부등 켯다. 증거픔보담도 제 사랑의 원수의 세간을 맘대로 뒤흔들고 뒤적어리는 데 더욱 흥미와 만족을 늣기엇다. 옷가지 하나도 성하게 안 두고 뒤털어본 뒤에 편지봉투를 쪽쪽 씨저가며 편지를 쓰집어내어 함부로 허텃다.

맨 나종에 그의 손길은 책까지 낫나치 들추어보기 시작하얏다 책장이 상하도록 털어보고 방바닥에 되는 대로 툭툭 구을렷다.

일본말로 번역된『안니 발뷰스[229]』의『크라르데[230]』란 소설 책장을 뒤적뒤적하든 애라는『컬럼버쓰[231]』가 미주대륙을 발견할 째보담도 더 깃브게 부르지젓다.

『이것 좀 보셔요. 이런 대 쓰어 두엇구려』

면후도 그 말에 귀가 번쩍 씌어 애라의 내어민 책장을 보앗다.

그것은 책 한복판 틈어리에 가느다란 털필 글시로『봉텬가무뎡(奉天加茂町) ××번디』라고 적어둔 것이엇다.

『이 주소가 분명히 싸닭 부튼 주소애요. 철호도 봉텬에 잇겟다는 말은 귀ㅅ결에 들은 법해요. 여긔가 그들의 비밀 은신처인 것은 틀림이 업서요』

---

227 떡심(이) 풀리다. 낙담하여 맥이 풀리다.

228 긔예. 마지막에 가서는 그만. 마침내. 드디어(곽원석,『염상섭 소설어사전』, 고려대학교출판부, 2002, 97쪽).

229 앙리 바르뷔스(Henri Barbusse). 프랑스의 소설가로, 저서는『지옥(地獄)』(1908),『포화(砲火)』(1916, 콩쿠르상 수상),『클라르테』(1919)이다. 인도주의의 입장이었으나, 이후 레닌의 사회주의 혁명에 공감하게 되었다.

230 클라르테(Clarté). 프랑스 작가 앙리 바르뷔스의 장편소설로 1919년 발표되었다.『지옥』,『포화(砲火)』와 함께 3부작을 이룬다.

231 콜럼버스(Columbus). 이탈리아의 탐험가(1451~1506).

하고, 애라는 손벽을 치며 깃버한다. 그 주소는 독자도 다 아시려니와 한경의 절친한 동무 봉텬 부령사 작은집의 주소로 한경이가 철호와 맛나자고 약속한 비밀장소다.

101회 ~ 131회

이성해李星海 作

노심산盧心汕 畵

1929.9.17 (101)

連作小說 荒原行(101) 1929년 9월 17일

폭풍우 지낸 뒤 (一)

애라와 면후는 한경의 방을 곱이 샷샷이 뒤젓스나 겨우 단서로 어든 것은 봉텬의 아지 못할 집 번디에 지내지 못하얏다. 그러나 애라는 신대륙(新大陸)을 발명한 탐험가처럼 깃버하얏다 그의 생각은 두 남녀가 쏙 거긔서 사랑의 삶을 쑤는 중이라고 미든 짜닭이다. 면후의 표정은 이와 반대로 랭정하얏다. 첫재 압록강 건너간 범인을 톄포하는 것이 용이한 일도 아니오 더군다나 봉텬짜지 갓다면 사면이 뺑손이칠[232] 길쌘이다. 조선 안에서 그러케 령리하고 민첩하게 활약하든 철호를 만주 벌판에다 내노코 잡으랴면 약간의 노력으로는 도뎌히 불가능한 일이다. 물론 조선 안에서 알 만한 처소에 가서 묵을 리도 만무하고 더구나 령사관 근처에서 두리번거리고 날 잡아가소 할 바보가 아닌 것을 그는 잘 안다. 모호한 주소 발견으로 깃버할 면후는 아니엇섯다.

『애라! 그들이 거긔에 잇슬 듯십흔가?』

면후는 대야머리를 뒤으로 한 번 쓰다듬으며 뭇는다.

『내 생각에는 쏙 잇슬 것 가튼데요……』

애라는 복수에 타오르는 눈으로 면후의 맘을 비추어 보랴는 것가티 찬찬이 보며 대답한다

『글세…… 한 의문이야! 어대 수배(手配)를 해보지!』

면후의 대답은 선선치[233] 못하얏다. 이러하면서도 그는 여러 가지로 궁

232 뺑소니치다. 몸을 빼쳐서 급히 달아나다.
233 선선하다. 성질이나 태도가 까다롭지 않고 주저함이 없다.

리를 하얏다.

『형사대를 급히 파견하야 볼가?』『령사관에다 의뢰하야 톄포를 할가?』

이 두 가지가 면후의 머리ㅅ속을 채웟다.

한참 믁믁히 안저서 생각하는 동안에 그의 생각은 다시 돌앗다. 애라는 그의 표정을 보고 좀 불쾌한 생각이 낫다. 저 대머리를 사랑하는 것이 아니니 그의 유쾌하고 불유쾌한 것이 자긔의 감정에 아모것도 충동을 일으킬 것이 업지만 그래도 그가 이런 경우에 쌀쌀한 표정을 보이는 것은 필연코 무슨 곡절이 잇는 것이라고 의심하매 그의 자존심은 그런 표정 보기를 허락치 안햇다.

애라는 벌덕 일어낫다.

『인제 그만 돌아가지오 이 우에 더 어들 것도 업슬 터이니…』

면후도 쌀하 일어섯다.

『나는 경찰부로 갈 터이오 그러면 먼저 가시구려』

이것은 길을 여긔서부터 갈라 가자는 말이엇다. 애라는 알아차렷다.

『그러면 천천히 오셔요 저 먼저 갈 터이니……』

애라는 이러케 말을 던지고 면후의 집을 나섯다.

애라가 나간 뒤에 흐틀어 노흔 방 안을 우득허니 살펴보고 잇는 홍면후의 머리ㅅ속도 방 안이나 지지 안케 산란하얏다[234].

『철호와 한경이가 봉텬 그 번디로 갓다 하야도 지금까지 철호가 그곳에 잇슬 리 만무하고 한경이만이 남아 잇슬 것은 분명한 일이다 섯불리 형사대를 보내고 령사관에 의뢰해서 톄포에 착수하얏다가 정말 범인은 못 붓들고 애꾸진 한경이만 걸리면 이게 무슨 모양이냐. 불상한 누

234 산란(散亂)하다. 어수선하고 뒤숭숭하다.

이동생 하나를 위하야 지금까지 하야온 멍터구리가 한 번 더 되어 볼가. 그러나 이것도 지금 면후의 형편으로는 못할 일이엇다. 애라가 미워하는 것은 철호보다도 한경이다. 한경이가 잡힐가 무서워하야 이 사건을 흐지부지한 것을 만일 애라가 알게 되면 고 암상스러운 솜씨에 무슨 짓을 하야서라도 우리 남매의 얼굴에 똥칠을 할는지도 알 수 업다. 어써케 하면 조흘가.』

한경이가 철호와 부동하야[235] 자긔를 롱락하고 필경에는 배반하고 도망하든 그쌔의 분로 그대로 하면 만일 한경이가 겨테 잇섯든들 얼굴 파닥이라도 할퀴엇슬지 알 수 업섯다. 그러나 하루 이틀 지내 불가티 치바치든[236] 분의 불길이 그 세력을 얼마큼 일코 보니 골육의 사랑이란 것이 그 틈을 타서 다시 움이 나기 시작한 것이엇다.

어썬 종자인지도 모르는 싼 남인 애라를 압세고 골육의 방에 침입해서 저와 가티 방 안을 수라장을 맨들어 노흔 자긔가 웃은 생각이 낫다. 그러나 그는 이것은 공공한 사건을 위하야 한 일이다 하고 눈을 감고 속으로 가만히 부르지젓다.

235 부동(符同)하다. 그른 일에 어울려 한통속이 되다.
236 치받다. 욕심, 분노 따위의 감정이 세차게 북받쳐 오르다.

1929.9.18 (102)

連作小說 荒原行(102) 1929년 9월 18일

폭풍우 지낸 뒤 (二)

애라는 굴속처럼 음친[237]한 면후의 표정이 보기 실혀서 급히 그 집을 나섯다. 나서면서 한참 동안은 발을 멈추고 생각하다가 그 집 압흐로 지내는 인력거를 불러 타고 백마뎡으로 향하얏다 류치장 구경을 한 뒤로는 이번이 첫 출근이엇다. 카페 안에는 별로 변한 모양이 업다. 역시 붉은 술, 푸른 술이 진렬장에 늘어 노혓고, 대리석(大理石) 테불이 번듯이 누어 잇다. 낫이 족음 지내서, 명랑한 해ㅅ빗이 물들인 류리창으로 슴여들어 와서 아룽거리고 잇다. 손님은 하나도 업고 여러 동무들만 한편 구석 테불을 중심 삼아 코ㅅ놀애를 불르고 안젓다.

한편 벽 톄경[238]에 문 열고 들어서는 애라의 그림자를 발견한 그들은 벌덕 의자에서 몸을 일으키며

『아이쨩! 이게 웬일야. 어제도 안 오구……』

『그 일이 어써케 되엇서요 어제 홍 과장헌테 뎐화로 물엇드니 모른다고 하겟지오. 지금은 막 아이쨩 이야기를 하든 중이랍니다』

『어쨋든 무사한 것이 뎨일 조쿠먼……』

여러 동무들은 이와 가티 인사를 한다.

『넘우 걱정들을 하게 해서 퍽, 미안합니다 운수가 불길하면 다 그러탑니다. 대수롭지 못한 일에 그만 류치장 구경까지 하얏지오』

237 문맥상 '침'의 오류로 추정.

238 체경(體鏡). 몸 전체를 비추어 볼 수 있는 큰 거울.

애라는 될 수 잇는 대로 평온한 얼굴을 지어가지고 대답한다.

『신색[239]이 좀 틀렷군요』

『그러케 보니까 그런 게지오 편히 이틀이나 쉬엇는걸요』

이와 가튼 인사를 뒤에다 남기고 애라는 이 층으로 올라갓다

철호와 고순일이가 맛나든 광경, 또 철호, 한경이, 면후, 자긔가 모여서 음모하든 광경, 모든 평일의 일이 눈압헤 현연히[240] 써올랏다 결국 제 꾀에 제가 넘어가고 말 것을 서로 속여먹느라고 애쓰든 것이 웃읍기도 하얏다.

『아이구 보기 실혀』

그는 두 손으로 눈을 가리다시피 하고 발길을 돌으켜 다시 알에층으로 나려왓다.

『날 좀 봐요!』

이 층에서 나려오는 애라에게 눈짓을 하며 말하고 갓가이 오는 이는 란쌍이엇다.

애라는 발을 멈추고 다만 바라보는 눈으로 말을 대신하얏다.

『이리 좀 와요……』

란쌍은 또 눈으로 군호[241]를 한다

애라는 란쌍을 짤하 보기도 실튼 이 층으로 다시 올라갓다. 한편 구석에 자리를 잡고 안젓다. 란쌍은 알에층에다 주의하는 시선을 련해 던지며

『아이쌍 그게 어써케 된 일이야요?』

하고 애라의 얼굴에서 무엇을 발견하랴는 것가티 찬찬히 바라본다.

『무엇이 말이야요』

애라는 란쌍의 뭇는 말의 의미를 모르는 것은 아니나 사실을 말하기가

---

239 신색(神色). 상대편의 안색을 높여 이르는 말.

240 현연(現然)히. 바로 눈앞에 잡힐 듯이 나타나 있는 상태로.

241 군호(軍號). 서로 눈짓이나 말 따위로 몰래 연락함. 또는 그런 신호.

거북하얏다.

『웬일인지 오늘 아츰에 또 이상스러운 사람이 왓겟지요』

『이상스러운 사람이라니?』

애라는 깜작 놀랫다. 그의 신경이 이삼일 동안에 바늘 끗가티 날칼워진 까닭이다.

『이상스러운 사람이라면『유우쓰야[242]』와 가튼 사람으로 알겟지만 그 이는 아니야요』

『유우쓰야』와『이상한 남자』는 카페에서 평일부터 철호에 대하야 공통으로 쓰는 별명이엇다 이상한 사람이라 함에 애라가 놀래는 것도 무리는 아니엇다.

[243]『유우쓰야』는 도모지 보이지 안코 어썬 말숙한 양복쟁이가 이틀 동안이나 련해 와서 아이짱 이야기를 자꾸 뭇겟지오 출생이 어대며, 지금까지 무엇하고 지냇스며, 어써한 남자와 친근히 지내며 지금 집은 어대며, 이새에 안 오는 것은 어써한 리유이며, 그러고 나종에는 홍면후와 어써한 관계를 가지고 잇느냐고 뭇겟지오. 나보고쌘 아니라 여러 일본 계집애보고도 싹지를 쎄고 덤벼서 모조리 물어보겟지오. 아주『긔미가 와루이[244]』해서 죽을 번햇서요』

란짱은 한숨에 말을 내노코는 숨이 갓벗다.

애라는 괴상한 생각이 낫스나 이 자리에 황망히 굴 것은 아니엇다. 다시 랭정을 회복한 뒤에

『그래서 무어라 대답햇소』

하고 물엇다

242 유우쓰야(ゆううつや, 憂鬱屋). 우울쟁이.

243 '『' 누락. 대화문이므로 '『유우쓰야』' 앞에 '『'가 추가되어야 함.

244 기미가와루이(気味が悪い). 기분이 나쁘다.

1929.9.19 (103)

폭풍우 지낸 뒤 (三)

『아무것도 알지 못하면서 무슨 말을 햇겟습니까』

하고 란쌍은 알에층을 또 유심하게 나려다본다.

『그럴 것도 업는 것을 쌘히 그러셧군요. 아는 대로 말을 좀 해주지 그랫서요』

애라가 이러케 말은 하얏스나 그 눈에는 나의 래력을 아는 사람이 누구란 말이냐 하는 안심하는 표정이 나타낫다.

『아이쌍의 래력을 내가 안다기로 천만[245] 부지 몰르는 사람에게 일일이 쇠아 바칠 거야 무엇이란 말이오 나를 그런 바보로만 아시는구려?』

란쌍은 동무의 래력을 다른 사람에게 말치 안흔 것이 큰 신의(信義)나 지켯다는 것가티 호긔 잇게 말한다.

『그 사람도 쇄 심심한 모양이구려! 남의 녀자의 래력만 됴사하고 다니니. 이상한 일도 참으로 만치!』

애라가, 지금까지 자긔의 래력을 다른 사람에게 털어노코 말한 적은 업섯다. 항용[246] 찻잔이나 먹으러 들어온 손님들은, 의례히 무슨 호구됴사나 하라는 것가티 나히 얼마나 되엇느냐 가족이 몃치냐 본집이 어대냐 하고 성가스럽게 물엇다. 이러할 때마다 애라는『어대 한번 알으켜 내보구려! 틀리면 내가 말하지오』하고 웃음으로 말씃을 흘여 버리는 것이, 그의

245 천만(千萬). '아주', '전혀'의 뜻을 나타내는 말.
246 항용(恒用). 흔히 늘.

버릇이엇다. 백마뎡의 란짱의 존재는 역시 한 의문으로 잇는 곳에 큰 갑시 잇섯든 것이다. 손님들도 대개는 그의 래력은 결단코 알지 못할 것으로 탕처버렷섯다. 다른 산아이가 자긔 래력을 뭇는다는 것이 평일 가트면 례사로 여겨 한 귀로 흘려버리고 말 것이나 남이 알가 두려할 사건으로 류치장 구경까지 한 이후의 일이라 맘이 얼마큼 켱겨서 뭇는 사람이 어써한 종류의 사람인 것을 물엇든 것이다.

『대톄 어써한 이텝가? 그래도 대강 짐작은 잇섯슬 터이지오』

『아마 신문긔자(新聞記者) — ㄴ가 봐요. 말 걸치는 보볍[247]이 그럴듯하드군요. 알고는 대답 아니 할 수 업도록 여러 가지로 슬적슬적 말을 걸치드군요』

이것은 무심코 내노흔 말이지만, 홍면후와 철호의 관계를 대강은 어느 정도까지 말하얏다는 의미로 애라에게 들렷다.

요 계집아이가 제 말로는 하나도 대주지 안햇다고 장담은 하얏지만 실상은 이말 저말 뭇는데 넘어가서 쓸대업는 소리를 짓걸이지나 아니하얏나 하는 의심이 낫다

『아마 홍 과장 이야기는 하얏지오 나에게는 상관업는 이니까 그러고 철호 씨 이야기도 ――』

『부지런이 다닌다는 말만은 하얏지오』

란짱의 얼굴에는 이런 말도 괜히 햇나부다 하는 비치 보인다』[248]

『말해도 아무 관계 업서요. 철호 씨에 대한 이야기는 업습듸까』

『거저 어써한 남자가 다니드냐고만 뭇지, 철호니 무엇이니 하는 말은 아니 뭇드군요』

247 보볍. 품격과 법도(法度)를 아울러 이르는 말.
248 '』' 오식.

애라는 철호의 이야기를 부질업시 내노핫다고 후회하얏다.

『웬일일가요 자쑤 와서 그러케 물으니 갑갑하드군요. 그래서 내가 되물엇드니 이 카페는 조선 텬디를 한번 써들석하게 이름을 울릴 것이라고 웃으면서 말을 합듸다 웬 싸닭인지 몰라요』

란쌍의 눈에 호긔심이 흘럿다』[249]

『두고 봐야 알지오.』

애라는 사건이 거저 비밀리에서 흐지부지 안흘 것을 알앗다. 그의 생각에는 이 일이 신문지상에 써들리어 텬하의 시텽(視聽)[250]이 자긔에게로 모이는 것도 매우 흥미 잇는 일이라고 생각하얏다. 차라리 그 신문긔자를 자긔가 스스로 맛나보고 이야기를 해볼가 하는 생각도. 이때에 알에서 『란쌍』을 부르는 소리가 낫다. 란쌍은 알에로 나려가드니 다시 밧비 올라와서

『그 이상한 양복쟁이가 쏘 왓군요』

하고 갓븐 숨을 쉰다.

249 '』' 오식.
250 시청(視聽). 눈으로 보고 귀로 들음.

1929.9.20 (104)

폭풍우 지낸 뒤 (四)

『부지런히 출근하는구려! 그것도 제멋이니 내버려 두구려!』

애라의 태도는 란쨩과는 정반대로 매우 침착해 보엿다.

『저 양복쟁이가, 만일 맛나보자 하면 무어라 대답할가요? 업다고 할가요?』

란쨩이 이층으로 뛰어 올라온 의미를 알앗다. 란쨩조차, 자긔에게 큰 죄나 비밀이 잇는 것처럼, 황망히[251] 굴고 쉬쉬하는 것이 비록 자긔를 위해 하는 일이지마는 애라에게는 돌이어 불쾌한 생각을 일으켯다.

『업기는?, 왜 업다고 해요. 잇다고 하구려』

애라의 말슷이 송곳가티 샢죽하얏다.

『그러면 잇다고 하지!』

란쨩은 족음 무렴[252]한 듯이 얼굴빗이 붉어지며, 알에로 다시 나려갓다.

련일 차저와서 괴롭게 굴든 신문긔자 비슷한 사람이 쏘 왓다는 란쨩의 보고를 듯고도 애라는 눈도 깜작하지 안흔 것가티 외면으로는 보엿스나 실상인즉 그의 가슴 고동(鼓動)은 얼마큼 놉핫다.

신문긔자가 이번 사건을 알게 되엇단 것은 애라에게는 짐작하기 어려운 괴상한 일이엇다. 이번에 직접으로 책임을 가지고 참여한 이외 사람이 이것을 벌서 알게 된 것은 웬일일가 애라는 의심이 밧삭 생겻다. 홍면후가 발설할 리가 만무하다. 책임상 그런 말을 함부로 내노흔 결과가 어써케 될

251 황망(慌忙)히. 마음이 몹시 급하여 당황하고 허둥지둥하는 면이 있게.
252 무렴(無廉). 염치가 없음을 느껴 마음이 부끄럽고 거북함.

것쯤은 넉넉히 짐작할 위인이다. 그러면 고순일이가 발설을 하얏슬가. 그가 사건의 내용을 잘 아지도 못할 섇 아니라 현재 류치장에서 썩고 잇지 안흐냐. 말할 긔회가 업다. 그러면 애라 자신이 그런 말을 입 밧게 내엇든가. 그런 긔억이 업다. 이 사건이 세상에 퍼진 것은 필연코 까닭이 부튼 일이다. 그러면 철호와 한경이가, 애초부터 이번 사건을 계획뎍으로 맨들어서, 면후와 자긔의 관계를 이 세상에 폭로시키랴 함이든가? 여러 가지로 애라는 생각하야 보앗지만 여러 가지가 다 아귀에 들어맛지 안는다.

『내가 미리 나려가서, 신문긔자란 이의 눈치를 좀 써볼걸!』

애라는 혼자 중얼거리고 의자에서 몸을 일으켯다. 그는 다시 주저안젓다. 흥분한 이때에 쓸대업시 이말 저말 짓걸이다가 말의 발목이나 붓들리면 어써케 될가 그것이 두려웟든 것이다.

이때에 이층으로 올라오는 구두ㅅ소리가 들리드니 청년 신사의 머리가 층층대[253] 란간 사이로 나타낫다. 애라는 본체만체하고 발긋을 가벼이 굴러가며 간늘게 입속 놀애를 하얏다.

양복 신사의 뒤에는 란짱이 쌀핫다.

그들은 바로 애라의 겻 테불[254]에 걸어안는다. 애라는 직업상으로 숙이는 머리는 이 남자에게도 아니 숙일 수 업섯다.

[255]란짱! 이이가 아이짱이지!』

양복 신사는 서슴지 안코, 란짱더러 뭇는다.

『네 그럿습니다』

애라는 란짱이 대답하기도 전에 압질러 말을 걸첫다.

---

253 층층대(層層臺). 돌이나 나무 따위로 여러 층이 지게 단을 만들어서 높은 곳을 오르내릴 수 있게 만든 설비.

254 테이블(table). 물건을 올려놓기 위하여 책상 모양으로 만든 가구를 통틀어 이르는 말.

255 '『' 누락.

『뵐랴고 여러 번 왓다가 못 뵈엇지오』

하고 신사는 권연[256]을 끄내엇다.

란짱은 기다렷다는 것가티 석냥을 그어댄다.

『저 가튼 사람을 보러 오섯다구요 감사합니다』

애라는 몸은 의자로 던지고 말은 신사에게로 던젓다.

신사의 얼굴에는 이것 참 듯든 말과 갓구나 하는 표정이 나타난다. 란짱을 시켜 음식을 주문한 뒤에 그는 애라의 겨트로 자리를 갓가이 옴기며 말을 부친다.

『당신의 성화[257]는 벌서부터 잘 들엇습니다만 뵈읍기는 이번이 처음인 것 갓습니다.』

카페 백마뎡에서 『웨트레스[258]』 노릇한 뒤로 이러케 공손하게 말 걸치는 손님을 본 적이 애라로서는 몃 번 안 되는 일이엇다 아모리 처음 보는 이라도 대개는 반말이오 그러치 안흐면 허게요 심하면 해라를 부치엇다. 이러케 말을 공손하게 쓴 사람은 철호요 그다음은 이 신사엿섯다 애라는 말할 흥미를 늣기엇다

256 권연(卷煙). 얇은 종이로 가늘고 길게 말아 놓은 담배.

257 성화(聲華). 세상에 널리 알려진 명성.

258 웨이트리스(waitress). 호텔, 서양식 음식점, 술집, 찻집 따위에서 손님의 시중을 드는 여자 종업원.

1929.9.21 (105)

連作小說 荒原行(105) 1929년 9월 21일

폭풍우 지낸 뒤 (五)

란쌍이 올라왓다.

『란쌍 미안하지만 조용히 할 이야기가 좀 잇스니……』

하고 신사는 란쌍이 자리를 비켜주엇스면 조흘 의사를 보인다.

『천만에ㅅ 『쟈마[259]』를 해서 안 되엇군요』

란쌍은 족음 무렴한[260] 듯 얼굴이 붉어가지고 알에로 내려가랴 한다.

『란쌍이 잇댓자 못할 말이 무엇인가요. 란쌍! 그대로 이리 와요.』

하고 애라는 나려가는 란쌍을 짐짓 불럿다. 그러나 란쌍은 대답도 업시 나려가 버린다.

『애라 씨!』

불르는 소리가 매우 정중하다.

애라는 깜짝 놀라 시선을 신사의 얼굴에다 던젓다.

『이런 말슴을 물으면 어써케 생각하실는지 모르지만 당신이 홍면후의 싀아불이란 소문이 굉장하니 참말입니까?』

어글버글한 목소리ㅅ 가운대에 족음 야유(揶揄)가 석기엇다

애라의 얼굴은 별안간 히푸르러젓다[261]. 그러고 눈동자는 눈 한가운대에 박힌 그대로, 족음도 움즉이지 안는다. 눈섭은 씃씃하고 그 주위는 불

259 쟈마(じゃま, 邪魔). 방해.
260 무렴(無廉)하다. 염치가 없음을 느껴 마음이 부끄럽고 거북하다.
261 희푸르다. 흰색을 띠면서 푸르다.

부튼 것가티 붉어젓다. 그러고 안면 근육은 만경[262]이 된 것처럼 족음씩 씰룩어린다. 두 입술은 코미테다 한일ㅅ자(一字)를 그렷다.

이러케 변한 애라의 얼굴을 슬적 바라본 신사의 입가에는 미소(微笑)가 써올른다.

히푸르든 애라의 얼굴에 혈색이 족음 돌드니

『지금 하신 말슴을 다시 한 번 해보셔오』

하고 신사의 얼굴을 최면술 거는 사람가티 노려본다

『다시 해야 그 말이지오. 당신이 형사과장의 끈아불이라구요?』

신사는 애라의 매삽은 표정에 족음도 반응된 긔색을 보이지 안는다.

애라의 얼굴은 다시 히푸르러젓다. 이번에는 두 손도 부르르 썰렷다.

『그러케 노하실 것은 도모지 업지오. 녀자로 교제기[263] 넓으면 들을 말, 못 들을 말 별별 애매한 말도 듯는 법이니까. 그런 것이 사실이 아니면 그만이겟지오』

『대톄 그런 말을 제게 물을 권리가 당신에게 잇습니까. 처음 보는 사람에게 넘우 실례가 아닌가요?』

애라는 썰리는 입술로 겨우 움즉엿다.

『권리! 말을 할 자유쯤이야 누구에게든지 잇겟지오. 내 자유로 물어본 것이지 무슨 권리가 잇대서 그런 것은 아니지오. 오해해서는 안 됩니다』

신사는 자긔 손수 술을 쌀흐며 눈을 알에로 쓰고 평온하게 □[264]한다.

『물어볼 말도 분수가 잇지 안습니까. 사람을 모욕을 해도 정도가 잇서

262 만경(慢驚). 경풍의 하나. 천천히 발병하는데 잘 놀라거나 눈을 반쯤 뜨며 감지 못하고 자는 것 같으면서도 자지 않고 손발을 떨면서 전신이 차가워진다. 큰 병을 앓거나 구토나 설사를 많이 한 후에 몸이 허약해져서 생기거나 급경풍에서 전환되기도 한다.

263 문맥상 '가'의 오류로 추정.

264 문맥상 '말'로 추정.

야 하지오』

애라는 자리에서 벌썩 일어섯다.

『오해해서는 안 됩니다. 당신을 나는 우리 동지로 생각해서 물은 말이지 그럴 리가 잇나요?. 천천히 내 말을 좀 들어보시구려우 그러케 노하지 말구요.』

매우 축은축은하다[265].

『다 듯기 실혀요. 동지! 그러면 당신이 쁘아불이란 말요? 나는 쁘아불이 아니니까 당신의 동지가 못 된단 말이야요』

애라의 말소리는 날칼어웟다. 분 나는 그대로 하면 테불을 박차고 신사의 하이칼라 머리를 잡아 흔들고 십헛든 것이다.

신사는 입으로는 술을 너코, 귀로는 애라의 말을 너트니

『큰일을 하실 분이 그러케 성미가 조급해서 어써케 합니까. 잠간 참으시고 이야기나 합시다』

어대까지든지 애라를 롱락하랴는 태도이다. 애라는 얼굴이 한참동안 푸르락누르락[266]하드니 그는 무엇을 생각하얏는지 얼굴에 제빗이 돌며 자리에 다시 걸어안는다.

265 추근추근하다. 성질이나 태도가 검질기고 끈덕지다.
266 푸르락누르락. 성이 나거나 흥분하여 얼굴빛이 푸르렀다 누르렀다 하는 모양.

1929.9.22 (106)

폭풍우 지낸 뒤 (六)

애라가 다시 의자에 몸을 던지자 신사는 자리에서 몸을 일으킨다. 그러고 모자를 머리에 언고 호주머니에서 구겨진 돈 일 원을 끄어내어 테불우에 놋는다.

애라는 웬 셈인지 몰라 잠간 두리번거렷다.

사람을 죄인 취됴하는 것가티 처음에는 닥달이든 그가 별안간 이러케 일어날 줄은 짐작지 못한 일이다.

그의 애라더러, 노하지 말고 실컷 이야기나 하야보자 한 앙큼한 말이, 그 소리를 애라의 귀ㅅ바퀴에 아즉도 서려 잇든 이때에, 태도를 돌변하야 자리에서 벌떡 일어서는 것은 결국 말 듯는 상대자를 일부러 놀려보고 모욕해 보랴는 행동으로밧게 해석되지 안햇다.

애라의 얼굴은 다시 붉엇다 아무 말 업시 노긔 씌인 시선에다 모멸(侮蔑)을 석거 신사의 정면을 쏘앗다.

신사는 태연한 태도로

『넘우 여러 말을 물어서 미안하게 되엇소』

하고 알에로 나려가랴 한다.

『저보셔요. 하실 말슴이 잇다 하시드니 웬일이야요』

안젓든 의자를 뒤로 밀어치우고 테불 압에 꼿꼿이 서 잇는 애라는 석고소상[267](石膏塑像) 갓다. 간단한 말이지만 그 어운[268]은 서리가 처 잇는 것

267 석고소상(石膏塑像). 석고나 점토로 만든 인물상.

가티 싸늘하게 들린다.

『그러케 간단히 할 이야기가 아니니까 이담 긔회에 충분히 합시다』

신사는 알에로 향하는 발을 잠간 멈추고 말업시 층층대[269]를 충충 나려간다.

애라는 도깨비에게 홀린 사람처럼 우득허니 서서 바라볼 썐이다.

애라가 지금까지 여러 승거운 남자를 격거 보앗지만 이러케 승거운 사람을 본 적은 이번이 처음이다. 승거운 일의 새 긔록(記錄)이엇다.

나려가는 녀석의 뒤통수를 잡아 끌어올려다가, 어째서 다른 녀자의 근본을 탐문하고 다니며, 어쩌한 리유로 홍면후의 끈아불이라 하는지 그 리유를 물어볼가 하다가 그대로 두고 보앗다. 돌이어 이편에서 무슨 맘에 쓸리는 일이나 잇서서 그러하는 것인가 하는 약뎜을 그에게 보이기가 실혓다. 그의 자존심이 허락치 안흔 까닭이다. 애라는 다만 코웃음으로 그를 전송할 썐이엇다.

애라는 신사를 보낸 뒤에 아모리 생각하야도 그의 정톄를 알 수가 업섯다. 신문긔자! 그럴듯한 곳도 잇고 그러치 안흔 곳도 잇섯다. 신문긔자라면 줌[270] 더 다정히 굴면서 말을 들을 것이오 이와 가티 녀자의 속을 확 뒤집어서 모욕을 늣기도록 해노코 슬적 갈 리는 만무한 일이다. 그러나 눈치 빨르게 노는 것이며 사람의 달음달음[271]이 신문사 가튼 데서 만히 단련한 사람이 아니고는 그러할 수가 업는 것을 생각하면 신문긔자인 늣김도 업지는 안햇다.

---

268 어운(語韻). 말의 음조.

269 층층대(層層臺). 돌이나 나무 따위로 여러 층이 지게 단을 만들어서 높은 곳을 오르내릴 수 있게 만든 설비.

270 문맥상 '좀'의 오류로 추정.

271 달음. 어떤 행동의 여세를 몰아 계속함.

그러면 그도 역시 경찰서나 헌병대의 끄아불일가. 만일 그러하다면 끄아불로는 제법 째가 벗은 끄아불이엇다. 홍면후와 감정이 잇는 끄아불? 그러치 안흐면 철호의 동지! 여러 가지로 의심하기를 마지안햇다.

애라는 이와 가티 한참 생각하는 동안에 며츨 동안 곤비한[272] 까닭이엇든지 현긔ㅅ증이 낫다. 압헤 잇는 화분, 포스타, 담베 재털이, 모든 것이 엷은 별을 통하야 보는 것가티 희미하야 뵈엇다 그는 눈을 감앗스나 역시 모든 광경이 활동사진 필림처럼 그의 눈압헤서 아롱거린다. 애라는 머리를 족음 흔들어 정신을 차렷스나 머리만이 새로이 아플 쑨이다. 암만해도 괴상한 일이엇다 이러한 경우에 의론할 만한 곳은 역시 홍면후엿섯다. 홍면후의 끄아불이라 하니 홍면후가 류치장이나 감옥으로 아니 가는 이상 자긔가 다시 그런 곳으로 들어갈 리야 업겟지만 사람의 일을 누구가 알 수 잇스랴! 불안을 아니 늣길 수 업섯다. 그는 넉 일흔 사람처럼 가만히 안젓다가 알에층으로 나려가서 뎐화통을 붓들엇다

272 곤비(困憊)하다. 아무것도 할 기력이 없을 만큼 지쳐 몹시 고단하다.

1929.9.23 (107)

폭풍우 지낸 뒤 (七)

애라는 뎐화로 홍면후를 불러냇다. 족음만 조용하면 괴상한 양복쟁이가 와서 자긔들의 비밀을 알랴고 애쓰든 것과 또 금번 사건의 비밀한 내용을 대강 짐작하고 잇는 듯한 것을 대강이라도 말하고 십헛스나 여러 동무가 뎐화에 매우 주의를 하는 모양 가타서 하는 수 업시 거저 급한 사건이 생겻스니 속히 맛나보앗스면 조켓다는 뜻만을 말하얏다.

이 뎐화를 바든 홍면후는 반갑기도 하얏지만 한편으로는 이번 실책이 세상에 탄로가 되엇나 하는 두려운 생각이 벗적 낫다 무슨 일에든지 소위 예감(豫感)과 직각(直覺)을 미신에 갓갑다 할 만큼 숭상하며 내려온 홍면후로서 애라의 뎐화를 밧고 이건 벌서 틀렷구나 하는 생각이 선듯 일어날 째에 그는 벌서 맘으로는 자긔의 일이 삿장날 것을 예감하얏든 것이다.

『뎐화로는 말슴할 수 업는 일이니까 어써케 하면 조흘가요』

하고 애라는 면후의 의견을 물엇다.

그러면 지금이라도 곳 싼 장소를 뎡하고 그곳에서 맛나든지 그러치 안흐면 애라의 집으로 바로 갈 터이니 잠간 기다리라고 서둘러 대는 것이 면후로도 단단히 켱기는 모양이 분명하얏다.

애라는 홍면후와 원남동 자긔 집에서 맛나기로 약속하고 뎐화를 끈헛다.

지금까지 애라가 홍면후에게 먼저 뎐화 거는 것을 본 긔억이 업는 백마뎡 동무들도 이상한 생각이 나는지 귀를 기우려가며 슬슬 애라의 동정을 살피다가 애라가 수화긔(受話機)에서 손을 쎄고 돌아설 째에 서로 눈을 주며 입을 비ㅅ죽거리는 모양이다.

『웨 그이가 그대로 가우?』

란짱은 양복신사가 예긔한 시간보다 쌜리 나간 것이 큰 괴상한 일이나 가티 눈을 이상하게 쓧[273]고 뭇는다.

애라는 뭇는 말에는 별로 대답도 하지 안코 이층으로 올라왓다. 여러 사람에게 이상한 시선의 세례를 밧는 것이 자긔의 자존심을 짓밟힌 듯하게 생각한 까닭이다.

그는 의자에 안저서 잠간 발을 굴러가며 코ㅅ놀애를 불으다가 그대로 벌덕 일어서서 알에로 내려갓다.

어쩐지 애라는 물에 기름 도듯하는 자긔가 이 카페도 써나지 안흐면 안 될 시긔가 온 것을 알앗다. 이번 사건이 무사히 타첩[274]이 되든지 그러치 안코 세상에 써들리게 되어 얼굴을 들고 지낼 수 업게 되든지 여하간에 카페의 녀급(女給) 생활도 그만두자! 이 카페 생활을 그만둔다면 장래의 생활을 어이할가. 카페에 와서 이러한 생활을 하지 안트라도 굶어 죽을 리는 업다. 남의 집에 들어가서 고용 노릇을 하드라도 밥이야 어더먹겟지만 사람은 밥만 먹자고 사는 것은 물론 아니다 밥밧게 다른 더 의미 잇는 일을 하여야 할 것이다. 만일 밥만 먹는 것이 사람의 뎨일 큰 욕망이라면 감옥에 들어가서 공밥을 어더먹고 살 수도 잇는 것이오 정조를 팔아서라도 밥만은 먹을 수 잇고 거지 노롯을 하드라도 입은 어더먹을 수 잇슬 것이다. 이와 가티 다른 사람 눈으로 보아서는 허영의 생활이오 정조 파는 생활인 『카페 웨트레스』가 되어서 책상과 책상으로 웃음을 헤치고 돌아다니지 안해도 밥이야 못 어더먹을 리가 잇느냐 그러나 지금까지 이러한

273 문맥상 '쓰'의 오류로 추정.
274 타첩(妥帖/妥貼). 일 따위를 탈 없이 순조롭게 끝냄.

생활을 하게 된 것은 애라로서는 그럴즉한 리유를 가젓다. 세생에서 바라보는 애라와, 애라가 바라보는 애라는 물론 달랏다. 그는 자긔의 과거를 생각할 때마다 새로운 눈물을 지엇든 것이다.

1929.9.24 (108)

連作小說 **荒原行(108)** 1929년 9월 24일

량실【一】

애라를 실은 인력거는 황금뎡길『애스팔트』우를 밋글어질 듯이 달아난다. 그의 생각은 그 바퀴보다도 더 빨르게 돌앗다. 인력거를 괜히 타고 이리로 저리로 쓸대업시 헤매고 다니는 자긔가 웃으웟다. 대톄 이게 무슨 까닭이냐. 애라가 요러케도 어리석엇든가. 제 쐬에 제가 먼저 넘어가서 사랑일코 처신 떨어털이고 어찌 되엇든 어리석은 일이다. 필경은 쓴아불 말까지 듯게 되엇구나. 사실 오늘 해온 것이 쓴아불 짓이 아니고 무엇이냐.

애라는 인력거 우에서『쓴아불! 쓴아불』하고 몃 번이나 혼자ㅅ말로 중얼댄지 몰랏다. 또다시『애라의 신세도 말슴 아니다 인제는 쓴아불 소리까지 듯게 되엇구나……』하는 조소가 한길[275]의 뎐차, 자동차, 우마차, 자전거 등 시끌어운 합창보다도 더 날캅게 귀를 찔르는 것 가탓다.

애라는 듯기 실타는 것가티 귀를 막엇스나 맘에서 일어난 그 소리가 귀와 무슨 상관이 잇슬 것이냐. 밧그로 흘러가지 안는 것만큼 더 분명히 들릴 섇이엇다.

애라는 자긔 집에 돌아와서는 바로 옷을 갈아입고 자리에 몸을 던젓다 며츨 동안 흥분한 상태를 계속한 까닭인지 자리에 누은 몸이 수백 길 우에 써올랏는지, 수십 길 쌍 미테 파무치엇는지 알 수 업시 한갓 권태(惓怠)를 늣겻다.

거의 한 시간 동안이나 지낸 뒤에 홍면후가 아무 말 업시 들어왓다

275 한길. 사람이나 차가 많이 다니는 넓은 길.

애라는 자리에서 몸을 일으켜

『오늘도 아마 직무(職務)로 오셧나 봐요 아무 말 업시 그대로 쓱 들어오시는게……』

하고 웃는 얼굴을 지엇스나 전과 가티 매삽고 생긔가 들어 보이지는 안햇다

『밧븐 세상에 말경제도 좀 해야지! 항상 그러케 허물을 차리고 지낼 것이 무어람?……』

이러케 말하는 홍면후의 사색[276]도 어쩐지 말슴이 아니다 첫재 대야머리가 평일보다는 기름긔ㅅ긔가 도는 것 갓고 들어간 눈이 더 깁허 보엿다.

『무슨 소식이나 들으셧서요?』

애라는 홍면후가 안기도 전에 뭇는다

『소식이 무슨 소식? 대관절 급히 맛나야 하겟다는 사건은 뭐야?』

면후는 애라의 겨트로 갓가이 온다.

『큰일 낫습듸다. 애라 가튼 사람은 평일에 아무 성명[277]도 업는 이니까 이번 길에 한번 벗적 이름을 세상 사람들에게 전하게 될지 모르지만 당신 일이 탈이야요. 아마 령의정이나 한 것가티 호긔를 부리시든 형사과장 디위도 내노셔야 될 걸요……』

『어째 그래? 까닭을 말해야지!』

『까닭은 간단하지오』

『간단하다니?』

『이 세상에는 소위 비밀이란, 아마 업나 봐요』

『비밀이 업다니?』

『이번 사건을 벌서 알고 잇는 이가 잇겟지오』

276 사색(辭色). 말과 얼굴빛을 아울러 이르는 말.
277 성명(盛名). 떨치는 이름.

『누가 알아? 그럴 리가 잇나?』

면후는 다른 사람이 알 리가 업다고 부뎡은 하얏스나 만일 이 일이 발각되면 자긔의 디위란 웃읍게 될 것이다. 『카페』의 녀차[278]에게 침혹[279]하야 필경은 여러 가지 파란을 일으켯다는 것도 남부끄러운 일이오, 더욱이 친누이 한경이가 설교시국표방강도의 애인이엇단 것은, 큰 범인을 일부러 해외로 도망시켯다는 당국의 혐의를 면키 어려운 일이다. 이 비밀이 탄로되엇다는 것은 참으로 청텬벽력이나 다름업섯다.

278 '자'의 오류.

279 침혹(沈惑). 무엇을 몹시 좋아하여 정신을 잃고 거기에 빠짐.

1929.9.26 (109)

連作小說 **荒原行(109)** 1929년 9월 26일

량실【二】

홍면후의 속으로 켱기면서도 거트로는 태연한 긔색을 지어가지고 『그럴 리가 잇나?』 하고 거들음 빼는 화상이 몹시도 얄미웟다.

그리하야 애라는 웃음을 한편 볼에 너코 말하얏다.

『그러기에 걱정이지오. 그럴 리치가 업는데 그러하니까 이상하단 말이지오』

『아마 애라의 애인이 또 하나 잇든 게지!』

홍면후는 롱담 비슷하게 내던진 말이지만 애라는 그것을 롱담으로 주섯다가 그대로 내던질 수 업섯다.

『뭐야요? 애인이 또 생겻다. 참으로 조흔 일이지오.』

홍면후의 한 말이 전날 자긔의 비밀을 일일이 철호에게 애라 네가 고자질을 하지 안햇느냐 하는 의미로 애라의 귀를 찔른 까닭이다.

『이건 다 롱담이고 이번 사건을 알고 잇단 이가 누구야?』

면후는 다시 정색한다.

『세상에 비밀이 잇는 줄 아셔요? 어림업습니다. 뭐 낫말은 새가 듯고 밤말은 쥐가 듯는다든가! 모든 일이 눈감고 야옹 하는 셈이야요』

애라는 어대까지 자긔의 음침한 구석을 알 사람이 누구이냐 하는 자신 잇는 듯한 면후의 태도를 웃엇다.

『쥐고, 새고, 밤이고 낫이고 간에 아는 사람이 누구란 말이야』

『알으켜주면 애라를 매수(買收)하듯 한번 매수해 보랴고 그러셔요』

『그야 매수를 하든지 매수를 당하든지 간에 그것은 그때에 보아야만 알 일이겟지! 알으켜주지도 안코 말이 무슨 말이람』

이 비밀은 물론 홍면후 한 사람에게 관계되는 일이 아니오 애라에게 적지 안흔 영향을 미칠 일이다. 첫재 『[280]홍면후의 씯아불이 되엇섯든 그 녀자라 하는 그 한 말만 해도 그가 사회에 얼굴을 번듯이 내노치 못할 것이다. 허영심과 공명심이 상당히 잇는 애라가 자긔의 일생에 큰 관계가 잇는 이번 사건의 탄로에 대하야 이와 가티 태연한가 하는 것은 홍면후로도 풀기 어려운 의문이엇다.

애라는 다시 얼굴을 고처가지고 백마뎡에 갓다가 란쌍에게 들은 말——이틀 업는 동안에 웬 신사가 자조 차저와서 애라를 찻든 것——과 방금 전에 그 신사가 또 차저와서 자긔를 놀리고 갓다는 이야기를 대강대강 말하얏다. 홍면후의 얼굴에도 얼마큼 진심으로 무엇인지 생각하는 긔색이 나타나며 그 신사를 맛나볼 생각이 나서

『그 신사가 또 오지나 안흘가』

하고 물엇다.

『다시, 오고 안 올 것을 내가 어찌 알겟소만 하는 태도로 보면 다시 맛나보쟌흘 것 갓드군요』

아모리 애라 자신이 설혹 못난 녀자기로서니 다시 맛나볼 생각이 잇스면 그러케 무두무미하게 돌아갈 리가 업다고 애라는 생각하얏섯다

『그게 누굴가? 신문긔자나 아닙듸까?』

『암만해도 신문긔자인 것 가타요. 그러치 안흐면……』

『그러치 안흐면…… 무엇』

---

280 '『' 오식.

『글세 철호의 동지나 아닌지오…… 나는 잘 몰르겟서요』

애라는 말의 책임을 회피하랴는 것은 아니엇스나 쓸대업는 말을 괜히 한 것이엇다.

『철호의 동지?』

면후의 귀가 번썩 띈 모양이다.

『왜? 또 좀, 올가 너허보시게요』

『참말이야! 얼굴이 어써케 생겻서』

면후는 싹지를 쎄고 들어 덤빈다.

『철호의 동지는 아닌 것 갓습듸다.』

『말을 대중할[281] 수가 업군. 이랫다저랫다』

『대중 잇는 말만 하면 누가 조하하게요』

지금까지 자긔의 한 말을 대중하다가는 면후 당신은 큰 랑패요 하는 의미엇다

『그자를 좀 보앗스면 조켓는데…… 어써케 할가?』

『좀 어려운 일인데요 정 볼랴면 오늘부터 백마뎡 쿡 노릇을 좀 해보시지오』

면후는 이 말에는 대답하지 안코 무엇을 잠간 생각하드니

[282]그러면 이러케 할가』

하고 말을 끄어냇다.

281 대중하다. 대강 어림잡아 헤아리다.
282 '『' 누락.

1929.9.27 (110)

連作小說 荒原行(110) 1929년 9월 27일

량실 【三】

『오늘 밤이나 래일에는 그자가 필연코 또 한 번 차저올 것 가트니 애라가 어써한 수단을 쓰든지 그자를 붓들어 노코 곳 내게 통지를 하는 게 어써해?』

『무슨 괴[283]장한 지혜나 내시는 줄 알앗드니 쇠라고 낸 것이 겨우 그거야요』

『그러면 어써케 하노?』

『그가 만일 안 오면 어써케 하나요?』

『안 올 리가 업서, 나 시키는 대로 하구려!』

『와도 일을 모다 글흐처 노코 이것을 좀 보렴으나 하오면 어써케 해요?』

『그럴 리가 업서…… 애라더러도 물론 자세한 말을 안 뭇고 슬적 눈치만 뵈고 간 것을 보아도 짐작할 일이 아니야? 사람이 괜히 민하게[284] 구는구려…』

『누가 민하게 굴어요? 한번 퍼진 말을 어써케 거두어들일야고 그러시우? 일이 다 글럿스니 면직당하기 전에 어서 사직을 하시구려. 퇴직금량이나 그거나 마더 타자시게…… 괜히 어름어름 덥허버리랴고 헛애쓰지 말고요!』

『면직이 무슨 면직이람? 공무를 위해서 일을 처치하랴다가 좀 실수하

283 문맥상 '괭'의 오류로 추정.
284 민하다. 약간 미련스럽다.

기도 례사지!』

면후는 애라의 말이 한갓 빈정대기 위하야 빈정대는 것이 아닌 것을 아는 까닭에 맘이 좀 불유쾌하얏지만 자긔의 공생애[285]의 약뎜만은 그에게 보이기 실혀서 족음 엄격한 빗을 량미간에 발랏다.

그러나 애라에게는 이것이 더 웃으웟다.

『좀, 실수……? 말슴은 조쿠려! 설교강도 괴청년에게다 돈과 누이를 처매어서 소개ㅅ장까지 써서 압록강을 곱게 건너보낸 것이 실수야요』

『애라까지 그러케 말하면 어쩌케 되우 괜히 까불지 말고 그 청년 신사가 어썬 인지 알아보기나 하자구』

『글세 일이 다 어긋난 뒤에 맛나면 무슨 소용이야요? 일이 틀리기 전에 어쩌케 귀정[286]을 내야 할 게 아닙니까』

『일이 다 어긋난 뒤라니?』

『오늘이라도 신문에다 된 소리 안 된 소리 짓걸이어 노흐면 큰일이 아닌가요? 암만해도 형사과장의 운명이 다 된 것 가타요』

애라는 면후의 긔색을 살핀다.

『아니야 그 청년이 애라에게 무슨 야심이 잇는 게야 그러치 안흐면 벌서 이 세상에 발표햇겟지 그대로 두엇겟소 애라도 산전수전 다 격근 이가 그러케 민하담. 한번 위협을 하는 게야 눈치를 사람이 좀 잘 채야지……』

『눈치? 내게 야심이 잇다구? 그러니 어쩌케 하라는 말슴이야요 형사과장 령감?』

『별안간에 이게 무슨 말이오?』

---

285 공생애(公生涯). 개인의 일생에서 공무(公務)나 공공사업에 종사한 기간.

286 귀정(歸正). 그릇되었던 일이 바른길로 돌아옴.

면후는 족음 황망한 긔색이 보인다

『그러니까 그 청년을 다시 포로를 맨들어서 령감께다 바치라는 말슴인가요? 만일 철호 짝이 되면 어쩌케 합니까 이번에는 이천 원으로는 안 될 걸요 적어도 오천 원은 가저야 할 걸요』

애라는 맨 처음부터 홍면후의 호의에 등을 대보랴는 생각은 째알만큼도 업섯다. 그러나 일이 이상스럽게도 이리저리 얼키고 철호와 한경에게 곱다라케 속은 분풀이를 할 생각에 하는 수 업시 그와 모든 것을 상의하게 되엇다 그러타고 면후의 하는 일에 대하야 비판할 리지조차 업서진 것은 아니엇다. 또다시 면후에게 리용을 당한다면 리용해볼가 하는 생각도 업지 안흔 터이다.

『이번에는 돈으로 해서는 안 되어…… 수단으로 해야지!』

『수단! 내게는 돈 업시는 아무 수단도 쓸 수 업스니까요 돈 안 쓰고 수단 잘 쓰는 명 형사과장 어대 수단을 써보십시요』

『좌우간 애라가 수단을 쓰든지 내가 돈을 쓰든지 간에 어써한 자인지 화상을 좀 보게 하란 말이야… 응… 나는 밧브니 갈 테야 그러고 봉텬에는 벌서 뎐보로 수배해 노핫스니 금명간[287] 소식을 알겟지!』

홍면후는 벌쩍 몸을 일으킨다.

287 금명간(今明間). 오늘이나 내일 사이. '곧', '오늘 내일 사이'로 순화.

1929.9.28 (111)

랑실【四】

홍면후가 총총히 돌아간 뒤에 애라는 피곤한 몸을 다시 자리 우에 던젓다. 『봉텬으로 수배를 햇다』는 면후의 말이 아즉도 애라의 머리에서 살아지지는 안햇다. 그 두 년놈이 쇠고랑을 차고 여러 사람의 시선 가운대에서 목욕을 하며 돌아오겟구나. 아 통쾌한 일이다. 사람을 속여도 분수가 잇게 속여야 할 것이 아닌가. 제 신변의 위험을 그러케 생각하야준 사람의 호의를 배반해도 정도가 잇슴즉하지 안흔가. 다른 녀자가 목숨을 걸고 일을 꾸며 노흔 효과를 저 혼자 차지하야 가지고 더구나 애인을 달고 달아나다니! 이러케 생각하매 애라는 니가 절로 썰리엇다 항상 사람에게서 늣기는 환멸의 비애처럼 사람의 생각을 감상(感傷)으로 이끌어 들이는 것은 업다. 애라는 문득 한숨을 지엇다.

『세상일이란 그런 게지 누구를 미더? 나는 나대로 온전히 사는 것이 올켓지!』 이와 가튼 단념이 그의 흐린 눈을 다시 맑게 할 째에 면후와 부동[288]이 되어가지고 한경의 방을 수색한 것과 의심나는 주소까지 발견해준 일이 후회되엇다.

만일 그들이 봉텬에서 붓들린다면 어써케 될가 쇠고랑을 차고 여러 승객의 조소, 모멸 가운대로 수천 리의 긔차 려행을 할 것이다 그러고는 여러 해ㅅ동안 감옥에서 썩게 될 것이 아닌가 만일 그러케 된다면 일시의 원풀이하기 위하야 다른 사람의 청춘을 그대로 희생케 하고 마는 것이 아닌가

288 부동(符同). 그른 일에 어울려 한통속이 됨.

이러케 한 것이 철호를 사랑한 까닭일가. 만일 그러타 하면 녀자의 사랑 바든 철호야말로 횡액[289]에 걸린 산애이다.

애라는 이와 가티 생각이 생각의 꼬리를 물고 돌아다니는 동안에 나의 철호에 대한 사랑이 참사랑이라 하면 그가 내게 어떠한 짓을 하든지 어써한 학대를 하든지 그를 용서하야 주는 것이 올치 안흘가. 원수를 원수로만 갑는다는 것이 올흔 일일가 하고 저주하는 맘을 갈아안첫다.

그러면 지금에 급히 뎐보라도 처서 피신하기를 권할가. 그러나 때는 이미 느젓다. 아모리 형사과장의 세력이 자긔의 신변을 보호해준다 할지라도 철호와 한경이가 붓들리어 와서 모든 죄상이 법뎡에 나타날 때에 철호와 공모하야 홍면후의 돈 이천 원을 사긔한 죄는 면치 못할 것이다. 철호와 한경을 붓들게 한 것은 제 도끼로 제 발등을 찍는 셈이엇다. 이러케 애라가 후회도 하얏지만 이 후회도 때가 이미 느젓다.

참으로 봉텬에 수배를 하얏슬가. 철호와 한경이가 잡혀오는 날은 홍면후의 모든 못생긴 짓이 발각되는 날이다. 첫재 상당한 디위에서 활동하는 관헌(官憲)이 일개 카페 녀자에게 눈이 어두어서 큰 범죄인이 압헤 잇서도 잡지는 못하고 돌이어 려비와 소개ㅅ장만을 뎨공하고 만 것은 그의 일생일대의 수치가 될 것은 분면[290]한 일이다 그러면 홍면후에게 그만한 주책[291]이 업슬가. 필연코 수배는 하지 안코 자긔가 재촉하고 위협하는 까닭에 거저 우물쭈물할 수 업서서 수배를 하얏다 대답한 것이겟지. 이러케 생각하매 맘이 좀 노혓다. 수배를 하얏는지 아니 하얏[292]는지 한 번 더 다저[293] 물어보지 못한 것이 유감이엇다. 애라는 몸을 벌떡 일으켜 밧그로

289 횡액(橫厄). 횡래지액(뜻밖에 닥쳐오는 불행).
290 문맥상 '명'의 오류로 추정.
291 주책(籌策/籌筴). 이익과 손해를 헤아려 생각한 꾀.
292 문맥상 '얏'의 오류로 추정.

나와서 홍면후에게 뎐화를 걸엇다. 그는 경찰부에는 업섯다. 백마뎡으로 다시 뎐화를 걸엇다. 거긔도 역시 아니 왓다 한다. 애라는 하는 수 업시 만일 홍면후가 거긔 오거든 잠간 기달려 달라 부탁하고 집으로 다시 돌아왓다. 그의 생각에는 면후가 바로 백마뎡에 가서 다른『웨트레스』에게 자긔 차저왓든 손님의 행동을 물어봄즉한 까닭이엇다.

집에 돌아와서 막 의복을 갈아입을 째이다. 톄전부[294]가 편지 한 장을 전한다. 이것은 철호의 필적이다.

293 다지다. 뒷말이 없도록 단단히 강조하거나 확인하다.
294 체전부(遞傳夫). '우편집배원'의 전 용어.

1929.9.29 (112)

連作 小說 **荒原行(112)** 1929년 9월 29일

랑실【五】

편지를 바다든 애라의 손은 가늘게 떨리엇다. 그러고 가슴은 울렁거리기 시작하얏다. 미웁다고 할는지 반갑다고 할는지 형용하야 말할 수 업는 늣김이 머리에서 곤두질을 첫다. 애라는 자긔의 눈을 의심하는 것가티 편지 것봉을 들여다보고 또 들여다보고 섯다가 허청거리는[295] 발길을 겨우 옴아서 방으로 들어섯다. 무슨 뜻으로 편지를 하얏슬가. 이 편지 한 장이 자긔의 운명을 영원히 결뎡할 듯한 예감(豫感)으로 그는 가슴이 가득 찻다 쓰더보기에 일종의 공포를 아니 늣길 수 업섯다. 그는 한참 동안 쓰더볼가 말가 망서리다가 떨리는 손으로 것봉을 곱게 쎄엇다.

그립은 동지 애라 씨!

이것이 첫 문구엇다. 애라는 구역[296]이 왈칵 낫다. 동지가 무슨 동지! 이 무슨 발라마치는[297] 다라운 수작이냐 편지를 내던질가 하다가 그래도 눈이 다시 그 다음 줄로 옴겻다.

당신이 나를 어써케 원망하고 잇슬 것을 압니다. 저에겐들 피와 눈물이 어씨 업겟습니까마는 잇는 피 잇는 눈물조차 가진 사람 제 맘대로도 쓸 수 업는 것이 학대밧는 우리의 부평(浮萍) 가튼 생활인가 합니다

애라 씨!

---

295 허청거리다. 다리에 힘이 없어 잘 걷지 못하고 비틀거리다.
296 구역(嘔逆). 욕지기(토할 듯 메스꺼운 느낌).
297 발라맞추다. 말이나 행동을 남의 비위에 맞게 하다.

오늘부터 당신을 불러 동지라 해도 관계업겟지오 모든 동지 가운대에 당신처럼 우리의 일을 충실히 보아준 동지는 업습니다 다만 당신과 나의 생각이 다른 것은 여긔에 잇는 줄 압니다. 당신뿐 아니라 일반 녀자의 생각과 다른 것이 즉 이것인 줄 압니다——녀자는 사랑을 위하야는 모든 것을 희생하지만 남자는 자긔의 사업을 위하야서는 모든 것을 희생한다는 것입니다 남자ㅅ가운대에도 사랑을 위하야 모든 것을 희생한다는 녀성 가튼 남자가 잇고 녀성 가운대에도 사업을 위하야는 모든 것을 희생한다는 남자 가튼 녀성이 업는 것은 아니지만 대개 보면 제 열정으로 제 몸을 태워버리는 이는 녀자에 만코 제 리지[298]로 열정의 불을 써버리는 이는 남자에 만흔 것 갓습니다 이 말이 결단코 녀성을 모욕하는 말이 아닙니다 자긔를 희생한다는 것은 어써한 경우에든지 존경치 안흘 수 업는 거륵한 행동입니다 사랑을 위하야 제 몸을 희생하는 것이나 사업을 위하야 사랑을 희생한다는 것이나 그 근본정신에 잇서서는 마챤가지라고 생각합니다 다만 다른 것은 하나는 리긔뎍(利己的)이오 하나는 리타뎍(利他的)인 것입니다 리긔나 리타가 궁극에 가서는 마챤가지라 하겟지만 행동하는 과정에는 텬양지간(天壤地[299]間)[300]으로 달습니다.

애라 씨! 존경하는 우리 동지! 당신이 이 말을 들으시면 응당 노하시리다 사실 나는 당신을 퍽으나 리용하얏습니다 그러타고 순전히 당신을 리용할 생각만으로 당신을 갓가이 한 것이 아니엇습니다 나도 한때는 당신의 가진 모든 것 가운대에 뎨일 보배인 그 대쪽 가튼 성격의 미에

298 이지(理智). 이성과 지혜를 아울러 이르는 말. 또는 본능이나 감정에 지배되지 않고 지식과 윤리에 따라 사물을 분별하고 깨닫는 능력.

299 문맥상 '之'의 오류로 추정.

300 천양지간(天壤之間). 하늘과 땅 사이와 같이 엄청난 차이.

매우 정신을 차리랴면서도 쓸려가고 말앗섯습니다 이러케 말한다고 지금에는 아주 이젓단 말도 아닙니다 한때에는 모든 것을 다 버리고 당신과 함께 도회의 생활을 하야볼가 하고 퍽으나 생각을 하얏섯습니다만 당신의 성격은 어대를 가든지 한곳에서 오래 자리 잡고 한 남자의 날개 미테셔 단꿈을 계속할 당신이 아닌 것을 충분히 짐작하는 까닭에 그러한 세샹에서 이르는 련애생활만은 단념하고 말앗든 것입니다. 그러타고 성격이 또한 사랑하는 사람과 사랑의 보금자리를 읽엇다고 거긔에서 일생을 고이 지낼 수 잇다는 것도 물론 아닙니다. 자긔를 아는 이는 자긔밧게 업슬 것입니다. 그러면 당신의 뜻과 사랑의 보금자리를 만주ㅅ들 어느 곳에다 처 놋는다 한들 이것이 며츨이나 가겟습니까. 그런 것은 당신의 열정에서 넘아 나온 로맨틱한 생각이엇든 것입니다

애라 씨! 진실한 동지 애라 씨!

지금까지 우에서 하[301]말이 나의 충정이지만 그것을 당신이 밋지 안흘 큰 리유가 될 것은 한경이가 어째서 딸하갓슬가 하는 것이겟지오』[302]

여긔에 애라의 눈이 이르자 그 얼굴은 다시 히푸르러젓다.

301 '한'의 오류.

302 '』'는 오식으로 추정.

1929.9.30 (113)

량실【六】

한경이는 애인인 철호를 딸하간 것이오 철호는 애인인 한경이를 더리고 달아난 것이다. 거긔에 싼 리유가 부틀 리가 업다. 충정이 다 무슨 말라 비틀어진 말이냐. 그러면 아즉까지도 나를 잇지 안는단 말인가. 그러나 다만 동지로서 잇지 안는다는 말인가. 애라는 다시 그 다음을 읽엇다.

소위 사랑이란 것은 한 운명인 줄 압니다. 한경이와 함께 여긔로 올 줄은, 평일에 짐작도 못 하얏든 일입니다. 경성에 잇는 것이 위태위태하야 일시의 화를 피하야 국외로 몸을 쌔어 나오게 한 것쌘이외다 지금도 생각하면 소위 돈푼이나 가진 자식들이 베개를 놉히 하고[303] 편한 잠을 일울 것이니 얄밉고 분이 납니다마는 그들의 편한 잠을 일울 동안도 그다지 길지 못할 것을 명언하야 둡니다 어쩌케 되엇든 간에 한경이가 만주까지 오게 된 것은 계획뎍이 아니엇든 것만 량해하야 준다면 철호가 그러케 배신행위를 하지 안는 자라고 미들 맘도 생길 것입니다 그러나 내가 그러한 미듬을 애라 씨에게 무리하게 구하는 것도 아닙니다.

동지! 진실한 동지 애라 씨!

우리는 분날 째에 어려운 것을 생각해야 합니다. 야[304] 사람의 심리는 이상한 것입니다. 극도로 절망을 늣길 째, 극도로 분하고 슬픈 일을 당할 째에 사람은 흔이 심긔(心機)가 일전(一轉)하는 것입니다 이 철호에게

303 베개를 높이 하다. 안심하고 편안하게 푹 자거나 태평스럽게 지내다.
304 문맥상 '야'는 오식으로 추정.

서 늣긴 절망이 당신의 발길을 지금까지 걸어온 정반대의 방면으로 옴겨노케 하얏는지도 알 수 업습니다. 나는 당신이 만일 그랫다면 어써케 할가 생각만 해도 몸이 썰립니다. 참으로 무서운 일입니다 아주 말하면 당신의 역한 맘에 영영 홍변[305]후의 손발이 되어 배반당한 원수를 갑하보자고 그 일을 위하야 행동을 하게 될가 하는 것입니다 만일 그러타면 이거야 참으로 무서운 일입니다

애라는 가슴이 쓰듬하얏다 어찌면 편지까지도 요러케 앙큼하게 할가. 얄미운 생각이 더욱 새로웟다.

애라 씨 동지인 애라 씨!

우리가티 방랑생활을 하는 사람을 가질 수 업습니다. 맘의 애인이 아니라 생활을 가티할 애인이 업다는 것입니다. 이것은 세상 사람의 말하는 바와 가튼 생활이 우리에게는 업는 까닭입니다. 우리에게 고뎡한 생활이 잇슬 리가 어찌 잇겟습니까. 오늘은 만주, 래일은 서백리아[306], 어제는 조선이엇든 생활을 하는 사람에게 짜뜻한 가뎡이 잇슬 리가 업습니다. 그럼으로 동지는 잇슬지언정 애인은 업습니다. 행동을 가티하는 것이 우리의 신변에 우리의 일에 해를 끼칠 듯하면 우리는 동지들끼리는 언제든지 서로 길을 난호게 됩니다. 한경이가 비록 저를 짤하섯다 할지라도 어늘[307] 날 어느 곳에서 어써케 리별하게 될 줄 모르는 것입니다. 쏘한 어느 때 어느 장소에서 어써케 맛날 줄 모르는 것입니다 만일 당신과 길이 가티 되엇다 할지라도 역시 그러케 되엇슬 것입니다. 우리의 부평 가튼 생활에서 어찌 족으마한 인생의 향락이 계속될 수 잇

305 '면'의 오류.
306 서백리아. 시베리아.
307 문맥상 '느'의 오류로 추정.

겟습니까. 경성에서 지낸 일을 생각하면 역시 하로ㅅ밤의 꿈이엇든 것입니다. 꿈이라도 괴로운 꿈이엇섯습니다. 아! 괴롭든 꿈!

애라의 히푸르러진 뺨으로 굴르든 두어 방울 눈물이 편지를 간[308]만히 두드렷다. 애라로서는 오래간만에 흘린 눈물이엇다.

동지! 애라 씨!

어쩌한 긔회에 어쩌케 다시 고국으로 들어가게 될는지 알 수 업습니다. 물론 시일은 모릅니다. 래일에 들어갈른지 모레 들어갈른지 명년에 들어갈른지 십 년 후에 들어갈른지 영영 고토[309]를 밟아보지 못하고 만주ㅅ들에다가 시톄를 널게 될른지 이것을 그 누가 알겟습니까 우리는 우리찌리나마 서로 축복을 합시다 불상한 우리들이 서로 저주를 하면 어쩌케 합니까 무서운 일입니다 이 글을 쓰고 이 글보다도 먼저 내가 고랑을 차고 장거리 려행을 하게 될른지 그 누가 압니까 그러나 최후까지 먹고 잇는 맘을 말하는 것이 당신에게 대한 나의 의무인 줄 압니다 한경이와도 우리의 안전을 위하야 손을 난호게 됩니다

308 문맥상 '가'의 오류로 추정.

309 고토(故土). 고향 땅.

1929.10.1 (114)

連作小說 荒原行(114) 1929년 10월 1일

량실【七】

지금까지 읽고 난 편지가 애라의 손에서 힘업시 떨어저 그의 한편 무릅을 덥헛다. 그는 머리를 알에로 숙이고 한참 생각하다가 다시 떨어진 편지를 주어 모아 봉투에 너허 책상 우에 던젓다. 그러고는 자리 우에 들어누엇다.

일이 갈스록 묘하게 되엇다. 참으로 한경이와 공모하고 나를 속인 것이 아닐가. 만일 그러타 하면 그들을 원망하야 긔어히 원수를 갑흐랴고 압장을 서서 덤빈 자긔의 좁은 도량을 스스로 웃지 안흘 수 업섯다. 아모리 『카페』에서 『웨트레스』 노롯을 하는 애라이지만 무슨 일에든지 사리를 잘 생각하고 황급히 굴지 아니하는 것이 여러 동무들의 존경을 바다오게 하든 목표엿섯다. 이것이 모다 지금까지 그가 격거온 경험의 힘이엇다. 그러나 이번 일에는 사리를 가려서 충분히 생각할 여유도 업시 덥허노코 원망을 하고 저주를 하얏다 어쩌케 하면 이 일을 무사히 타첩[310]하야 자긔의 위신이나 일치 안해 볼가. 사랑 일코 처신 일코 탕[311]실이 아니냐. 그러나 일허버린 이 두 가지를 다시 찻기는 벌서 시긔가 느젓다. 만주 벌판에서 방랑하는 애인을 다시 차즐 수도 업거니와 이 일이 벌서 뎨삼자의 귀에 들어갓스니, 오늘 밤에 폭로가 될는지, 래일 아츰에 폭로가 될는지 벌서 되엇는지 알 수 업는 일이다. 만일 그러케 되면 애라의 처디는 아모

310 타첩(妥帖/妥貼). 일 따위를 탈 없이 순조롭게 끝냄.
311 문맥상 '량'의 오류로 추정.

것도 아니엇다.

『나도 만주로 갈가. 그것이 창피한 꼴 피하는 데는 뎨일 상잭[312]이다』

애라는 벌덕 몸을 일으켯다.

『[313]사람의 맘이 어쩌면 이러케 약할가. 방금 편지 한 장의 달큼한 수작에 뭉치엇든 배ㅅ속이 봄날 얼음ㅅ장 풀리듯 풀려서, 만주를 갈가? 아니다 이게 무슨 못생긴 수작이냐. 철호의 다라운 냄새를 마트러 가는 것가티. 안 될 말이다 죽어도 만주는 그만두자. 쏘한 이곳을 써난다 하야도 돈량이나 잇서야 할 것이 아닌가. 수중에 별안간 돈이 노혀잇슬 리가 만무하얏다. 며츨 동안 주선을 하여야 할 모양이다 그러는 동안에 일은 벌서 글러서 다시 수습할 수 업는 곳으로 자긔는 썰어지고 말 것이다. 참으로 싹한 일이엇다 이제는 분한 생각보다 싹한 생각이 아플 섯다. 아모 소문 업시 며츨 동안만 무사히 넘기기를 맘으로 빌엇다.

한참 동안 여러 가지로 마련을 해보다가 다시 밧그로 나와 공중뎐화로 홍면후를 불럿다. 그는 아즉까지 들어오지 안햇다 한다. 쏘다시 백마뎡으로 걸어 보앗다. 면후가 십 분 전에 잠간 들럿스나 애라의 전하는 말대로 족음만 기다려 달라 하얏스되 그는 밧브다 핑계하고 그대로 나아가버렷다 한다

『잠간 기다리라 햇는데 어쩌면 그러케 가버렷담 그것도 산애라 할 수 업서……』

애라는 이러케 중얼대고 집으로 돌아왓다.

면후가 바로 자긔 곳으로 오지나 안나 하고 애라는 기다리엇다. 사실 면후를 이러케 기다려 본 적이 처음이엇다. 애라도 제 일에 겹기면 할 수

312 문맥상 '책'의 오류로 추정.
313 '『'는 오식으로 추정.

업구나 하고 그는 고적한 웃음을 지엇다.

한 시간이 지내도 면후가 보이지 안햇다. 애라는 지금에는 면후가 아니오는 것보다 오늘 저녁 신문에 이번 사건이 폭로나 되지 안햇슬가 하는 두려움이 한결 더 놉핫다. 그는 밧게다 귀를 기울여 신문 배달의 방울 소리를 차젓다

방울 소리조차 그의 가슴을 갑갑하게 하얏다. 족음 잇다가 그의 기다리든 방울소리가 들렷다 애라는 기다리든 님의 발소리나 들은 것가티 밧그로 뛰어나와 신문 배달을 불러 신문을 한 장 사 들엇다 그러나 그 신문에는 자긔에게 관계된 일은 하나도 보도되진 안햇다. 족음 맘이 노혓다. 그러나 아즉도 싼 신문이 몃 종류나 잇다. 애라로는 뎨일 무섭고 다라운 생각이 나는 것은 홍면후의 씃아불 노릇 한다는 소리엇다. 철호의 편지를 보고 그런 말 들을 것이 더욱 무서운 생각이 낫다. 그런 말을 듯고 상을 타는 것보다 차라리 그런 말 듯지 안코 징역을 살고 십헛다.

한참 동안 문 밧게서 방황을 하다가 그 압흐로 지내가는 서울일보를 삿다. 바다 들고 들어오다가 이면 첫 긔사에 시선이 가자 것든 두 발이 별안간 쌍에 부터버렷다. 그러고 얼굴빗이 해쓱하야젓다.

1929.10.3 (115)

량실【八】

신문 머리ㅅ긔사로 커다란 뎨목을 부치어 전 경성을 횡행하든 설교강도는 국경을 넘어서 만주에 몸을 감춘 형적[314]이 잇다는 것과 그가 물샐틈업시 경계하는 국경을 무사히 빠저나간 리면에는 정탐소설 이상의 괴상한 사실이 들어 잇다는 듯하다는 것과 경찰부에서는 그의 련루자로 모『카페』의 녀급(女給)과 주의자 고순일이를 검거하야 엄중 취됴하는 중이라는 것을 발표하얏다. 이것만으로는 물론 충분한 긔사라 할 수 업섯다. 분명히 이름이 나타난 것은 고순일뿐이오 애라, 철호, 한경이는 나타나지 안햇다. 설교강도의 련두[315]자로 검거를 당한 것이 사실이니까 이러한 긔사만에는 별로 부끄러울 것이 업다. 뎨일 맘에 두려웟든 것은 홍면후의 끄아불이 되어 철호 잡는 데에 보조를 한다는 말이엇다. 그러나 정탐소설 이상의 복잡한 사정이 잇는 듯하다는 말뿐이오 지금까지 지낸 일을 일일이 폭로시킨 것은 업다. 애라의 얼굴에는 다시 혈색이 좀 돌앗다. 숨을 나려쉬고 방으로 들어왓다. 끄아불이란 말이 발표되지 안흔 것만 다행이엇다. 이 말로 해서 그가 만일 세상의 오해를 사면 잘해야 물 우에 기름이 될 것이오 잘못하면 신명까지 영영 망치고 말 것을 령리한 애라가 몰를 리가 만무하다. 그러하다고 근심을 아주 노흘 수도 업섯다. 젊은 양복쟁이의 뭇든 말이 다시 생각낫다. 그이가 신문긔자인 것은 분명한 일이다. 만일

314 형적(形迹). 사물의 형상과 자취를 아울러 이르는 말. 또는 남은 흔적.
315 문맥상 '루'의 오류로 추정.

그러치 안흐면 그가 뭇고 간 뒤에 바로 이러케 신문에 날 리가 업다. 그는 서울일보 긔자임에 틀림이 업다. 그러면 어째서 홍면후의 이번 사건에 멍텅구리 노릇한 것을 폭로시키지 안햇슬가. 홍면후의 씃아불이란 말은 다만 나의 뱃속을 써보랴고 물엇든 말이엇슬가. 여러 가지 복잡한 의문에 애라는 머리가 아팟다 좌우간 면후 대야머리나 왓스면 어써케 된 셈을 알아볼 것을 그도 오지 안흐니 참 갑갑한 일이다 하고 그는 신문을 훌터보기 시작하얏다. 이면 한문자란(閑文字欄)에 그의 눈이 이르자 그의 얼굴은 다시 해쓱하야젓다. 정말 거긔에 이번 설교강동[316] 탈출 사건에 대하야 감웃업시[317] 교묘하게 홍면후의 실패담을 써노핫다.

비두[318]가 벌서 그러한 일이 잇섯다고 내지 안코 그러하얏다면 어씨할가 하는 가뎡(假定) — 이를테면 — 알에서 폭로를 시켯다 그 한문자의 긔사는 이러하얏다

『서울에 신출귀몰하는 설교강드[319]가 생겻다 하고 그의 애인이 어느 카페의 『웨트레스』라 하자 ◁그러고 설교하는 강도를 잡으랴고 고심초사하는 형사과장이 역시 그 카페의 시국표방설교강도가 사랑하는 『웨트레스』에게 쯧을 두엇다 하자 ◁그러고 쏘 괴상한 일은 형사과장되는 사람의 누이동생이 그 설교 범인을 사랑하게 되어 사랑의 쌜이 넷이 되엇다 하자 ◁그 관계가 겨테서 보기가 혼자로서는 앗가울 만큼 재미도 잇스려니와 한결음 더 나아가서 『카페』의 녀자가 애인인 설교강도를 국외로 피신시키기 위하야 형사과장을 곱다라케 속이어 난관을 넘어갈 째에 무사통과하라는 소개ㅅ장과 게다가 쏘 수천 원이라는 막

316 '도'의 오류.
317 가뭇없다. 눈에 띄지 않게 감쪽같다.
318 비두(飛頭). 편지나 문저 따위의 첫머리.
319 '도'의 오류.

대한 긔밀비까지 언저서 탈출을 시켯다고 하자 ◁그러고 그 탈출시킨 동긔는『카페』에서 이 산애 저 산애의 완롱물[320]로 지내는 것보다 차라리 만주의 황원(荒原)에 가서 단출한『스윗홈』을 일우랴는 데에 잇섯다 하자 ◁그러나 달아난 산애『설교강도』는 카페 녀자에게는 맘이 적고 형사과장의 누이를 더 사랑한 까닭이엇든지 정말 달아날 때에는 모든 계획을 하야 준『카페』녀자는 내던지고 형사과장의 누이를 달고 무사히 국경을 넘엇다 하자 ◁이와 가티 속은 줄을 비롯오 깨달은 형사과장은 입슐을 깨물고 이 사건에 관계된『카페』녀자와 또 하나 신부름군을 달고첫다[321] 하자 ◁그러다가 그 녀자도 역시『설교강도』에게 속은 것이라 동정하게 되어 석방을 하고 그 다음에는 속은 남녀가 한 덩어리가 되어 날마다 달아난 설교강도를 붓들랴고 고심참담[322]을 한다고 하자 ◁만일 이것이 사실이라면 정말 웃으운 일이 아닐가 ◁멍텅구리 형사과장의 디위도 얼마 가지 못하려니와『카페』녀자의 전정[323]도 말이 아니라고 누구든지 생각하겟지 ◁설교강도와 형사과장을 손바닥에 올려노코 춤을 췰 만한 수완을 가진『카페』녀자야말로 녀중호걸이다 그의 지금까지 밟은 길이 소설덕이라 할는지[324]

320 완롱물(玩弄物). 재미로 가지고 노는 물건.
321 달고치다. '무엇을 알아내거나 어떤 일을 재촉하려고 꼼짝 못 하게 몰아치다'는 뜻의 '달구치다'의 이북 방언.
322 고심참담(故心慘憺). 몹시 마음을 태우며 애를 쓰면서 걱정을 함.
323 전정(前程). 앞으로 가야 할 길.
324 '』' 누락.

1929.10.4 (116)

량실【九】

이 긔사ㅅ가온대에는 이 다음, 이 사실이 사회의 표면에 나타날 그때는 카페 녀자의 래력과 이 사건의 비밀을 소상하게 보도하겟다는 암시가 은근히 들어 잇섯다.

애라는 자긔의 지금까지 사생애(私生涯)[325]가 비록 폭로된다 할지라도 그러케 부끄러울 것이 업지만 끈아불의 루명 알에서 자긔의 정톄가 폭로되는 것은 암만 생각해 보아도 유쾌한 일은 아니엇다. 또한 카페 가튼 곳으로 류랑하야 다니는 녀자라 하야 되잔흔 상상과 억측으로 붓끗 돌아가는 대로 끄적어려 노흐면 그도 또한 문톄엿다. 대톄 어찌해서 다른 사람의 귀에 이번 일이 들어갓슬가 참으로 괴상하야 견딀 수 업다.

애라는 신문을 아페 노코 일이 걱정햇든 바와 가티 이러케 되고 말앗스니 이제로부터 어써케 할가 생각하얏다. 홍면후가 사직을 하고 자긔는 범인 탈주시킨 공모자로 다시 톄포가 되고 고순일이는 편지 가지고 다닌 죄로 얼마ㅅ동안 고생을 하고 정말 죄지은 철호와 한경이는 만주 넓은 들에서 자유로 방랑을 하고 —— 참으로 괴상한 현상이라 아니할 수 업섯다.

이 일이 이러케 된 이상 좌우간 홍면후와 맛나서 어써케든지 선후책을 일러달라고 말해볼 수밧게 별 도리가 업다. 애라의 홍면후 기다리는 맘은 더욱 초조하야젓다. 만일 이 신문을 홍면후가 보앗다면 그의 일생일대에 큰 관계되는 일이니 애라에게로 뛰어올 것은 의심 업는 일이엇다

325 사생애(私生涯). 사사로운 일에 종사하는 개인으로서의 생애.

초조히 굴든 애라는 다시 맘을 느추 먹고 면후 오기만 기다렷다.

뎐등불이 켜질 무렵이다. 밧게서 급히 들어오는 발자취ㅅ소리가 낫다. 의심 업는 면후의 발소리엇다. 마루에 발을 올려노키도 전에

『애라』

하고 황망히 부르며

『일이 긔어히 이러케 되엇구려!』

하고 방으로 들어온다. 그의 대야머리가 어젠지 오늘은 유난히 반들어워 보엿다. 그러고 얼굴에 해쓱한 긔운이 족음 돌앗다.

『그러기에 내가 무어라 말합듸까. 한번 세상에 공포된 것을 걱정을 하면 무얼 해요』

이러케 말하는 애라의 태도는 비교뎍 침착하얏다.

면후는 방 웃목에 쪼글이고 안드니 담배에 불을 부치며

『할 수 잇나 모다 운명이니까 내가 내 꾀에 넘어갓스니까 누구를 원망할 것도 업지만 애라는 암만해도 그대로 두지 안흘 것 가튼데 어써케 해야 조흘는지』

하고는 텬정을 발아보고 무엇인지 생각한다.

면후로 지금에 취할 태도는 두 가지가 잇섯다. 하나는 철호를 노처 보낸 것은 녀자를 잘못 신용한 것이니 일시의 과실이라 하야 모든 책임을 애라에게 지우고 자긔는 발을 쌔어야 할 것이오, 또 하나는 모든 책임을 자긔가 가지고 애라와 설교강도와는 아무러한 련락이 업섯든 것가티 타쳡[326]을 지어야 할 것이다. 애라에게 책임을 지우자 하니 그가 넘우 가엽다. 지금까지 자긔의 취한 태도와 사건이 세상에 들어나게 되엇다고 별안

326 타첩(妥帖/妥貼). 일 따위를 탈 없이 순조롭게 끝냄.

간 싼청을 넛는 것은 인정이 아니다. 그러타고 자긔의 직무상 철호와 련락 관계가 잇는 줄을 번연히 알면서 애라를 그대로 도망을 시키고 자긔 혼자 멍텅구리 노릇을 할 수도 업섯다. 이것을 어써케 하면 조흘가 하고 한참 생각하다가 면후는 결심한 듯이

『여보 애라! 당신 얼마ㅅ동안 피신을 좀 못 하겟소 그동안 내가 모든 책임을 지고 이 일을 무사히 해결할 터이니싸……』

하고 애라의 동정을 살핀다.

『어써케 무사히 될 수 잇슬라구요. 설교강도의 애인이니싸 저는 어대싸지든지 그 책임을 지고 콩밥을 먹게 되면 달게 먹지오. 그것이 당신의 쓴아불 노릇 햇단 말 듯는 것보다 낫겟지오.[327]

애라도 무엇을 결심한 것가티 대답한다.

327 '』' 누락.

1929.10.5 (117)

량실【十】

『콩밥이 그러케 먹고 십거든 얼마든지 먹어보는 것도 괜찬흔 일이야』

홍면후는 모처럼 보엿든 호의가 아무러한 효험이 업게 되니 족음 역정이 낫다

『콩밥이 먹고야 십겟소만 안 먹으면 안 되겟스니 하는 말이야요』

애라는 탄식하듯 말을 던젓다

홍면후는 애라의 이와 가튼 태도에 의심을 가지지 안흘 수 업섯다 얼마전까지 철호를 잡아너코 자긔의 발을 쌔랴고 압장을 서서 덤비든 그가 별안간 이게 웬일일가 필연코 곡절이 잇는 일이라 하야 애라의 동정을 쇄ㅅ불 눈으로 살폇다

그의 눈은 애라의 책상 우으로 갓다 배 불룩한 봉투가 노혓다 애라의 긔분이 별안간 전환된 것은 저 봉투 까닭이 아닐가

『여보 애라! 저게 무슨 편지야 보아도 괜찬치?』

하고 홍면후는 손을 내밀엇다

『안 돼요 남의 편지에 웨 손을 대서요?』

하고 애라는 홍면후의 손을 막앗다

물론 애라가 족음 전에 보고 내던진 철호의 편지이엇다 실상은 애라도 그 편지를 홍면후에게 보일가 말가 속으로 망살거리든 터이다 족음만 홍면후가 아무 말 업시 잇섯드면 애라가 손수 그 편지를 집어서 보여 주엇슬는지도 알 수 업섯다

그러나 홍면후가 미리 손을 내놋는 바람에 애라는 돌아진 것이다

애라의 성미를 잘 아는 홍면후는 웃고 그대로 손을 쓰을어들엿다

애라는 그 편지를 집어서 책상 설합에 너코는

『이 편지는 이대로 가만히 둘 테니까 이다음 가택수색을 할 째에 오셔서 보셔요, 네』

하고 뱅글에 웃는다

홍면후의 맘은 더 켱겻다

『괜히 쓸대업는 말 말고 보아서 관계업슬 것이면 좀 보여 주구려』

『모든 것은 이 편지 한 장이 해결할 것이니까 요다음 공판석(公判席)에서나 나오게 되겟지오』

『미리 보아두어서 조흘 일이면 보는 게 조찬하! 그러지 말고 이리 내노쿠려!』

『안 돼요 이것은 내 비밀이니까』

『이 판에 비밀이 또 무슨 비밀이람?』

『비밀 중에도 비밀이니까 안 돼요』

『그러케 비밀이면 그만두는 수밧게 업겟지』

하고 홍면후는 몸을 일으켯다 홍면후의 태도가 별안간 변한 것을 보고 애라는 이상한 생각이 낫지만 그러면 편지 보여들일 터이니 안즈시오 할 그는 아니엇다

『웨 그러셔요 안저서 걱정이나 좀 더 합시다그려』

『내야 걱정될 것이 무엇 잇나』

『모양만 좀 창피하게 되엇지오』

『창피할 것도 업지 남자가 녀자의 사랑을 바드랴다가 이런 일을 좀 당하는 것도 례사야』

『이런 일을 례사로 아십니까 례사라면 이런 일을 여러 번 경험하셧겟습니다그려! 나는 요러케 올켜[328] 보기는 이번이 처음인데요』

『여보 쓸대업는 수작은 그만두고 이번 일을 어써케 해야 조흘 것이나 걱정을 하구려』

홍면후는 무엇을 결심한 것가티 벌썩 일어서서 밧그로 나아간다

애라는 홍면후의 성미를 건들여 놋는 것이 이러한 경우에 자긔에게는 불리한 줄 알지만 그러타고 달아가는 그에게 빌부틀 수는 업섯다.

문 밧게 나가지도 안코 방안에 안즌 채 그대로

[329]잘 가십시오』

하고 인사를 하얏다. 모처럼 방침이나 의론해 볼가 한 것이 모다 틀리고 만 것이다.

『아! 나는 나대로 행동을 하자 족으마한 권력을 의뢰할 것이 업다.[330]

그래도 이십여 년 동안 자긔의 손으로 살아온 애라다! 어찌해서 비릿비릿한 생각을 하얏든고 그는 후회하얏다. 다시 콩밥을 먹어도 조타. 벌경옷[331]을 입어도 조타 이 세상에 산애 녀석으로 미들 놈이 몃 놈이나 되느냐 모다 제 욕심 채우기 위해서 녀자를 작난감 삼는 그들이 아닌가. 내게는 면후도 업고 철호도 업고, 아무것도 업다.

328 옮히다. '옮다'의 피동사.

329 '『' 누락.

330 '』' 누락.

331 벌경옷. 일제 강점기에, 감옥에서 징역을 사는 사람들을 일반인이나 미결수와 구별되게 하기 위하여 입히던 벌건 천으로 지은 옷.

1929.10.6 (118)

連作 小說 荒原行(118) 1929년 10월 6일

고백 (一)

면후가 불쾌한 얼굴로 돌아간 뒤에 애라는 무서운 생각이 낫다. 그이 압헤서는 콩밥을 깃브게 먹겟다고 장담하얏지만 하룻동안의 류치장 생활의 경험으로 보아도 불 가튼 자긔의 성미에 거긔에서 얼마ㅅ동안 백여낼른지가 의문이엇다. 그러나 이것만은 억지로 못 할 일이니 당하는 대로 당해보자고 단념을 하고 하로ㅅ밤을 지냇다. 물론 잠이 잘 올 리가 업섯다. 이제 형사가 오나 저제 형사가 오나 하야 주의가 늘 문밧그로 갓다. 그러나 그가 날 샐 무렵 피곤에 못 이기어 눈이 저절로 부틀 때에도 형사는 오지 안햇다. 그러면 무사히 된 모양인가 하고 안심을 하랴다가 그는 이 뒤ㅅ일을 보아야 알지 하고 노혀지는 맘을 다시 웅켜쥐게 되엇다. 밤새도록 생각한 것은 역시 어써케 하면 조선을 벗어날가 하는 것이엇다. 지금이라도 옷벌이나 참겨[332] 들고 나서면 그만이겟지만 그곳에 발이 븟는 그때에 무엇을 — 할가 역시 카페이냐. 이 생활을 벗어나자고 지금까지 노력한 결과가 또다시 그런 곳으로 발길을 몰아너케 하는 것은 운명의 작난이 아니고 무엇이냐. 더구나 홍면후의 싄아불이란 명예롭지 못한 이름을 둘러쓴 채 해외로 도주를 햇다가 뉘 손에 이 생명조차 바치게 되랴고 그는 생각다 못하야 아츰 일즉이 서울일보사를 차저갓다 백마뎡으로 와서 자긔의 래력을 물어보든 청년신사를 맛나볼가 생각한 까닭이다.

애라는 오늘에는 화장도 하지 안코 그대로 수수하게 차리고 나섯다.

332 참기다. 챙기다.

서울일보사 압헤 당도하얏슬 때는 오전 아홉 시 반이 쪽음 지냇슬 째다. 애라는 뎡녕코 그 신사가 서울일보사 긔자인 것이 분명타고 미든 싸닭에 아츰부터 온 것이지만 사실은 그 청년의 이름도 모르고 또는 그가 이 신문사에서 어써한 일을 하는지도 몰르고 거저 짐작만 대고 온 것이엇다.

애라는 신문사 문 압헤서 어칠거리엇다[333]. 그가 만일 그 신문사에서 일을 본다면 밤새 그에게 큰 사고가 업는 이상 필연코 출근 시간에는 이 문으로 들어가겟지 하고 문 안으로 들어가는 사람을 멀직이 서서 일일이 뎜검하고 섯섯다. 출입하는 신문사원과 행인들의 시선이 자지[334]에게로 모여들어 불쾌하기 싹이 업섯지만 그는 눈을 공중으[335] 올리고 참앗다. 그 가운대에는 낫익은 사람들도 보엿지만 인사할 정도로 물론 아니엇다.

그래서 섯다가 것고 섯다가 걸엇다. 열 시가 지내도록 그 산애는 보이지 안햇다. 그러면 그 산애가 이 신문사에 잇는 이가 아니엇든가 자긔의 직감(直感)을 의심하게 되엇다. 그러나 그러할 리가 업다. 만일 그 산애가 이 신문사에 잇지 안타면 그런 신문 긔사가 날 리가 업다 정 기다리다가 그이가 아니 오면 신문사에 들어가서 그 신문 책임자에게 이 긔사의 출처를 보면 대강 짐작할 일이다 하야 애라는 족음 더 기다려 보기로 맘을 먹엇다.

이때에 저편 뎐차뎡류장에서 밧븐 걸음으로 이곳을 향하고 오는 신사가 잇다 그는 분명히 어제 백마뎡에 왓든 양복쟁이다』[336] 애라는 대단히 깃벗다. 그 신사를 맛난 것보다는 자긔의 상상이 꼭 들어마젓단 것이 더

---

333 어칠거리다. '키가 조금 큰 사람이 힘없이 몸을 조금 흔들며 자꾸 천천히 걷다.'는 뜻의 '어치렁거리다'의 준말.

334 문맥상 '긔'의 오류로 추정.

335 '로'의 탈자 오류.

336 '』'는 오식으로 추정.

깃벗다.

애라는 해쓱한 얼굴에 약간의 미소를 띄어가지고 그 산애가 걸어오는 편으로 걸어갓다. 그 산애는 모자에 손을 가만히 다혀 목례를 하고 약간 미소를 보인다. 그 미소에는 [337]네가 켱겨서 왓구나 여긔에서 카페의 『퀴인』이 아츰부터 방황할 줄은 몰랏지 이곳에 어찌해서 온 줄을 나는 다 알아』 하는 표정이엇다.

『잠간 저 좀 보셔요』

애라는 그를 불럿다

『네 무슨 말슴이오?』

산애는 발을 멈추엇다.

337 '『' 누락.

1929.10.7 (119)

고백 (二)

『좀 여쭐 말슴이 잇서요』

『그러면 이리로 들어오시오[338]

하고 산애는 아플 서서 문 안으로 들어섯다

애라는 그 뒤를 짤하서 이층으로 올라갓다

『이리로 들어오시오』

산애가 들어오라는 곳은 편집국이엇다 사람의 이목이 번거하야[339] 자세한 말을 하기 어려울 듯하야 애라는

『좀 조용히 여쭐 말슴이 잇는데요』

하고 걸음을 족음 주츰하얏다.

『그러면 잠간 기다리시오』

하고 산애는 문을 닷고 들어가드니 모자를 벗고 가방을 노코 다시 나와서 건너편 어듬컴컴한 랑하(廊下)[340]를 돌아 응접실로 인도한다.

방 안이 조용하야 말하기는 매우 뎍당하얏다

애라는 기침을 한 번 한 뒤에

『저를 긔억하시겟지오』

하고 산애의 얼굴을 자세히 보앗다

338 '』' 누락.

339 번거하다. 조용하지 못하고 자리가 어수선하다.

340 낭하(廊下). 복도(複道). 건물 안에 다니게 된 통로.

『네 긔억하구 말구요』

『어제는 넘우 실례를 햇서요 용서해 주셔요』

『용서 여부가 잇습니까 오늘 석양에 백마뎡에 들럿가 햇드니 당신이 오셧습니다그려!』

『제가 켱기는 일이니까 제가 와야 올찬습니까…… 그런데 저 이런 말슴을 여쭈어 실례가 될는지 알 수 업습니다만 선생님의 성함이 누구신지도 모르고 해서 문 압헤서 한, 삼십 분이나 오시기를 기다[341]렷서요』

『퍽 미안하게 되엇습니다. 아마 어제ㅅ신문 긔사(記事) 째문에 오셧지오』

산애는 애라의 말을 압질러 말하고는 다시 명함 한 장을 끄내 노흐며

『저는 이럿습니다 성명도 여쭙지 못해서 넘우 실례햇습니다』

하는 그의 태도는 어제는 물론이오 방금 문간에서 맛날 째보다는 훨신 겸손하고 다정하얏다.

애라의 생각에서도 양복쟁이라는 일종의[342] 멸시에 갓가운 맘은 족음 적어젓다. 서울일보 긔자요 신사인 김준경(浚慶)이란 생각이 애라의 머리에 첫 번 도장을 단단히 씩엇다.

『김 선생! 이야기가 족음 길 것 가튼데 밧브시지 안흐셔요』

애라는 미리 다젓다[343].

『그레[344]케 밧브지는 안습니다 한 시간 가량은 관계업겟습니다 만일 그 이상 시간이 걸릴 이야기면 오늘 오후에 다시 맛나 뵈어도 조켓지오』

『그도 조켓지만요 저는 오늘 오후가 어써케 될는지 한 시간 뒤가 어써케 될는지 알 수 업는 처디에 잇지 안습니까 김 선생도 다 아시지 안으

341 원문에는 '다'의 글자 방향 오식.
342 원문에는 '의'의 글자 방향 오식.
343 다지다. 뒷말이 없도록 단단히 강조하거나 확인하다.
344 문맥상 '러'의 오류로 추정.

셔요 지금 제 뒤를 쌀하서 온지도 알 수 잇습니까[345]

『그러케 무리하게 그럴 리가 잇습니까』

『무리라구요? 이새[346]에 사람 잡히는 것이 확실한 증거만 잇서야 되는 줄 압니까. 혐의만 잇스면 잡아다가 경을 처주는 판인데 『카페』에서 웃음 파는 녀자쯤이야 어써케든 못 올가 가겟습니까.』

하고 애라는 『헨드박』에서 무엇인지 끄집어낸다. 책상 우에 그 전날 신문이 나타낫다.

김준경은 얼굴빗이 족음 이상스럽게 변할 쌘이오 아무 말이 업다.

『김 선생! 제가 이러한 것을 가지고 온 것은 무슨 질문을 해보자는 것이 아니야요. 저는 어제 선생이 오셔서 하신 말도 하나 잇지 안코 긔억해요. 카페에서 웃음 파는 녀자라고만 생각하시지 말고 제 충정을 생각하셔서 잘 말슴을 하야주셔요』

김준경은 아무 말 업시 애라의 행동만 자세히 살필 쌘이다

『이 긔사는 선생님이 쓰신 것이지오』

『그야 누구가 썻든지 간에 물을 말슴이 잇거든 그것부터 말슴하시지오』

『물론 김 선생이 쓰셧겟지오』

『쓴 사람을 그러케 알랴고 할 필요가 무엇입니까』

『여긔에 김 선생이 계신데 다시 물을 필요도 업는 것을 그랫습니다』

애라는 미소를 보냇다.

345 '』' 누락.

346 이새. '이사이'의 준말.

1929.10.8 (120)

고백 (三)

『이 긔사 누가 쓴 것을 알아 무얼 하시랴고 그러십니까』

준경은 뭇는다

『쓰신 그분에게 무슨 질문을 한다든지 취소를 해달라 한다든지 하는 그럴 생각은 족음도 업서요 거저 그 일 내용을 하두 잘 아시는 것 가타서 거저 여쭈어볼가 한 것이야요』

애라는 족음 음성을 나추어 다정한 뜻을 보엿다.

준경은 웃는 얼굴로 대답을 대신한다.

애라 생각에는 족음만 더 단단히 좃치면 어쩌한 동긔에서 그 긔사를 쓰게 되엇다는 리유가 산애의 입에서 나올 듯하야 여러 가지로 수단을 한번 부리어 볼가 하얏다. 제가 산애인 이상 내 수단에 아니 넘어갈 리가 업다. 형사과장도 넘어갓고 철호도 넘어갓다. 백면서생인 일개 신문긔자가 아니 넘어갈 리가 업다. 그러나 어찌한 일인지 자긔의 충정에서 나오는 말 이외에 딴소리하기가 맘에 부끄러운 생각이 낫다. 어제 백마뎡에서 처음 맛날 때부터 필연코 이 산애가 철호와는 막역의 친구로서 자연히 알게 되엇든지 그러치 안흐면 모든 일을 주밀하게[347] 생각하는 철호의 일이라 그가 계획뎍으로 이 사건을 이 산애에게 일러주어서 홍면후의 코를 납작하게 맨들고자 함이나 아니엇든가 하는 의심이 애라의 머리에 번개ㅅ불처럼 지내갓섯다. 철호의 편지를 보건대 그가 일부러 일을 이러케 맨들 리

347 주밀(周密)하다. 허술한 구석이 없고 세밀하다.

치는 만무한 일이라고 애라는 그 의심과 갈리기에 밤새도록 매우 노력을 해왓섯다 그러면 막역지우(莫逆之友)일가.

오늘 아츰에 이와 가티 신문사로 차저온 것은 사실 김준경과 담판을 하랴든 것이 아니엇다. 쏘한 그의 힘을 빌어서 이번 일을 어쩌케 피어보자는 것도 아니엇다. 어제씨[348]지 저주하고 지금도 오히려 미웁고 원망스러운 생각이 써나지 안는 철호이지만 그래도 그의 막역지우이엇스면 조켓다고 비는 생각이 애라의 가슴에 차올라서 그것이 증긔긔관의 증긔처럼 애라를 서울신문사싸지 밀어다 노흔 것이엇다.

이와 가티 호의를 가지고 면회하러 온 사람을 섬서이[349] 대접하는 상대자의 태도가 애라의 맘에는 얼마큼 분하기도 하야 요것을 한번 춤을 추여볼가 하고 여러번 생각하다가 암만해도 그리할 수가 업섯든지 애라는 뭇는 말에 거짓을 석지 안햇다. 그러치만 상대자는 애라의 뭇는 말에 대답을 매우 조심해 보이며 대답하기 어려운 쌔는 다만 침믁과 웃음으로 수작을 난홀 쌘이엇다.

『김 선생! 사람이 진정으로 제 속을 토파할[350] 쌔에 이것을 듯는 사람은 거짓말로 듯는 것처럼 쑥스럽고 슴거운[351] 일은 업슬 것 가타요』

『그러치만 거짓말을 참말로 알아듯는 것보다 말하는 사람에게 죄 될 일은 업겟지오』

준경에게는 역시 고지듯지 안트라도 참말을 하는 것이 조흔 모양이엇다.

『김 선생! 철호 씨하고 퍽 친하신 사이가 아니셔요』

이러케 뭇는 애라의 눈은 거슴푸레[352]하얏다.

348 문맥상 '까'의 오류로 추정.
349 섬서하다. 대접이나 관리가 소홀하다.
350 토파(吐破)하다. 마음에 품고 있던 사실을 다 털어 내어 말하다.
351 슴겁다. '싱겁다'의 옛말.

『애라 씨 몰르는 철호의 친한 친구가 잇슬라구요』

준경의 눈에서 미소가 흘럿다.

이 말이 애라에게는 철호와 막역의 사이란 말로 들리엇다. 상대자가 분명히 철호가 친한 친구란 말을 승인한 것이엇다.

『제가 모를 철호의 친구가 업슬 것은 김 선생이 어써케 알으서요. 괜히 넘우 비웃지 마셔요 갈 바를 모르고 헤매게 된 저 가튼 불상한 녀자도 한 번이라도 조흐니 사람의 진정에서 흘러나오는 말을 들려주셔요 지금까지 저는 진정에서 나오는 산애의 이야기를 들어본 적이 업서요. 이번이나 진정인가 요 다음이나 진정일가 한 것이 오늘까지의 신세를 요러케 맨들어 노핫서요 철호 씨만은 진정으로 알앗드니 그도 역시 그러한 남자이엇든가 봐요』

애라는 눈을 책상 우에다 썰어털이고 두 손으로 테불보를 만지작거리엇다

352 거슴푸레. 졸리거나 술에 취해서 눈이 정기가 풀리고 흐리멍덩하며 거의 감길 듯한 모양.

1929.10.9 (121)

連作 小說 **荒原行(121)** 1929년 10월 9일

고백 (四)

애라의 산호가티 고은 입술과 수정가티 맑은 눈에서 흘러나오는 음성과 시선은 곳 음악이오 미술이엇다.

준경이는 황홀한 정신을 다시 자긔에게 불러들인 뒤에

『그러케 남성을 저주하고 원망하면서 어째서 남자의 일이라면 이와 가티 알랴고 애를 쓰시오?』

하고 뭇는다.

『거긔에 저의 고민이 잇서요 거긔 제 생각과 가튼 모순이 잇는 줄 알아요. 이번 일도 말슴해도 그러치 안습니까. 신문에다가 가령 — 이를터면 — 하고 긔사를 쓰셧지만 세상에 그런 일이 어대 잇습니까. 모든 것을 죽을힘을 써서 맨들어 노흐니까 어썬 계집허고 도망을 하다니오 생각해보면 눈이 캄캄해저요. 그째에 분한 그대로 하면 죽일 생각이 낫섯지만 가만히 생각해보니 세상일이란 모다 쑴결갓습니다그려! 애초에 철호 저를 사랑할 째에 저의 일평생을 나 가튼 족으마한 계집을 위해서 희생하도록 생각은 털끗만치도 업섯서요. 철호를 사랑하게 된 동긔가 아주 불순하얏슬는지도 알 수 업지만 마음으로 모든 것을 뉘우치고 그런 불순한 생각을 씻어버린 오늘에 저는 족음도 량심에 부끄러울 것은 업서요. 그러치만 마음으로 고통밧는 일이 하나 잇서요. 이것은 아모에게도 말 못 할 고통이야요』

하고 애라는 한숨을 내쉰다.

준경은 호긔심이 밧작 낫다.

『무슨 고통입니까』

『이 일은 선생도 모르실 것이야요. 철호 씨가 한경이를 달고 달아난 그 당시에는 분격한[353] 마음에 홍면후의 끗아불[354]이 되다십히 한경의 방을 뒤저서 그들이 도망해 갓슴즉한 봉텬의 주소까지 일러 주엇지오. 지금에 와서 괜히 그런 짓을 햇다고 후회하지만 소용 잇는 일입니까 어써한 리끗[355]에 빠저서 그런 것이 아니니까 량심에 부끄러울 것은 업지만 그래도 사람의 마음이란 어대 그럿습니까 어제 선생이 오셔서 저더러 끗아불이란 말은 그러한 내용을 알고 하신 것인지 짐작만 대고 하신 말인지 알 수는 업섯지만 어써케 마음에 찔렷는지 온종일 고통으로 지냇서요』

준경은 애라의 이러한 하소연을 들어가는 동안에 어썬지 자긔도 알 수 업는 련민(憐憫)을 늣기게 되엇다. 차라리 철호에 관계된 이야기를 하나도 숨길 것 업시 토파하는[356] 것이 올치나 안흘가 하는 생각도 깁허 갓다. 애라가 이와 가티 아츰 일즉이 차저온 것이 자긔를 일개 신문긔자로만 아지 안코 그 우에 더 어써한 긔대를 자긔에게 둔 것이나 아닐가 만일 그러타면 자긔로서도 자긔의 성심성의를 가지고 상대하는 것이 사람다운 일이다 좌우간 족음 동정을 더 보아서 이 녀자에게 불행이 돌아오지 안토록 일을 일러주자고 마음을 먹게 되엇다.

『그와 가티 면후와 함께 일을 의론한 결과가 어써케 될 것까지는 생각지 못하셧서요』

353 분격(憤激)하다. 격노하다(몹시 분하고 노여운 감정이 북받쳐 오르다).
354 끄나풀. 남의 앞잡이 노릇을 하는 사람을 낮잡아 이르는 말.
355 이(利)끗. 재물의 이익이 되는 실마리.
356 토파(吐破)하다. 마음에 품고 있던 사실을 다 털어 내어 말하다.

『그때에 무슨 생각이 잇섯겟습니까 다만 분풀이하자는 것쓴이엇지오』
『그것이 족음 덜 생각하신 것이지오. 그러니까 사람은 항상 분격한 경우에 난처한 일이 닥처올 것을 생각하셔야 합니다. 괜히 세상 사람에게 속만 썩히는 일을 하셧지오 그래도 애라하면 당신에게로 주목이 가는 줄쯤이야 스스로 아셔야 합니다. 지금 당신이 이러케 차저와서 나와 이야기한 것도 벌서 다른 사람이 알고 잇습니다. 홍면후와 그와 가티 매일 추축[357]이 되고 서로 뎐화질을 하고 술을 먹고야 세상 사람이 색안경을 당신에게 아니 향할 수 잇겟습니까. 당신이 이러케 차저와서 이러케 말슴하시니 말이지 철호 군과는 퍽으나 친합니다 그도 나와 가튼 사람입니다 나와 가튼 사람이라면 너도 설교강도나 아니냐 하고 뭇겟지만 철호는 결단코 설교강도가 목뎍이 아니라 그 사람의 현실을 극단으로 부정한 결과가 세상을 한번 써들석하게 맨들어 노코 헛웃음을 한번 처보랴는 것이겟지오』
하고 준경은 무엇을 생각하는 모양이다.

357 추축(追逐). 친구끼리 서로 오가며 사귐.

1929.10.10 (122)

連作小說 荒原行(122) 1929년 10월 10일

고백 (五)

『저 가튼 사람을 이러케 잘 일러주시니 감사한 말슴을 뭐라고 여쭐 수 업서요 사람의 직감(直感)가티 무서운 것은 업서요 어쩐지 어제 뵈울 째도 그런 듯해서 퍽으나 인[358]상한 일도 만타고 생각햇서요 제깐에는 오늘은 긔어코 좀 알아보아 여러 가지로 지도를 듯겟다고 차저 뵈우러 온 것이야요 그러케 진정을 말슴해 주셔서 고마운 말슴을 무어라 여쭈어야 조흘지 모르겟서요』

애라는 디옥에서 부텨를 맛난 것이나 다름업시 반가웟다. 철호는 애라의 애인이엇다.

애인의 친구를 맛나서 반갑지 안흘 리 업섯다. 하물며 애인의 친구가 어대까지든지 애인을 보호하야 주는 아름다운 우정의 소유자요 쏘한 그의 긔상은 쾌활한 가운대에도 젊잔흔 맛이 잇고 순진한 가운대에도 『유모아[359]』가 잇서 보이고 남자답게 어글어글한[360] 가운대에도 간얇은 곳이 잇는 외형을 가진 그에게서랴 애라는 한 시간 후에 어써케 되며 래일에 어써케 될가 하는 걱정은 이저버린 듯 그의 얼굴에는 깃븜에 넘치는 미소가 흘럿다 이와 가티 텬진스러운 긔분으로 사람을 대한 일이 별로 업든 애라안테서 김준경이 역시 어써한 자긔의 상상한 이상의 매혹을 늣기

358 문맥상 '이'의 오류로 추정.
359 유머(humor). 남을 웃기는 말이나 행동.
360 어글어글하다. 생김새나 성품이 매우 상냥하고 너그럽다.

는 것은 극히 자연한 일이엇다.

『애라 씨를 이런 자리에서 이러케 맛낫스니 말슴이올시다마는 처음부터 철호 군의 행동에는 여러 가지로 의심을 가지기는 가젓섯지만 그가 서울을 써들석하게 한 진범인이란 것은 이번의 우연한 긔회에 알게 되엇지오 확실한 것은 철호가 친히 한 편지로 알앗지오』

『철호 씨가 김 선생께도 편지를 하얏서요. 제게도 이런 편지가 왓서요』

애라는 이젓든 것이 문득 생각난 것가티 이때에야 비롯오 신문과 가티 가지고 왓든 철호의 편지를 끄내엇다.

『그 편지 내용이 어써한 것인지는 알 수 업습니다만 그런 편지를 그러케 들고 다니시다가 어써케 하시랴고 그러시오? 퍽 대담하십니다』

준경은 편지를 보고 깜짝 놀란다

『저 가튼 족으만 녀자에게 대담 여부가 잇겟습니까마는 마음을 하[361] 번 작뎡하니까 그러케 무서웁고 겁나는 일이 별로 업드군요 징녁을 가게 되면 징역을 가고 도망질을 치게 되면 도망질을 치고 죽게 되면 죽지오 별수 잇습니까』

애라는 한숨을 지우고 이러게 말하얏다.

『그러나 그것은 생각할 일이야요. 그러케 일을 되어 가는 대로 둘 것 가트면 저 가튼 사람을 차저와서 신문의 긔사의 출처까지 물을 필요가 무엇 잇겟습니까 필연코 어써케든지 이러한 곤경에서 벗어나 보고자 하는 생각이 족음이라도 계시겟지오』

하고 준경은 웃음을 짓는다

애라는 준경이가 자긔를 롱락하는 말이나 아닐가 하야 족음 불쾌한 생

361 문맥상 '한'의 오류로 추정.

각이 들엇스나 그는 이 말 한마듸로 그러치 안타고 항의를 뎨출할 수는 업섯다. 자긔가 자긔의 마음을 생각한 대로 마음의 한편 구석에는 어써케 든지 무사히 타쳡[362]을 지어서 만주 벌판에 가서 한번 자유스럽게 놀아보앗스면 하는 마음이 업는 것이 아니엇다 그는 이러케 어느 정도까지 털어노코 말하는 이때에 준경에게 못할 말이 싸로 잇스랴 하고 새로운 용긔가 낫다. 만일 준경이가 다만 롱락하자는 의미이면 설교강도 리철호와 친한 벗이란 것과 그동안의 모든 비밀 안다는 것은 내게 말할 리가 만무한 것이라 하야 모든 것을 숨김업시 토파하자는 생각이 난 것도 역시 자연한 일이엇다.

『그러면 선생님께는 이번 일에 대해서 조흔 의견이 계시겟지요?』

애라는 준경의 입을 바라보앗다

362 타쳡(妥帖/妥貼). 일 따위를 탈 없이 순조롭게 끝냄.

1929.10.11 (123)

連作 小說 **荒原行(123)** 1929년 10월 11일

고백 (六)

『별로 의견이라 할 만한 것은 업서요 다만 애라 씨의 거저 되어가는 대로 살면 살고 죽으면 죽는다는 막연한 생각을 하는 그것이 자긔의 일에 대해서 넘우나 무성의하다는 것을 말한 것뿐이지오』

준경이도 이 일에 대해서 이러타 할 만한 방책은 업는 모양이다

『저는요 이번 일뿐 아니라 지금까지 지내온 일이 모다 그러햇서요. 말하자면 자긔의 일에 넘우나 성의가 업고 책임이 업서서 아마 이 디경이 된 모양이야요. 그러치만 텬성이 요 모양인 것을 어써케 합니까. 좀 잘 지도해 주셔요』

애라는 웬일인지 양가티 순해젓다. 여러 동무 녀자를 대할 때는 공작(孔雀)가티 굴엇고 여러 남자 손님을 대할 때는 칼날가티 쌀쌀하얏든 그 녀자이다. 이 며츨 동안에 한풀이 죽은 것은 사실이다.

『홍면후와의 지금까지의 관계는 어써합니까?』

준경은 잠간동[363]안 머리를 숙이고 생각하드니 뭇는다

『홍면후와의 관계가 어써하얏느냐구요? 선생님! 저의 지낸날의 아픈 긔억을 넘우 불러일으키지 마셔요 거저 지금부터 어써케 하라고만 말슴하셔요』

애라는 면후의 이야기가 나오면 다시 흥분이 되엇다.

『그 관계를 알아야 이번 사건이 어써케 결말 될 것을 알 것이 아닌가요』

363 원문에는 '동'의 글자 방향 오식.

『별일 업서요 선생님의 아시는 그것 외에는 특별한 관계는 업서요』

애라는 평일부터 다른 사람에게 지낸날의 생활이 어써하얏느냐는 물음을 바들 째처럼 불쾌한 생각이 날 째는 업섯다. 그째에는 밧듯이 『저는요 어제 한 일도 곳 이저버리는 사람이니까 몃 달 전이나 몃 해 전에 지낸 일을 어써케 긔억할 수가 잇겟서요? 그런 말슴은 그만두고 다른 재미잇는 이야기나 하시지오』 하고 상대자의 입을 봉쇄해 버려 왓섯다. 그러고 상대자가 좀 유식하야 보이면 그는 녀배우가 무대 우에서 대사(臺詞)를 외우듯이 『애라에게는 과거(過去)도 업고 미래(未來)도 업고 오즉 현재(現在)가 잇슬 짜름입니다. 카페에서 술 짤흐는 현재가 잇슬 섄입니다. 보시는 바와 가티 이러한 생활이 잇슬 짜름이니까 아무 말슴도 말고 거저 술이나 만히 잡수십시오』 하고 그들을 입심으로 녹여 보내든 터이엇다.

선텬덕으로 지낸 일 하기 실혀하는 애라는 준경의 뭇는 말도 그만 거절하고 만 것이다.

이와 가티 애라가 그의 과거 말하기를 써리는 것은 그의 과거가 넘우나 비참한 싸닭이다.

참아 남의 압헤 내노코 말할 거리가 되지 못한 싸닭이다.

자긔 혼자 생각해도 얼굴이 붉고 가슴이 아팟다.

애라는 압록강 연안 족으마한 고을에서 고고[364]의 소리를 낸 뒤로부터 일즉이 부모를 일코 사촌의 집에서 자라다가 학대가 심하야 그 집을 도망하야 서울로 올라와서 부자ㅅ집의 아이를 보아가며 그 집 쌀에게 새새틈틈[365]으로 공부하든 것과 얼굴 어여섇 것이 원수가 되어 그 집 주인에게 필경 정조 유린을 당하야 그 정조ㅅ갑을 바다가지고 일본으로 건너가서

364 고고(呱呱). 아이가 세상에 나오면서 처음 우는 울음소리.
365 새새틈틈. 모든 사이와 모든 틈.

얼마ㅅ동안 마음 노코 학창 생활을 하든 것과, 일본에서 안해 잇는 학생과 련애를 하게 되어 여러 해ㅅ동안 고민으로 지내다가 그 산애에게 필경은 랭대를 당하고 생활할 길이 업서 화김에 『카페』에 몸 던저 홍등(紅燈)과 록주(綠酒)[366]에 날마다 신경의 첨단[367]을 더욱 날캅게 갈고 지내다가 우연한 긔회에 철호를 맛나 정을 부처 오다가 필경은 류치장 구경을 하얏고 장차 형무소(刑務所)에 신세를 지게 될는지 모르게 된 오늘까지 지낸 모든 일이 옛 기억을 불러일으킨 애라로 하야금 유쾌한 생각을 가지게 하는 것은 하나도 업섯다. 애라가 과거를 말하지 안는 것도 무리가 아니엇다.

366 홍등녹주(紅燈綠酒). 붉은 등불과 푸른 술이라는 뜻으로, 홍등가의 방탕한 분위기를 비유적으로 이르는 말.

367 첨단(尖端). 물체의 뾰족한 끝.

1929.10.12 (124)

連作小說 **荒原行(124)** 1929년 10월 12일

고백 (七)

준경이는 애라의 맘을 짐작한 듯이 그와 홍면후와의 관계를 애라가 말한 그 이상 더 뭇지 한크[368] 철호의 편지를 집어 들며

『이 편지를 보아도 아무 관계 업습니까』

하고 뭇는다.

『보셔도 조하요, 넘우 기다라니까 제가 요령만 말슴할가요』

애라는 편지의 전부를 준경에게 다 보이기는 맘에 실혓다. 다만 한경이와 갈리겟다는 것과 방랑하는 사람은 련애도 할 수 업다는 것과, 한경이와 도망한 것은 계획뎍이 아니오 우연한 결과엿□다는 것과 될 수만 잇스면 애라도 만주 근방으로 뛰어나오라는 것 몃 가지만은 자긔의 톄면을 살리기 위해서라도, 어제ㅅ신문긔사를 쓴 준경에게는 알려주고 십헛든 것이다

준경이는 편지를 슬슬 나려보드니

『애라 씨! 이것만은 철호 군의 진정인가 합니다. 이것이 군의 속임 업는 당신에 대한 긔분인 줄 압니다』

하고는 무엇인지 생각한다.』[369]

『선생님! 이것만이 철호 씨의 참말일가요. 그러면 이것 외에는 모다 거짓이엇단 말슴인가요』

하고 애라는 속은 것이 원통한 듯 눈이 흐려진다

368 문맥상 '안코'의 오류로 추정.

369 '』' 오식.

『그런 의미로 말슴한 것은 아닙니다. 그 사람의 행동이 이 세상에 펴내 노치 못할 형편인 만큼 마음도 우울(憂鬱)해서 자긔의 속맘을 발표치 못하고 지낸 것이겟지오. 악의를 가지고 자긔의 진정을 말치 안는다거나 사람을 속이랴고 일부러 그런 것은 아니겟지오 당신이 모든 것을 철호군을 사랑한다면 그러한 것을 모다 량해하여야 됩니다.』

『그래야 될가요. 제 생각이 퍽[370]으나 천박햇든 것이야요』

애라는 원망하는 맘에 철호와 한경이 잡아올 계획하든 자긔의 천박한 생각을 다시 부끄러하얏다.

『그 맘만은 천박하니 고상하니 하고 평할 수 업서요. 벌서 련애를 한다는 것이 평범한 우리들의 타고난 십자가(十字架)이니까 아무 말 업시 지는 것이 올켓지오. 며츨 동안 애라 씨의 하신 행동을 그 십자가를 지지 안켓다고 앙탈한 데에 지내지 못한 것이야요』

『참 그런 것인가 봐요, 그런데 철호 씨한테서 무어라고 편지가 왓서요 말슴해도 관계업스면 말슴해 주셔요』

『별말 업서요 다만 애라 씨의 장래 일에 대해서 한 이야기뿐이드군요』

『그 편지 좀 보여주실 수 업슬가요』

『보셔도 별말은 업고, 저는 그런 편지는 잘 보관해두자[371] 안습니다』

『그러면 제 장래는 어써케 햇스면 조켓단 말은 업서요』

『자세한 말은 업구요, 이번 사건에 애라 씨가 필연코 오해를 해서 일평생을 글흐치고야 말 념려가 잇스니 자네 수단것 어써케든지 그 녀자의 얼굴이 이 사회에 번듯이[372] 내노토록 하라는 부탁이엇습니다.』

370 문맥상 '퍽'의 오류로 추정.
371 문맥상 '지'의 오류로 추정.
372 번듯이. 형편이나 위세 따위가 버젓하고 당당하게.

이 말을 들은 애라는 눈물이 글성글성하얏다. 그러고 목이 메어 말이 잘 나오지 안햇다. 아무 말 업시 고개를 숙이고 명상에 깁헛다.

이 말이 참말인가. 철호의 입에 부튼 수작은 아니겟지 만일 그러타 하면 다만 사랑을 하나 엇기 위하야 천박하게 굴엇든 것이 맘에 찔려서 견댈 수 업섯다.

『선생님은 그런 편지를 바드시고 어째서 그런 긔사를 쓰셧서요. 그러면 세상 사람 눈이 모다 제게로 오지 안켓슴니까』

애라는 원망하듯 물엇다

『항상 생각을 그러케 하시니까 가끔가다가 실수를 하시지오. 어찌해서 썻다는 것은 내 직무상 비밀이니까 말습[373]할 것은 업고요 좌우간 이 신문긔사로 해서 애라 씨의 일이 무사히 되면 그만이 아닌가요.[374]

[375]신문 때문에 제 일이 잘 펴지리라는 것은 잘 짐작 못 할 말슴 가튼데요』

373 문맥상 '슴'의 오류로 추정.
374 '』' 누락.
375 '『' 누락.

1929.10.13 (125)

連作 小說 **荒原行(125)** 1929년 10월 13일

고백 (八)

철호의 편지와 신문긔사에 애라의 돌아진 마음이 다시 돌아선 것은 의심할 여디도 업는 일이엇다. 사랑을 쌔앗긴 그때의 그 맘 그대로 갓섯드면 ᄉᆞ아불이란 조치 못한 이름 알에 일평생을 그대로 기[376]내엇슬는지 누구가 보장할 것이냐 그러나 그는 맘을 돌리어 자긔의 한 일을 후회하얏다. 그는 역시 세상이 무서웟든 것이다. 세상 사람이 좌편을 향하면 자긔는 우편으로 몸을 돌리겟다 하는 앙큼한 생각이 그에게 업는 것은 아니지만 어느 동안에 그도 역시 세상 사람을 ᄯᅡᆯ하 좌편을 향하고 만 것이다.

『애라 씨의 일이 펴지고 아니 펴지는 것은 전혀 홍면후의 태도 여하에 잇습니다. 그러니까 이번 긔사를 보고 홍면후가 마음을 어써케 먹게 되엇는지 다만 그것이 금후[377]의 구경거리겟지오. 애라 씨가 깜짝 놀라서 신변을 매우 주의하고 이곳까지 나를 차저와서 상의라도 해보겟다는 것도 역시 이 긔사 까닭인 줄 압니다. 여러 말슴할 것 업시 애라 씨는 당분간 피신을 하시고 어써케 되는 것을 보는 것이 조흘 듯합니다』

『선생님! 어제 홍명[378]후도 저더러 얼마ㅅ동안 피신만 하면 모든 일이 무사히 펴지도록 해주마고 하드군요, 그러치만 저는 피신하기가 실혀요. 이왕에 당할 일이면 미리 당하는 것이 올치 안습니까』

---

376 문맥상 '지'의 오류로 추정.
377 금후(今後). 지금으로부터 뒤에 오는 시간.
378 '면'의 오류.

『홍면후도 그런 말을 하얏서요. 그도 역시 눈물이 잇고 피가 잇는 사람입니다. 제 손으로 친누이를 징역 살리고 사랑하든 녀자를 고생시킬 생각이 업겟지오. 다만 미운 이가 철호이겟지만 만주의 황원으로 굴레 벗은 말가티 쒸어다닐 철호를 아모리 미워한들 무슨 소용이 잇겟습니까. 이 사건은 홍면후가 함구만 하면 넘우나 막연해서 아는 사람은 하나도 업슬 것입니다. 자긔도 어썬 료량[379]이 잇서서 한 말이겟지오』

『지금 피신을 하면 더욱 의심을 밧지 안켓서요.』

『의심 밧는 거야 할 수 업겟지오 의심만 바드면 그만이지만 당신을 잡아다가 한번 족치면 잇든 일, 업든 일이 모다 쏘다저 나올 터이니 그러면 일이 더욱 시끌업게만 될 터이니까 잠간 피신하는 게 조켓지오』

준경은 문 압흘 주의하며 조심스럽게 말한다.

『말만 안 하면 그만이 아니야요 피한다는 것은 어썬지 못생긴 생각이 납니다그려』

『그러한 객긔 부리지 말고 얼마ㅅ동안 조용한 곳에서 일 되어가는 것을 관망하는 게 조켓지오 그러고 한번 붓들리어 가서 속에다 비밀을 너코 견딜 줄 압니까 그런 것은 지금 세상 형편을 모르는 아가씨나 할 생각입니다』

하고 준경이는 시계를 끄내어 본다. 벌서 한 시간 이상이 지내갓다.

애라는 준경의 말이 올타 하얏다. 전날 경찰부에 붓들리어 가서 처음에는 혀를 깨물고라도 모든 사실을 쪽 잡아쎄엇지만 하루의 고생에 어느듯 모든 것을 활활 불어버리고 만 것이 아니냐. 그러고 취됴실의 그 끔찍끔찍한 광경 머리끗이 쭈뼛하얏다.

379 요량(料量). 앞일을 잘 헤아려 생각함. 또는 그런 생각.

『그러면 어써케 할가요 어대로 갈가요』

애라는 당분간 피신하랴야 할 곳도 업섯다.

『그것은 제게 다 맛기시면 얼마ㅅ동안은 념려 업도록 해들일 터이니까……』

하고 준경은 명함 한 장을 끄집어내어 소개장을 하나 써 내놋는다

이번 일은 이러케 해서 설혹 무사히 넘길 수 잇다 할지라도 지금까지의 깨어진 가슴의 아픔을 안고 아즉도 먼 청춘을 보낼 일이 애라에게는 무엇보다 걱정이엇다.

『김 선생님! 저는 이러케 구차히 세상을 사는 것보다 차라리 죽어버리는 것이 낫지 안흘가요 이러케 욕되는 생을 억지로 구하는 것이 퍽으나 웃읍지 안해요』

애라의 말소리는 슬픔으로 흐려저 버렷다.

『쓸대업는 생각을 하셔서는 안 됩니다. 인생이란 언제든지 이러한 것입니다. 죽고 십허도 죽을 자유조차 업는 것이 인생의 정톄입니다. 당신 가튼 처디에 잇는 사람이 한두 사람이 안닌 것을 알아야 됩니다. 아무 말 말고 며츨만 잇서 봅시오』

애라는 갑작이 치밀고 올라오는 슬픔을 억제한 뒤에 준경이와 작별하고 서울일보사를 나섯다. 해는 벌서 중텬에 놉히 올라오고 사람의 걸음은 밧밧다.

1929.10.14 (126)

連作小說 荒原行(126) 1929년 10월 14일

어대로 가나 (一)

인심의 동요하고 뎡지하는 것은 봄날의 련못 물 갓다. 실바람에도 삽시간에 물결이 넘실거렷다가 그 바람이 가기만 하면 다시 기울[380] 가튼 얼굴을 봄 들에 내노코 짜뜻한 햇빗의 키쓰에 도취한다.

느진 봄 이후로 경성 텬디를 소연케[381] 하든 시국표방의 설교강도 사건도 지금에 와서는 별로 말하는 사람도 업다. 어느듯 세상 사람의 긔억에서 살아지고 만 것이다 그러나 이 사건으로 말미암아 일평생에 두 번도 맛나기 어려운 큰 파란을 맛나서 그 가운대에서 헤매게 된 몃몃 사람이 잇스니 이것은 말할 것도 업시 애라, 홍면후, 한경, 고순일, 김주[382]경 들이엇다.

오래동안 일광[383]도 맘대로 보고 지내지 못하든 애라는 전신에 씨언치는 히프른 달빗을 씌고 경성거리에 얼굴을 내노케 되엇다. 몃 달 동안의 숨은 생활이 여러 가지를 그에게 가르처 추[384]엇다. 첫재 시간의 힘의 위대한 것을 절실하게 늣기엇다. 사람의 어려운 문뎨는 모다 시간이 해결할 섇이다. 맘을 단단히 먹고 참아보자는 신념이 구더젓다. 그가 김준경의 소개ㅅ장을 쥐고 사람의 눈을 속여 몸을 감춘 지 사흘 만에 한경이가

380 기울. 밀이나 귀리 따위의 가루를 쳐내고 남은 속껍질.
381 소연(騷然)하다. 떠들썩하게 야단법석이다.
382 '준'의 오류.
383 일광(日光). 햇빛.
384 문맥상 '주'의 오류로 추정.

봉텬에서 붓들리어 경성으로 압송되어 잇단 말을 들엇고 한경이가 붓들이어온 지 사흘 만에 홍[385]면후가 사직원을 뎨출하얏스나 그동안 공로가 만타 하야 디방 경찰서로 전직을 시킨다는 말을 들엇고 그 뒤로는 한참 동안 아무 소식을 듯지 못하다가 고순일이는 예심으로 넘어가고 한경이는 방면이 되엇단 말을 들엇다. 물론 철호가 어써케 되엇단 말은 듯지 못하얏다. 한경이가 쉬웁게 석방된 리유는 설교강도 사건에 한 증인은 될 수 잇스나 공범인이 아닌 것이 판명된 데 잇다 한다. 사실 홍면후의 리면운동도 비교뎍 맹렬하얏거니와 편지로 련락을 해주든 고순일이가 모든 것을 절대로 부인하고 다만 애인 동지의 관계밧게는 아무것도 업다는 것을 주장하야 말한 짜닭이엇다. 사실 공범이란 증거나 지정불고(知情不告)[386]라 하는 그러한 증거가 충분치 못한 짜닭이엇다. 만일 죄가 잇다면 애인 철호를 쌀하간 것쌘이엇다. 홍면후가 무사히 되고 한경이가 노이어 나오고 고순일만이 예심으로 넘어갓다는 것은 애라로 하야금 이 세상에 얼굴을 다시 내어노하도 관계업다는 것을 말한 것이지만 애라 자신은 몸이 자유롭게 된다는 그것만이 그에게 문뎨가 아니엇다. 이번 일을 긔회로 자긔의 생활을 한번 근본뎍으로 고처볼가 하는 요구가 무엇보다도 더 맹렬하얏다. 얼마 동안 들어안젓는 사이에 그의 생각은 눈을 쓰고 잇는 이상 반듯이 그곳으로 모이고 말앗다 이번 일의 하회[387]를 보아 만주 근방으로 방황을 할가 그러치 안흐면 구멍가가라도 벌려 노코 그날그날의 생활을 계속하며 뒤ㅅ날을 기다려불가. 합당한 사람이 잇스면 모든 것을 다 이저버리고 시집을 갈가. 모든 것이 다 맘대로 되지 안흐면 이 세상을

385 '홍'의 오류.

386 지정불고(知情不告). 남의 범죄 사실을 알고 있으면서도 고발하지 아니함.

387 하회(下回). 어떤 일이 있은 다음에 벌어지는 일의 형태나 결과.

한번 번적 써들어노코 목숨을 끈허버릴가. 이러한 가운대에도 이치지 안는 것은 철호엿섯다. 만일 철호가 저러고 다니다가 불행히 붓들리어 와서 여러 햇 동안 텰창에서 신음한다면 그의 이 세상에 다시 나오기를 기다리고 그럭저럭 지내볼가. 자긔도 죄를 무릅쓰고 가튼 감옥에서 서로 보지는 못할지라도 한 공긔를 호흡하며 그리운 정을 난우어볼가. 그러나 한경이가 잇지 안흔가 만일 한경이만이 업다면 그것이 불가능한 일이 아디[388] 오 다시 철호의 맘을 자긔에게로 붓들어 맬 자신도 업는 것이 아니나 한경이가 눈을 쏘렷쏘렷 쓰고 잇는 이상 그것은 인정상에 참아 할 수 업는 일이엇다 남자 하나를 두 녀자가 다툰다는 추태를 다시 이 세상 사람에게 알리기 실혓다

이러한 생각으로 그는 얼마 동안을 지내다가 세상이 그립은 생각이 날마다 더하야 오늘 밤에는 청초한 조선 의복을 입고 잇는 처소를 뛰어나온 것이엇다 한경이가 어찌하야 철호와 둘이 달아낫다가 혼자 붓들려 왓슬가 그 리유는 철호의 편지로 미리 알은 것이지만 그러한 비참한 일을 당한 한경이가 불상한 생각이 날 섇 아니라 그의 철호에 대한 생각이 어쩌케 변한 것이 무엇보다 더 애라의 궁문이를 들석이게 한 것이엇다

388 문맥상 '니'의 오류로 추정.

1929.10.15 (127)

連作小說 荒原行(127) 1929년 10월 15일

어대로 가나 (二)

가을밤 한울은 몹시도 맑앗다 막 갈은 칼날가티 처참(悽慘)한 맛조차 잇다. 오래ㅅ동안 맛보지 못한 달ㅅ밤의 거리ㅅ정됴(情調)[389] — 모도가 기쁜 것도 갓고 모도가 슬픈 것도 가탓다. 왼밤을 이 달빗 알에서 헤매고 십헛다.

애라는 아무쪼록 등ㅅ불을 피하야 조용한 곳을 걸엇다. 달빗도 앗가웟지만 사람의 눈도 무서웟다.

여듧 시 반이 넘엇슬 째에 애라는 한경이를 그의 집에서 맛낫다. 한경이는 물론 놀랫다. 그동안에 한경에게는 애라의 존재가 한 의문이엇다. 준경이를 통하야 애라가 어써케 잇다는 것은 알기는 알앗지만 이와 가튼 밤중에 별안간 자긔의 문을 두들일 줄은 몰랏든 것이다. 그쌘 아니라 그가 이와 가티 몸을 세상에 내노키는 시긔가 아즉 일다고 한경이는 생각하고 잇섯다. 반갑기도 하고 미웁기도 하고 무섭기도 하얏다. 한경이는 여러 가지 복잡한 감정으로 애라를 마저들엿다.

애라도 한경이와 가티 여러 가지 복잡한 생각이 그의 머리를 시끌업게 하얏다. 그러나 한경이가 밉다는 생각은 평일보다 적엇다. 거저 가슴이 아플 쌘이엇다. 그러고 한경이가 마저들이는 이 방이 곳 자긔가 전날 홍면후의 압장을 서서 온 방을 뒤저내어 한경의 주소를 발견하든 방이다. 량심에 무엇인지 찔리는 것을 아니 늣길 수 업다. 이것도 지낸날 쉼수든

389 정조(情調). 단순한 감각에 따라 일어나는 감정. 예를 들어, 아름다운 빛깔에 대한 좋은 감정, 추위나 나쁜 냄새에 대한 불쾌한 감정 따위.

때, 운명의 작난이엇든가 하고 맘을 평범하게 먹고 방 안으로 선듯 들어서서 주인의 권하는 자리 우에다 몸을 실엇다.

주인을 맛난 방 안은 다시 정돈이 되어 소쇄한[390] 맛이 넘치엇다 전날 허틀어[391] 노핫든 형적은 볼래야 볼 수 업다.

애라와 한경이는 다 가티 머리를 숙인 채 잠간 동안 말이 업섯다 애라가 먼저 말을 냇다.

『세상일이란 자긔 맘대로 되는 것이 하나도 업나 봐요』

『마음대로 된다면 이 세상에 무슨 불평이 잇겟서요 제 욕심 채우랴고 모다 바드득 거리는 것이겟지오』

하고 한경이도 눈을 알에로 감으며 대답하얏다. 한경이가 지금에 먹고 잇는 자긔의 진정을 서로 토파해서[392] 량해할 만한 사람은 자긔와 가튼 경우에서 가슴을 졸이고 잇는 애라밧게 다시 업슬 것을 모르는 바가 아니지만 족으마한 덕개심(敵愾心)도 업는 것이 아니엇다. 그러나 서로 다투든 목덕물이 업서진 이상 서로 미워하고 저주하고 원망할 리유도 업다. 그의 리지(理知)가 그러케 가르처준 것이엇다.

『철호 씨는 어써케 되엇서요』

애라는 여러 가지로 생각타가 입을 떼엇다.

『철호 씨 말슴이야요? 저와 갈린 뒤에는 지금까지 소식을 듯지 못햇서요』

한경이는 서슴지 안코 대답한다

애라 생각에는 한경이가 아모리 신교육을 바다서 속이 틔인 녀자라 할지라도 애인과 함께 달아낫다가 애인에게 버린 배 되어 홀로 잡히어 온

---

390 소쇄(瀟灑)하다. 기운이 맑고 깨끗하다.

391 허틀다. '흐트러지다'의 옛말.

392 토파(吐破)하다. 마음에 품고 있던 사실을 다 털어 내어 말하다.

것을 부끄러워하야 대답을 주저하리라 하얏다. 그러나 한경이는 족음도 그러한 빗을 나타내지 안는다. 한경이는 애라가 어써한 사람인 것을 철호를 통하야 알앗고 지금의 결심이 어써한 것을 준경을 통하야 대강 들어두엇든 싸닭에 그가 일부러 차저와서 서로의 진정을 로[393]파하고 서로 위로하자는 뜻을 잘 량해하고 잇다.

『저가티 못난 녀자는 업서요 본래가 카페에서 술이나 팔호든 녀자이니 무슨 소견이 잇겟습니까만 이번 일에 아주 제가 어써케 못생겻다는 것을 알앗서요 저 째문에 여러 사람이 쓸대업시 고생을 하신 것 가태요 저는 다른 이의 행복을 파괴하는 사람이야요 저 가튼 사람은 아무러한 희망도 업시 다른 사람의 생활을 자꾸 째털이는 죄는 필경 밧고야 말겟지오』

하고 애라는 한경을 바라보앗다

393 문맥상 '토'의 오류로 추정.

1929.10.16 (128)

連作小說 荒原行(128) 1929년 10월 16일

어대로 가나 (三)

『별말슴을 다 하십니다 세상에 행복스러운 생활이 얼마나 잇는 줄 아셔요 생각해보면 결국은 모도가 불행쑨이겟지오 저도요 어써한 쌔에 행복스럽다고 혼자 깃버한 일이 업는 것도 아닙니다마는 그것도 하로ㅅ밤의 쑴보다도 오히려 썳앗서요 사람은 아마 밧가테서 오는 여러 가지 힘의 놀림감 노릇을 충실히 하다가 그대로 일생을 마치고 마는 것인가 봐요』

한경이도 이번 사건 이후에 그의 맘이 퍽으나 『쎈치멘탈』 하게 된 것은 사실이엇다 그가 철호를 쌀하 국경을 벗어날 째는 한갓 사랑의 승리에 맘이 취하야 온 세계가 자긔를 위하야 잇는 것 가탓다 만주의 거칠은 들이 락원가티 뵈엇다 그들을 실은 긔차는 자긔들을 그 락원으로 운반하랴고 갓븐 숨을 쉬는 것 가탓다 다만 맘에 남아잇는 것은 오래ㅅ동안 철호를 위하야 노력하든 애라의 실망한 얼굴이엇다 그쌔에도 한경은 승리의 깃븜을 늣기면서도 한편으로 미안한 생각을 금할 수 업섯다 더욱이 깃븜의 길을 써나면서도 수심의 구름을 써나보내지 못하는 철호의 우울한 얼굴을 바라볼 쌔마다 장래에 대한 불안을 아니 늣긴 바도 아니엇다 신의주 안동현의 난관을 무사히 통과하야 만주의 들을 바라보게 될 쌔에 울[394]을 벗어난 맹수와 가티 어써한 상쾌를 늣겨야 될 철호의 긔색은 더욱 우울해 뵈엇다. 한경이는 철호가 애라를 남겨두고 온 것이 맘에 걸려서 저러는이

394 울. 울타리.

라 하야 족으만한 질투까지 늣기엇든 것이다. 한경 자신이 역시 미안한 생각이 날 때에 철호 당인의 생각은 오쥭하랴 하야 그의 맘을 리해하기에 한참 동안 애를 썻섯다. 이러한 생각을 할 때마다 한경의 맘 한편에는 장래의 위태한 생각이 뭉게뭉게 녀름 구름처럼 펴올랏다. 밤이 깁허 사면이 잘 보이지 안흐나 긔차는 자꾸자꾸 어둠을 헤치고 달아날 뿐이다. 이웃 승객들의 잠이 한참 곤해 보일 때에 철호는 한참 동안 무엇을 생각하드니

『한경 씨, 어대로 갈가요』

하고 물엇섯다. 한경이는 별안간 이 말을 웨 물을가 의심하야 철호의 안색을 살피면서

『가기는 어대로 갑니까 예뎡한 곳으로 가야 하지오』

하얏섯다. 예뎡한 곳이란 물론 봉텬가모천뎡[395]의 한경의 친구 집이엇다. 그러나 철호는 고개를 좌우로 흔들엇다.

『그곳이 어쩌한 곳인 줄 알고 그러시오? 화약을 지고 불로 들어가는 셈이 아니오 당신 혼자는 혹 지금까지 우정으로 얼마ㅅ동안 보호를 해줄른지 알 수 업지만 우리들이 이 꼴을 하고 들어가 봅시오, 령사관 순사의 공명[396]만 놉혀줄 것이니까』

하얏다. 한경이는 철호의 말이 물론 올타고 하얏다. 그러면 어찌하여야 조흘가를 철호에게 물엇드니 철호는 서슴지도 안코

『우리는 여긔서 길을 갈립시다』

하얏다. 한경이는 눈물도 나오기 전에 압히 캄캄하얏다. 이게 무슨 박정한 말이냐 사고무친[397]한 만주ㅅ들에 와서 서로 갈리다니 이것은 참으

395 '봉천가무정'이라는 의미로 추정. 1929년 9월 16일 100회 참조.

396 공명(功名). 공을 세워서 자기의 이름을 널리 드러냄. 또는 그 이름.

397 사고무친(四顧無親). 의지할 만한 사람이 아무도 없음.

로 청텬에 벽력가튼 말이엇다. 한경이가 아무 말도 못 하고 얼굴만이 히엇다 푸르럿다 하는 것을 철호는 랭정한 얼굴로 보드니

『한경 씨! ○○가에게 사랑만을 향락할 시간이 업는 줄 압니다. 한경 씨도 우리의 동지인 이상 그것만은 량해하실 줄 압니다. 한 사람의 외로운 방랑도 잘못하면 일생에 견듸기 어려운 모욕을 밧기 쉽지 안하요? 우리들이 이러고 다닌다는 것은 넘우나 사려가 적은 일이야요. 아무리 생각해도 족으마한 애처러운 생각이나 그립는 정을 못 이기어 인생 일대의 일을 글흐치면 어써케 하겟소. 이러한 시긔일스록 우리의 머리에서 랭정을 일허서는 안 될 것이니까 여긔서 후일을 긔약하고 갈리는 것이 조흘 것 갓소』

하는 철호의 말에 한경의 눈에서는 눈물이 거두어젓든 것이다. 새로운 정신이 낫다. 조선 안에서 이 말을 하지 못하고 어찌하야 여긔까지 와서야 이 수작을 내노흘가 자긔를 역시 조선을 탈주하랴는 수단으로 썻든 것이로구나 결국 리용을 당한 것이로구나 할 째에 눈이 번쩍 아니 써질 수 업섯든 것이다

1929.10.17 (129)

어대로 가나 (四)

『그러면 조흘 대로 하지오』

이러케 말하는 한경의 얼굴은 서리 어린 락엽처럼 쌀쌀하야젓섯다.

『족음치[398]라도 내 말을 야속하게 생각하거나 오해를 해서는 안 돼요. 모든것이 시긔 문데이니짜 얼마ㅅ동안만 나를 위해서 고생을 좀 하시구려』

철호는 어린아이 달래듯이 한경이를 달래는 것이엇다. 그러나 철호의 맘을 한번 짐작한 한경의 맘이 그 자리에서 풀어질 리가 만무하얏다.

『제 걱정은 마시고 몸 편히 지내시다가 쏘 운수 조흔 바람이 불거든 그째에 다시 뵈옵지오. 철호 씨의 하시는 말슴을 리해 못 하는 게 아니니까 족음도 어써타고 생각하실 것 업시 마음노셔요』

입으로 이러케 대답하는 한경의 마음은 무한히 아팟섯다. 한경의 눈에서는 다시 눈물이 돌앗다. 철호의 눈에도 얼마큼 저저 뵈엇다. 눈물 먹음은 눈으로 눈물 먹음은 눈을 서로 바라볼 째에 그들의 가슴에는 일종의 감격(感激)이 쒸어놀앗든 것이다 한경이는 철호의 무릅에 퍽 걱굴어지며

『그러면 만주 넓은 들에 와서도 서로 헤어저 지내지 안흐면 안 될 것이 무엇일가요 어째서 우리는 이러케 부자유할가요 사랑을 사랑할 수도 업는 신세가 되엇슬가요』

하고 흑흑 늣겨 울엇든 것이다.

『사랑을 사랑할 처디에 잇는 사람이 이 세상에 얼마나 되는 줄 아시오.

398 조금치. 매우 작은 정도.

맘대로 사랑할 수 업스면서 사랑을 하랴면 사람만 못생겨 보이는 것이니까 우리는 결단코 달큼한 사랑의 구속을 바다서는 안 됩니다. 알아들으셧소 우리에게는 사랑보다 좀 더 큰 사명이 잇스니까 사랑에다 일평생을 희생하야서는 안 됩니다』

『네 알아들엇섯요. 그러나 저는 어써케 할가요 무엇을 할가요』

한경이는 머리를 들고 눈물을 닥그며 탄식하듯 말하얏섯다.

『당신은 본국으로 들아[399]가셔야 합니다. 얼마ㅅ동안 계시다가 긔회를 보아 본국으로 들어가셔야 합니다. 더구나 조선에는 녀자 일꾼이 적으니까 돌아가셔서 착실한 일꾼이 되셔야 합니다』

철호의 말은 힘잇게 울리어왓다. 그러나 이것을 한경이는 자긔를 본국으로 돌아보내지 못하야 애쓰는 철호의 맘 전부의 발표로 알 수는 업섯다. 무엇인지 하나가 풀리지 안흔 그대로 맘 한편에 남아 잇섯다. 이것은 『아! 남자는 참으로 무서운 것이다. 본국에서는 어쌔 그러한 사정 이야기가 업다가 만주ㅅ들 어둔 밤에야 이 수작을 내엇슬가. 아! 나도 남자드라면……』 하는 생각이엇다.

한경이는 눈물을 거둔 뒤에 단단히 맘을 먹고 봉텬을 두 뎡거장을 압두고 철호와 작별을 하얏다. 철호는 번개가티 긔차를 나린 뒤에 차창을 향하야 수건을 두어 번 흔든 뒤에 그대로 사람 가운데에서 그림자가 살아지고 말앗다. 쑴이라도 이러케 허망한 쑴이 어대 잇스랴 하[400]경이는 철호 안젓든 자리를 바라보고 외로운 자긔를 발견할 쌔에 눈물이 것잡을 수 업시 펑펑 쏘다저 나렷다.

한경이는 눈물을 먹음고 봉텬 친구의 집을 차저들어 후한 대접 알에 사

399 문맥상 '돌아' 혹은 '들어'의 오류로 추정.
400 '한'의 오류.

흘을 무사히 지내엇다. 그동안에 철호에게서 편지나 오지 안나 하고 그것을 기다리는 것이 다만 하나의 위안이오 희망이엇섯다. 엽서로 간단한 안부는 하얏지만 장래에 어써케 하겟다는 말은 조금도 말하지 안햇다. 한경이는 본국에 들어갈 것 업시 이곳에서 직업을 어더 가지고 자활(自活)[401]을 하야볼가 하는 생각도 업지 안햇다. 그러나 이것도 짧은 삶 가운대의 희망이엇다. 한경이는 물건을 사러 길에 나아갓다가 도중에서 령리한 형사에게 붓들리어 친구에게 작별할 틈도 업시 본국으로 압송이 된 것이엇다.

401 자활(自活). 자기 힘으로 살아감.

1929.10.19 (130)

連作小說 荒原行(130) 1929년 10월 19일

어대로 가나 (五)

한경이는 애라에게 철호를 쌀하 본국을 탈출 이후의 이야기를 토파할가 말가 처음에는 주저하다가 필경에는 이러한 이야기를 그대로 가슴에 감추어 두는 것이 서로 량해하자고[402] 밤중에 위험을 무릅쓰고 차저온 가튼 처디에서 헤매는 동성 ── 에게 넘우나 불충실한 태도라 자긔의 맘을 스스로 꾸짓고 본국을 써나든 일로부터 형사에게 잡혀 오든 이야기를 사실대로 일일이 말하얏다. 말하는 가운대에서도 한경이가 압록강을 건너올 째의 이야기에는 두 녀자가 다가티 울엇다.

── 철호와 신의주에서 단단한 취톄[403]를 무사히 격고 압록강을 건너서며 숨을 나려쉬고 뒤를 한번 돌아볼 째에 한경의 가슴에서는 향복[404]이 춤을 추엇든 것이다. 압록강아! 다시 너를 건널 시절이 언제나 올른지 모르나 만일 온다면 그째에는 이 차 안에 웃음을 하나 가득 실고 소리칠 터이다. 너 부대 잘 잇거라 하고 건넛든 것이다. 그러나 이와 가티 정답게 들인 말이 아즉 귀에서 살아지기도 전에 그날 밤 차중에서 애인을 눈물로써 보내엇고 사흘 뒤에는 랍석(蠟石)[405]으로 싹가 맨든 듯한 고은 팔에 쇠고랑의 녹이 무든 채 압록강을 돌우 건너게 될 줄은 꿈에도 생각 못한 바엿

402 양해(諒解)하다. 남의 사정을 잘 헤아려 너그러이 받아들이다.
403 취체(取締). 규칙, 법령, 명령 따위를 지키도록 통제함. '단속(團束)'으로 순화.
404 향복(享福). 복을 누림.
405 납석(蠟石). 기름 같은 광택이 있고 만지면 양초처럼 매끈매끈한 암석과 광물을 통틀어 이르는 말.

다 한경이는 말업시 흘르는 물을 차창으로 바라보고 차라리 몸을 그곳에 던저 모욕이나 면할가 하얏스나 그러할 자유조차 그에게는 업섯든 것이다. ―이러한 한경의 고백에 애라도 문득 눈물이 솟앗다.

『한경 씨! 우리는 어써케 하면 조흘가요』

애라에게 한경이가 자긔의 련뎍이엇다는 생각은 벌서 이젓다. 그의 눈에는 쏙가티 불상한 두 녀자가 비추엇슬 쌘이다.

『저도 어써케 해야 조흘지 모르겟서요』

한경이는 새로운 눈물을 애라로 인하야 자아내게 되엇다.

『저는요, 이새에는 목숨이 그다지 앗갑지 안흔 생각이 날마다 더해가는 것 가타요. 이러케 사는 것보다 죽는 것이 나을 것 가타요. 이러케 살아서 무엇을 합니싸』

애라는 한숨으로 눈물을 거둔다.

『애라 씨! 우리는 어째서 녀자로 태어낫슬가요. 일생에 뎨일 불행인 것이 녀자로 태어난 것인 줄 알아요. 참으로 남자들처럼 무책임한 이는 업서요 저는요 지금 죽으랴야 죽을 수도 업서요……』

하고 한경이는 말씃을 흐리드니 다시 무엇을 생각하다가

『제 몸은 벌서 홋몸이 아닌 모양이야요 한 생명이 이곳에서 날마다 자라나는 것 가타요』

하고 배를 가르친다.

『벌서, 저걸 어쌔!』

애라는 이러케 부르지젓다. 한경의 말이 남의 말로 듯기지 안햇다.

『암만해도 나도 아마 성모 『마리아』가 되는 모양이야요』

한경이는 눈물을 씻고 빙그레 눈웃음을 보인다 이것은 결단코 반가운 웃음이 아니엇다 그 웃음은 울음보다 더 슬프고 고적(孤寂)[406]이 들어뵈엇다

애라는 한경의 이 말 한마듸에 깁헛든 숨이 일시에 쌔털어젓다

『한경 씨! 그러면 어쩌케 해야 조켓서요?』

『하는 수 잇서요 저는 충실한 어머니가 되는 수밧게 별 수 잇나요』

한경이는 한숨을 석거 대답하고 벽상을 바라본다 벽에는 철호의 사진이 걸리엇다

애라의 눈도 자연히 그곳으로 갓다

『얼음 가튼 남자! 고추 가튼 산애![407]

모든 저주의 말이 애라의 입가에서 휘돌앗다

『아! 나는 아즉 철호의 자식의 노례가 아니 되엇구나 다행이라 할가 불행이라 할가[408]

정테 알 수 업는 감정이 곤두질을 첫다』[409]

406 고적(孤寂). 외롭고 쓸쓸함.
407 '』' 누락.
408 '』' 누락.
409 '』'는 오식으로 추정.

1929.10.21 (131)

어대로 가나 (六)

만주ㅅ들 넓은 곳에다 가련한 녀자를 홀로 방황하게 내던지고 제 몸 혼자의 안전을 위하야 종적을 구름처럼 헤처 버린 철호를 한경이는 아즉도 잊지 못하는 모양이엇다. 그의 녀자다운 생각을 애라가 량해 못 하는 것은 아니엇지만 자긔보다도 한경이가 몹시도 불상한 생각이 낫다.

『한경 씨! 아즉까지도 철호 씨를 잊지 못하시는 모양입니다!』

하고 애라는 물어보랴다가 이것은 돌이어 쑥스러운 일이라 하야 다만 사진을 바라보며

『철호 씨는 ◯◯가로는 충실한 사람이 될는지 모르지만 녀자의 애인으로는 미들 수 업는 산애야요. 누구든지 그를 사랑한다면 일평생에 애 아니 타는 날이 업겟지오 네!』

하고 물엇다.

『그는 항상 말하기를 우리에게는 사랑할 여유가 업다. 사랑은 사람을 얼거매는 쇠사실이다 그 쇠사실을 조심해야 된다. 사랑은 절대의 것이 아니다. 사랑할 수 잇는 동안만 사랑하면 그만이다 하든 말이 대단히 의미가 깁헛든 것 가타요. 어대 하는 수 잇습니까 지금부터 그의 압일을 위해서 축복이나 해주지오』

하고 한경이는 다시 철호의 사진을 바라본다.

『그러케 축복할 맘이 생길가요? 암만해도 얄미운 생각이 압흘 서는데요』

애라에게는 한경의 처디에서 축복을 한다는 것이 한 의문으로 잇섯다.

『귀엽고 반가운 사람만을 위해서 축복하라는 것이 아니겟지오. 저주를 하면서도 축복하지 안흐면 안 될 경우도 만히 잇스니까요』

한경이는 다시 눈물을 먹음엇다.

애라는 한경이의 철호에 대한 감정이 어써한 것을 다 알앗다. 그는 벌서 배ㅅ속에 들어잇는 새로 나올 생명으로 거멀못[410]을 삼아 철호와 그의 사이를 단단히 붓들어 맨 것이엇다. 이 우에 더 여러 가지로 말하는 것은 한경의 아픈 곳을 자쑤 주믈르는 것과 가틀 분 아니라 자긔의 마음의 상처에다 다시 침을 찔러보는 것이라 하야 잠간 동안은 잠자코 안젓는 동안에 애라에게서 새로운 의심이 돌앗다.

『한경 씨! 서울일보사에 잇는 김준경이란 이를 알으셔요』

『김준경 씨! 알고말고요. 알아도 여간 아는 것이 아니지오 철호 씨와는 아주 막역지우(莫逆之友)[411]랍니다. 철호 씨는 지금에도 난처한 경우면 반듯이 준경 씨의 지혜를 빈답니다. 그러치만 자긔 일 계획은 말하지 안치오, 이번 일을 비교뎍 이러케 깨긋하게 뒤를 매즌 것도 아마 김준경 씨의 힘이겟지오 우리가 실련의 고통을 못 이기어 한째의 분한 맘으로 아주 반동(反動)으로 나아갓다고 하면 어써케 됩니까』

이 말에 애라는 얼마큼 가슴이 찔렷다. 그대로 잇서드면 근아블의 때를 벗지 못하고 일평생을 지냇슬는지도 알 수 업다. 그는 진심으로

『친절하고 다정한 분이야요』

하고 말하지 안흘 수 업섯다

『철호 씨는 그런 뒤ㅅ일까지라도 생각합니다그려! 아주 무서운 남자야요』

---

410 거멀못. 나무 그릇 따위의 터지거나 벌어진 곳이나 벌어질 염려가 있는 곳에 거멀장처럼 겹쳐서 박는 못.

411 막역지우(莫逆之友). 서로 거스름이 없는 친구라는 뜻으로, 허물이 없이 아주 친한 친구를 이르는 말.

하고 애라는 철호의 사진을 바라보앗다

『무서웁고말고요 차돌 갓고 불덩이 갓고 얼음 가튼 이지오』

한경이도 철호의 사진을 바라본다.

두 녀자의 네 눈이 벽으로 모여들 이때이다.

마루 우에서 구두ㅅ소리가 섬적 들리며 압 미다지가 드르르 열리엇다.

『애라! 그동안 어대 가서 처박엿다 나왓서… 이리 나와…』

이러케 말하는 양복쟁이는 경찰부의 순사엿섯다. 애라가 종적을 감춘 뒤로부터 그 향방[412]의 탐사를 마타가지고 한경의 집을 매우 주의하든 형사엇섯다.

애라는 자긔의 운명이 다흘 곳까지 다흔 것을 알앗다. 아무 말 업시 히푸른 얼굴로 일어낫다 쓴아불의 때를 육톄의 고통이 업시 어찌 벗으랴 하고 맘을 위로하얏다.

한경이도 쌀하 일어섯다.

『한경 씨 잠간 동안 못 뵈올는지 알 수 업스니까 그동안 안녕히 계셔요』

『어서 나와…… 잔소리는 그만 해두고……』

하는 형사의 호통이 씃나자 애라는 고개를 숙이고 형사의 압흘 섯다.

한경이는 책상 우에 그대로 쓸어저서 흑흑 늣겨 울엇다. 벽에 걸린 철호의 사진은 이것을 웃엇다.

밤은 벌서 깁헛다. 자동차의 『싸일렌』이 기다란 골목을 길게 울릴 쌘이다. (씃)

412 향방(向方). 향하여 나가는 방향.

부 록

1. 「황원행」 독후감

2. 작가 및 삽화가 연보

부록
『荒原行』 讀後感

『애라』의 길과 男, 女性의 生活哲學

元湖漁笛

『荒原行』 讀後感 (一)
『애라』의 길과 男, 女性의 生活哲學

1929년 11월 7일

五六日 前 某友로부터 다음과 가튼 편지를 바덧다

『先略 東亞日報에[413] 連載된 『荒原行』을 連讀하시엇소이까 저는 今日로 그것을 畢讀하얏나이다 萬一 兄께서 그를 連讀치 못하시엇다면 업는 時間이나마 일부러 만들어서라도 한번 읽으시기를 衷心으로 勸하고 십소이다 저는 그 作品을 읽은 다음에야 처음 우리가 文壇을 가진 보람을 알앗나이다 그러고 文藝라 하는 것이 우리의 生活과 어써한 關係에 잇다 함을 늣기엇나이다 이 말을 둘[414]으시는 兄께서는 제가 誇大[415]한다고 非難하실는지는 알 수 업스나 저는 그 作品에 나타난 『애라』라는 一女性을 일즉이 우리 生活이 가지지 못하얏슴을 늣길 때 『애라』와 가튼 『모델』이 이 時代의 空氣를 眞正한 意味에서 呼吸하는 偉大한 人物로 認定하며 自己를 그에까지 擴大코저 하는 努力의 피가 샘솟듯합니다 우리는 『리철호』를 눈이 압프도록 보앗습니다 『홍한경』이를 실증이 나리만치 憎惡에 憎惡을 거듭하야 왓나이다 그리든 제가 이제 『애라『[416]를 차저내엇나이다 그를 發見한 저의 喜悅, 그는 實로 形容하기도 앗가울 만치 貴여운 것이외다 제는 兄의 將來를 爲하야 一讀하시기를 마음 깁히 바라고 비나이다 後略』

이는 果然 正鵠을 어든 評文이다 그 友人의 勸에 應하얏슬 때 불현듯 생

413 원문에는 '에'의 글자 방향 오식.
414 문맥상 '들'의 오류로 추정.
415 과대(誇大). 작은 것을 큰 것처럼 과장함.
416 '』'의 오류.

각키운[417] 것이다

우리 文壇이 생기어서 처음 가지는 것이라고 評할 수 잇는 作品이『荒原行』이다 시베리아荒原에도 比할 수 잇는 今日의 朝鮮의 모든 問題를 解決할 重任을 지고 잇는 靑年들의 生活哲學이 卓越한 藝術的 技巧안에 內容되엇다 그 作品은 우리의 全 生涯를 通하야 影響됨이 만흐리라 누구에게나 一讀을 勸하고 시프다

×

新聞紙에 連載되는 小說치고 一般 市民의 低級한 興味를 本位로 하지 안흔 者가 업고 連作치고 作者의 獨立한 人格의 發現을 無視하고 變化름[418] 즐기는 都市人의 末稍神經을 滿足케함에 그 뜻을 두지 안흔 者가 업다『荒原行』이 新聞紙에 連載된 小說이고 連作인 以上 作者의 個性과 作者의 藝術的 創作 水準을 市民의 低級한 趣味에까지 低下시킨 者가 아닐 수 업다 크[419] 事件이 複雜多端한 點으로 보아서는 探偵小說 갓기도 하고 人物과 人物 사이에 多角的 戀愛 關係로 보아서는 달큼한 戀愛小說 卽 春畫圖 가튼 流行 作品이라고도 말할 수 잇스나『荒原行』은 그러한 限界를 버서나서 文藝的 價値로 보아서나 社會的 機能에 잇서서나 所謂 文藝 作品이라는 者보다 그리 遜色이 업슬 뿐만 아니라 現代의 文藝思潮로 보아 더욱 그의 成功됨을 늣기지 안흘 수 업다 作者의 思想과 藝術的 趣味를 民衆에게 注入하는 最大의 要件은 一般 讀者의 趣味 傾向을 理解하야 作者 自身이 讀者의 低級한 趣味에까지 自己는 引下되어 다시금 高級한 作者의 趣味로 讀者를 引上함이 現代의 文藝思潮라 한다 連作은『小說製造株式會社』라는 非難도 업지는 안흘 터

417 생각하다. 생각나다.
418 문맥상 '를'의 오류로 추정.
419 문맥상 '큰'의 오류로 추정.

이지만 連作인 『荒原行』의 內容과 形式으로 보아 高度의 文藝史的 地位를 不肯할[420] 수 업다 그는 流行 作品과 文藝 作品의 內質과 外形이 異常하게도 巧妙히 合致되고 調和되엇기 때문이다 朝鮮 文藝 發達史上의 燦爛한 편[421] 『퍼이지』의 文字를 保存하리라고 미더진다 새로운 價値를 賦與한 大衆文學의 啓蒙的 標本物로

× ×

이 作品이 무서운 誘惑의 힘을 가지게 된 큰 原因은 事件의 展開가 探偵小說과 가튼 趣味에도 잇섯고 多角 戀愛의 달콤한 心理 描寫에도 잇섯다 그러나 그것보다도 더 重要한 것은 人物의 配置이며 時代를 代表할 수 잇는 人物의 創造함에 잇다고 할 것이다

먼저 人物의 配置에서 보면 自己 個人의 名譽와 幸福과 地位를 爲하야 民族도 社會도 正義도 自己의 人格까지 돌보지 안코 權力과 地位와 功名心에만 汲汲한 『홍면후』와 民族과 社會를 爲하야 自己의 幸福이나 名譽 乃至 生命까지 草介視[422]하고 思想과 主義에 徹底하려는 『리철호』를 對立시키고 資本主義 社會의 特殊 産物인 『카페』의 『웨트러스[423]』 (애라)로 하야곰 그 두 人物을 比較케 하얏다 우리의 同情도 한편으로만 기울고 다른 한편에는 反히 憎惡케 되는 그 두 人物에 對한 『애라』의 呼吸은 實로 『아이론이』한 『콘토라스트[424]』이엇다

420 불긍(不肯)하다. 요구 따위를 즐겨 받아들이지 아니하다.

421 문맥상 '첫'의 오류로 추정.

422 초개시(草芥視). 보잘것없는 것으로 여김. 원문에는 '개'의 한자가 '芥'가 아니라 '介'로 되어 있음.

423 웨이트리스(waitress). '호텔, 서양식 음식점, 술집, 찻집 따위에서 손님의 시중을 드는 여자 종업원'을 영어로 지칭한 것.

424 콘트라스트(contrast). 회화에서, 어떤 요소의 특질을 강조하기 위하여 그와 상반되는 형태나 색채, 톤을 나란히 배치하는 일.

『荒原行』讀後感 (二)
『애라』의 길과 男, 女性의 生活哲學

1929년 11월 8일

그리하야 讀者는 『애라』의 『刑事課長 洪면후의 근아불이란 루명을 벗기 위하야 肉體的 苦痛을 甘受』하는 呼吸에까지 끌리어서 不知不識間에 自己를 發見하게 하얏다 그러기 때문에 우리의 注意는 非常히 緊張되엇섯다 作者가 밧귀일 때마다 『이 人物을 어써케 만들랴 하는가』라는 監視와 가톤[425] 意味의 好奇心을 일으키엇다

그리고 戀愛를 第二 生命가티 여기는 二人의 女性 하나는 三從의 敎를 굿게 지키는 舊家庭에서 生長한 『홍한경』이와 무릇 男子의 노리개로 쓰지 업시 性的으로 放蕩한 『애라』를, 서로 一人의 男性을 戀慕케 하야 그들의 特殊한 過去와 現在 또는 環境과 處地에서 各異한 傾向으로 그들을 다라나게 하야 人生의 宿命과 가티 戀愛 問題를 보여도 주며 또는 時代的 雰圍氣도 맛보게 하얏다 그리하야 우리의 興味를 倍加하얏다 流行 作品 가트면서도.

×

『모든 男子는 넘우도 無責任해요』

이 말은 새로운 生命이 움지기는 배를 어루만지며 愛人이엇든 『리철호』를 怨望하는 『한경』이의 가엽슨 말이다 그러나 그는 도리키어

『그는 남의 男便으로는 資格이 업서도 革命家로는 偉大해요』라고 『철호』의 人格을 貴해 한다 그리하야 그는 『철호』가 날뛰는 滿洲 벌판을 우르러보며 呪咀스러운 祝福을 衷心으로 보내기에 餘意가 업다

425 문맥상 '튼'의 오류로 추정.

『철호』는 『홍한경』이의 同志임에 쌀하 戀人이엇다 그의 人格을 崇拜하고 그의 思想을 共鳴하는 男性 同志이엇다 그러나 『홍한경』이의 運命과 가튼 悲哀가 그를 써나지 안헛스니 『철호』와 함께 步調를 가티 못하는 것이 그것이다 웨 —『한경』이는 女性이기 째문에 그의 理想은 그의 精神은 『철호』와 다름이 업섯다 그러나 男性과 가티 滿洲 뜰을 漂浪할 勇氣가 업다 아니 『한경』에게는 무엇보다도 女性이라 하는 生理的 要素, 生의 力이 누구보다도 強한 生理的 要素가 잇기 째문이다 여긔에 人類의 쌔ㅅ마듸 저리는 傳統的 苦悶이 伏在해 잇다

다시 말하면 새로운 思想의 創造者로 自處하는 男性과 現實的 存在에 安住하려는 女性의 性的 不調和가 必然히 생긴다 그 兩者의 感情의 衝突이, 傾向의 撞着이 劇的 鬪爭이 되어 나타난다 主義를 爲하야 사는 『리철호』와 生을 爲하야 사는 『홍한경』이와 가티

×

무릇 女性이 그러함과 가티 『한경』이도 남의 妻로 남의 어머니로 一家의 主婦로 忠實코저 그 만흔 男性 가운대 어썬 한 사람을 擇하야 自己에게 忠實한 男便으로 自己 子息에게 忠實한 아버지로 一家의 家長이 되게 하려고 現實에 執着하고 傳統的한 慣習的한 情感的한 家庭을 組成코저 無限히 努力하얏다

그러나 힘들여 골라 노흔 自己의 외로운 靈의 慰安處이든 『철호』는 理想을 實現코저 主義에 忠實코저 모든 傳統과 慣習을 쌔트리고 自己가 否定하얏든 現實의 生活을 버리엇다

이러한 『리철호』를 우리 生活은 그 얼마나 만히 가지엇든고 그 얼마나 滿洲로 亡命하는 『리철호』를 보앗든고 悲慘한 民族의 現實을 아파하며 民族의 將來를 憂慮하며 길 써나가는 『리철호』를

그러나 우리는 그러한 正義感에 强한 『리철호』보다 生에 執着하는 『홍한경』이를 그 얼마나 만히 가지엇든고 그 얼마나 家庭을 찻는 『홍한경』이를 보앗든고 生活의 餘地 업는 壓迫과 蹂躪을 服從하며 滿滿한 그 不平과 憤怒를 죽이어가며 살아가는 『홍한경』이를

× ×

現實은 『리철호』에게만 荒原이 될 理 업고 『홍한경』이에게만 荒原이 아닐지니 生에 執着하는 者에게 잇서서나 主義에 忠實하려는 者에 잇서서나 한글가티[426] 現實은 荒原이다 『한경』이의 苦悶은 生에 執着한 모든 사람의 苦悶일지며 『리철호』의 墓地와 가티 쓸쓸한 沈默은 모든 革命家의 沈鬱한 表情일 것이다 이 時代는 『한경』이와 『철호』로 區分되어 잇다

426 '한결같이'의 의미.

『荒原行』 讀後感 (三)
『애라』의 길과 男, 女性의 生活哲學

1929년 11월 9일

× ×

『리철호』는 說敎强盜이다 우리가 恒常 新聞의 社會面 記事에서 볼 수 잇는 朝鮮에만 限하야 잇는 民族的 『테로리스트』이다 具體的 成算[427]이나 將來할 自己의 運命이나 多數한 民衆의 結社[428]的 行動에는 着眼치 안코 오직 個人的 한 鬪爭의 渦中에서 그 反逆的 情熱에서 無限히 喜悅하며 最上의 甘美를 맛보든 『테로리스트』이다 그는 乃終에 獄舍와 가튼 故國을 버리고 墓地와 가튼 滿洲로 써나게 되엇다 『철호』의 그러한 思想과 行動의 背後에는 우리가 다시 한번 돌이켜볼 만한 民族의 現實인 情勢가 잇슬 것이다 그가 만흔 變化를 거치어 到達한 思想의 그 過去에는 우리 社會의 最近 한 社會史的 畵面을 눈아페 그리어볼 것이다 그러나 滿腔[429]의 熱情으로 激讚하야 마지안는 이 作品의 遺憾된 바는 實로 이곳에 잇다

그의 過去는 그를 이야기함은 우리들로 하야금 自己의 現實을 다시 한번 反省하는 貴여운 『타임』을 만들어 주는 것이다 그러나 作者 ══이 部分을 마튼 金基鎭 氏 ══는 『철호』의 過去를 어써케 만들엇는가

兩班의 집 庶子로 태어난 『철호』가 아무리 封建思想에서 가진 虐待를 바다가며 잘아낫다 한들 또는 新思潮가 물밀듯한들 新智識을 어드려고 東京에서 苦學을 한들 그가 별안간에 民族과 社會의 情勢와 그를 보는 『철호』

427 성산(成算). 일이 이루어질 가능성.

428 결사(結社). 여러 사람이 공동의 목적을 이루기 위하여 단체를 조직함. 또는 그렇게 조직된 단체.

429 만강(滿腔). 마음속에 가득 참.

自身의 內的 苦悶도 업시 黑友聯盟의 一人이 되엇다 함은 아무리 생각해도 首肯되지 안는다 『아나키스트』인 『리철호』의 活動은 우리 生活과 엇더한 連絡도 가지지 못햇다 그것이 또한 『아나키즘』은 空想的이니 非民衆的이니 하는 야릇한 見解와 組織的이고 大衆的인 政黨運動으로 方向轉換하는 日本 無産階級과 合流하여야 된다는 前提下에서 『철호』를 막쓰主義者로 만들엇다 이것이 金基鎭 氏의 ○○한 思想的 ○見의 所致임은 勿論이려니와 먼저 崔象德 氏가 執筆할 때 이미 『철호』는 그 行爲와 言語로 보아 『民族的 테로리스트』임을 나타내엇슴에도 不拘하고 그러한 맑쓰主義者로 만든 것은 結局 作品의 內容 不統一을 나타노케 되엇다

荒原行의 主人公 『리철호』는 무엇보다도 自尊心이 强한 『民族的 테로리스트』이다 여기에서 나는 連作을 함에는 主義 主張이 同一한 者끼리 協議하야 創作의 붓을 들어야 될 것이라고 늣기엇다

그는 何如間 우리들의 『철호』는 우리들의 『民族的 테로리스트』는 戀愛도 結婚도 모두가 閑漫[430]한 사람들의 할 짓이라고 排斥하얏다 生活도 故國도 그리도 그리워하고 안타까워하든 故國도 버리고 떠나갓다

우리들이 理想을 實現하고 主義를 貫徹함은 生活을 떠나서 可能할 것이며 그 本意가 生活을 떠남에 잇슬 것인가 우리의 理想이나 主義나 항차[431] 『철호』에게 잇서서는 더욱이 蹂躪된 生活을 다시 차즈러 함에 그 뜻이 잇슬진대 生活을 떠나서는 主義에 忠實함을 엇지 못할 것이다 그러나 『철호』는 떠낫다 언제 오겟다는 期約도 업시 떠나고 말앗다 黎明의 불근빗 어리는 鴨綠江의 흐르는 물을 바라보면서

---

430 한만(閑漫). 한가하고 느긋함.

431 항차. 앞 내용보다 뒤 내용에 대한 더 강한 긍정을 나타낼 때 쓰여 앞뒤 문장을 이어 주는 말. 하물며. 더군다나.

『荒原行』讀後感 (四)

『애라』의 길과 男, 女性의 生活哲學 1929년 11월 10일

×

『철호』는 갓다마는 갓다가 돌아온 『한경』이는 어써한가 『그대의 할 일이 만소』라는 『철호』의 離別詞를 듯고 온 『한경』이에게서 우리는 무엇을 배워야 할 것인가 아니 그에게서 배을[432] 것이 잇느냐

남의 어머니가 될 수밧게 업다 하야 自己가 그리도 嫌惡하든 오라비가 버러 노흔 食物[433]로 生을 扶持하는 『한경』이임에야! 『노라』와 가튼 人間이 되고저 하는 努力의 痕跡도 어더볼 수 업고 아니크(밀보의 作 라 • 칼소루의 主人公)와 가티 人間이 되려고 人間으로 忠實한 어머니가 되려고 家庭을 찻지도 안핫다 이에게는 이미 定해 노흔 生의 길을 거러가려고 함이 잇슬 쏀이다 無意味한 歲月의 흐름을 마지하는 『한경』이와 生活을 써난 『철호』와 合致되지 안흐면 아니될 것이다 그러기 째문에 이 舞臺에는 『애라[434]가 登場할 運命을 內的으로 가추어 잇섯다

×

『애라』! 이 時代에 『모델』이 되는 『애라』! 그는 『웨이트레스』이엇다 우리가 우리의 現在를 나하 노흔 過去를 생각하기에도 부쓰럽고 쏘는 소름이 씨치는 것과 가티 『애라』 그도 『웨이트레스』가 되기까지의 自己 過去

432 문맥상 '울'의 오류로 추정.
433 식물(食物). 먹을거리(사람이 먹고 살 수 있는 온갖 것).
434 '』' 누락.

를 회고하려고도 안는다 그는 참으로 資本主義 社會의 아푼 늣김을 直接端的으로 感受한 者이다 그가 『철호』를 사랑하는 것이 無理가 아니며 또는 가진 精力을 다하야 獨占코저 함도 無理가 아니다 全心 全情을 傾注하야 『철호』의 사랑을 어드려 햇다 그러나 그는 失敗하지 안흘 수 업섯다 偶然은 戀敵을 利롭게 햇다 血書로 盟約한 『철호』에게까지 속앗다 一時的으로 挑發된 感情은 그를 복수코저 햇다 그러나 그는 그를 後悔햇다 그러나 그는 『刑事課長 홍면후의 ᄭᅡ아불이란 루명』을 쓰게 되엇다 이 루명을 벗으려고 그는 肉體的 苦痛을 甘受한다

아무도 돌보는 것 업시 또는 누구 하나 밋는 곳 업는 孤寂에서 오즉 죽으려 햇다 그에게는 무엇보다도 ᄭᅡ아불의 루명을 벗는 일이 컷든 것이다 그것을 벗기 爲하야 避身도 안 하고 녹쓰른 刑事의 말소리를 쌀핫섯다

아! 故國에 남아 잇는 사람이여 그대에게는 ᄭᅡ아불이란 루명이 부터 잇다 故國을 써남이 그 루명을 버슴이 아니다 肉體的 苦痛을 甘受함에서 그 루명은 벗기워지는 것이다

『애라』 이 『모델』이 男性과 女性의 性的 調和를 表現한 藝術品이다 生活과 主義를 合致식히는 『모멘트[435]』로 『애라』는 存在한다

一九二九, 十月 二十八日 箕城里에서

435 모멘트(moment). 어떤 일이 일어나거나 결정되는 근거.

부록
작가 및 삽화가 연보

최상덕(崔象德)

김기진(金基鎭)

염상섭(廉想涉)

현진건(玄鎭健)

이익상(李益相)

안석주(安碩柱)

노수현(盧壽鉉)

이상범(李象範)

이승만(李承萬)

이용우(李用雨)

작가 연보 _ 최상덕(崔象德)

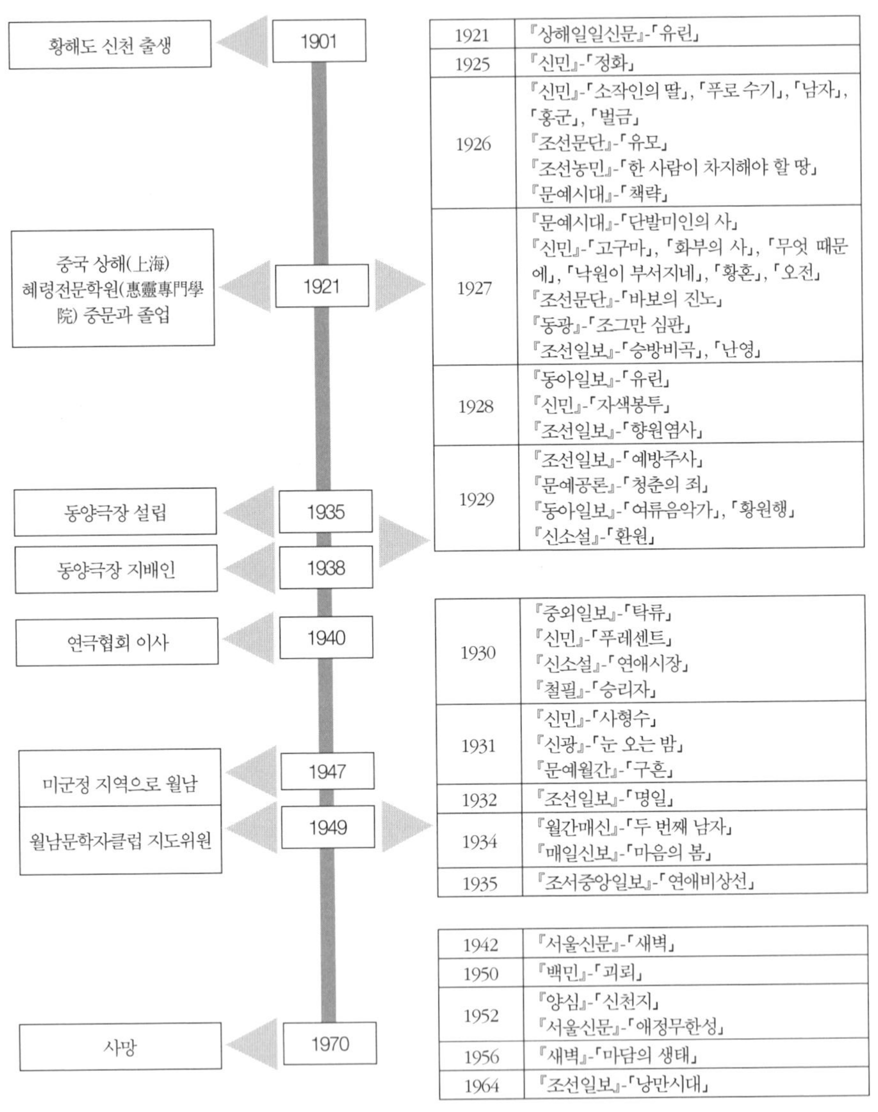

1921	『상해일일신문』-「유린」
1925	『신민』-「정화」
1926	『신민』-「소작인의 딸」, 「푸로 수기」, 「남자」, 「홍군」, 「벌금」 『조선문단』-「유모」 『조선농민』-「한 사람이 차지해야 할 땅」 『문예시대』-「책략」
1927	『문예시대』-「단발미인의 사」 『신민』-「고구마」, 「화부의 사」, 「무엇 때문에」, 「낙원이 부서지네」, 「황혼」, 「오전」 『조선문단』-「바보의 진노」 『동광』-「조그만 심판」 『조선일보』-「승방비곡」, 「난영」
1928	『동아일보』-「유린」 『신민』-「자색봉투」 『조선일보』-「향원염사」
1929	『조선일보』-「예방주사」 『문예공론』-「청춘의 죄」 『동아일보』-「여류음악가」, 「황원행」 『신소설』-「환원」

1930	『중외일보』-「탁류」 『신민』-「푸레센트」 『신소설』-「연애시장」 『철필』-「승리자」
1931	『신민』-「사형수」 『신광』-「눈 오는 밤」 『문예월간』-「구혼」
1932	『조선일보』-「명일」
1934	『월간매신』-「두 번째 남자」 『매일신보』-「마음의 봄」
1935	『조서중앙일보』-「연애비상선」

1942	『서울신문』-「새벽」
1950	『백민』-「괴뢰」
1952	『양심』-「신천지」 『서울신문』-「애정무한성」
1956	『새벽』-「마담의 생태」
1964	『조선일보』-「낭만시대」

작가 연보 _ 김기진(金基鎭)

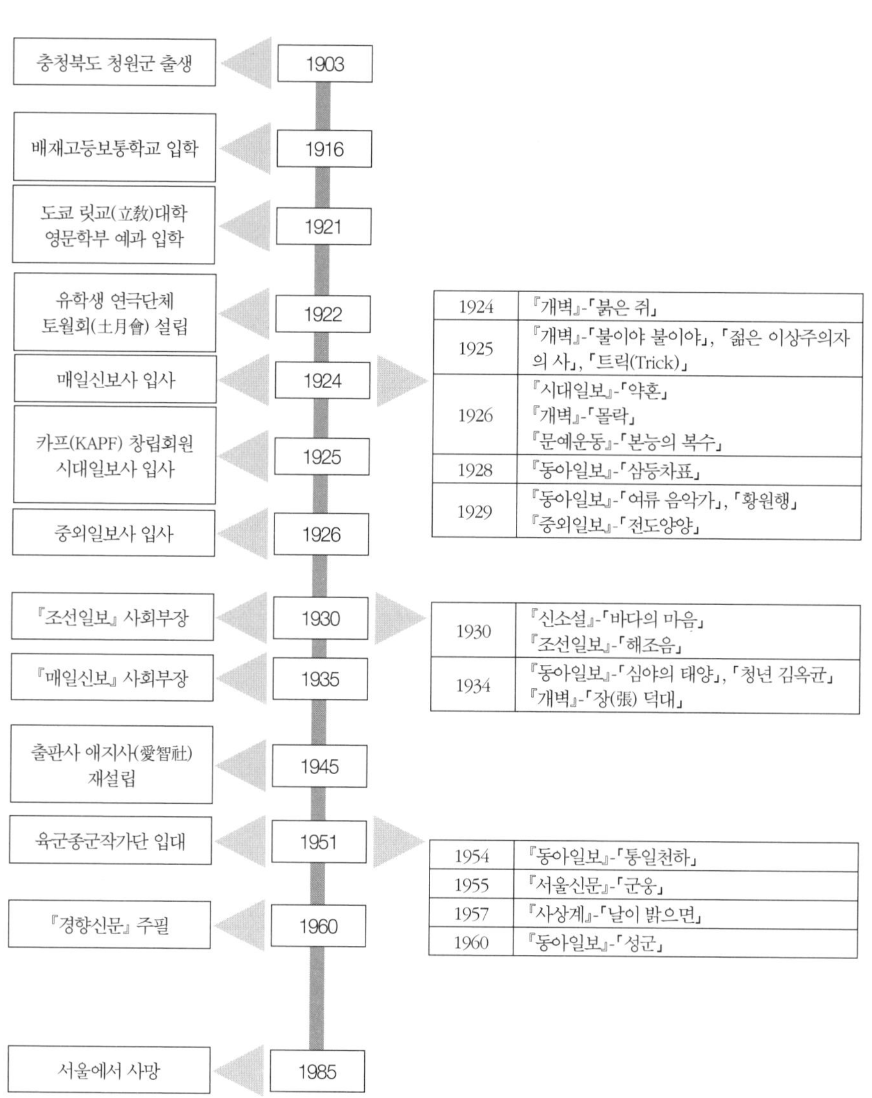

1924	『개벽』-「붉은 쥐」
1925	『개벽』-「불이야 불이야」, 「젊은 이상주의자의 사」, 「트릭(Trick)」
1926	『시대일보』-「약혼」 『개벽』-「몰락」 『문예운동』-「본능의 복수」
1928	『동아일보』-「삼등차표」
1929	『동아일보』-「여류 음악가」, 「황원행」 『중외일보』-「전도양양」

1930	『신소설』-「바다의 마음」 『조선일보』-「해조음」
1934	『동아일보』-「심야의 태양」, 「청년 김옥균」 『개벽』-「장(張) 덕대」

1954	『동아일보』-「통일천하」
1955	『서울신문』-「군웅」
1957	『사상계』-「날이 밝으면」
1960	『동아일보』-「성군」

작가 연보 _ 염상섭(廉想涉)[436]

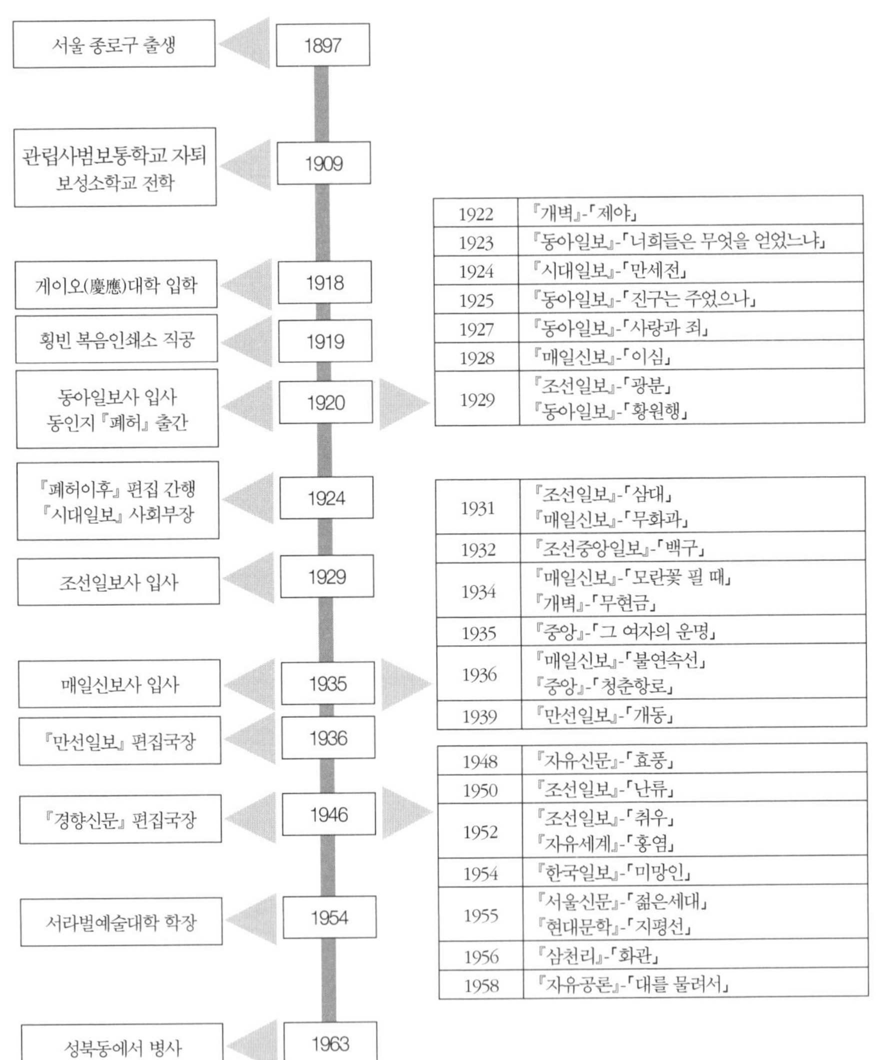

1922	『개벽』-「제야」
1923	『동아일보』-「너희들은 무엇을 얻었느냐」
1924	『시대일보』-「만세전」
1925	『동아일보』-「진구는 주었으나」
1927	『동아일보』-「사랑과 죄」
1928	『매일신보』-「이심」
1929	『조선일보』-「광분」 『동아일보』-「황원행」

1931	『조선일보』-「삼대」 『매일신보』-「무화과」
1932	『조선중앙일보』-「백구」
1934	『매일신보』-「모란꽃 필 때」 『개벽』-「무현금」
1935	『중앙』-「그 여자의 운명」
1936	『매일신보』-「불연속선」 『중앙』-「청춘항로」
1939	『만선일보』-「개동」

1948	『자유신문』-「효풍」
1950	『조선일보』-「난류」
1952	『조선일보』-「취우」 『자유세계』-「홍염」
1954	『한국일보』-「미망인」
1955	『서울신문』-「젊은세대」 『현대문학』-「지평선」
1956	『삼천리』-「화관」
1958	『자유공론』-「대를 물려서」

436 염상섭의 작품은 중 · 장편 중심으로 정리.

작가 연보 _ 현진건(玄鎭健)

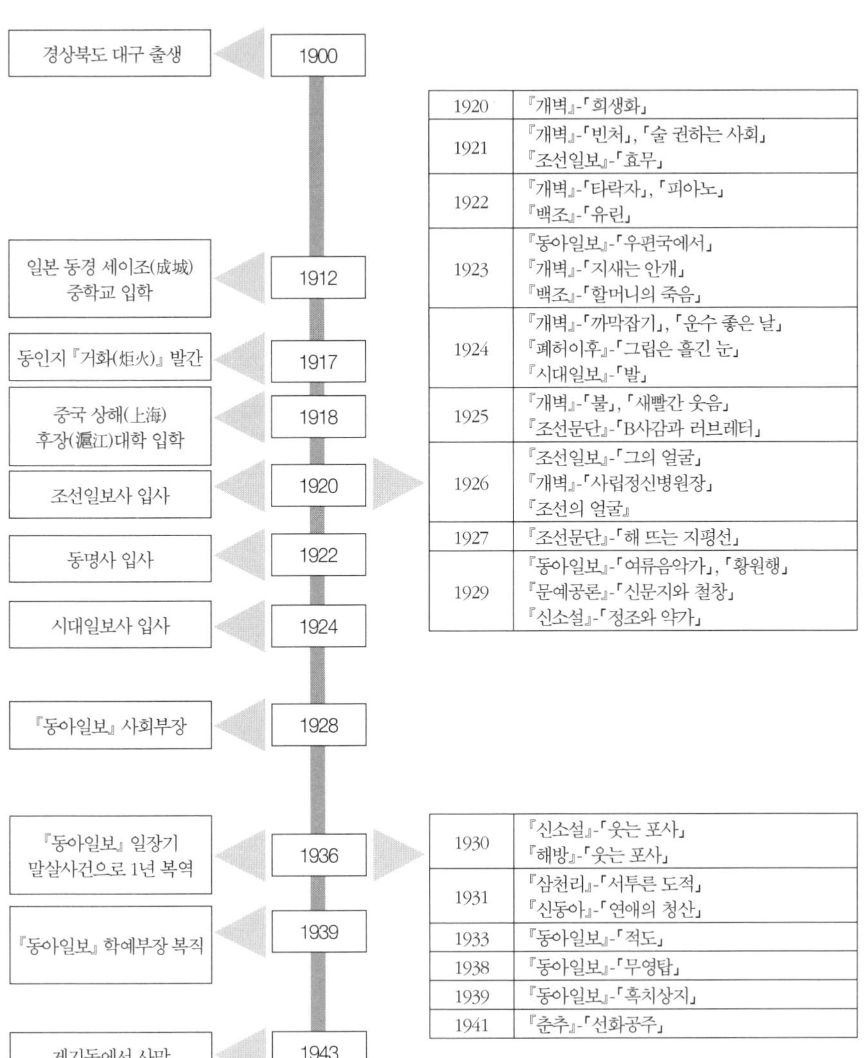

1920	『개벽』-「희생화」
1921	『개벽』-「빈처」, 「술 권하는 사회」 『조선일보』-「효무」
1922	『개벽』-「타락자」, 「피아노」 『백조』-「유린」
1923	『동아일보』-「우편국에서」 『개벽』-「지새는 안개」 『백조』-「할머니의 죽음」
1924	『개벽』-「까막잡기」, 「운수 좋은 날」 『폐허이후』-「그립은 흘긴 눈」 『시대일보』-「발」
1925	『개벽』-「불」, 「새빨간 웃음」 『조선문단』-「B사감과 러브레터」
1926	『조선일보』-「그의 얼굴」 『개벽』-「사립정신병원장」 『조선의 얼굴』
1927	『조선문단』-「해 뜨는 지평선」
1929	『동아일보』-「여류음악가」, 「황원행」 『문예공론』-「신문지와 철창」 『신소설』-「정조와 약가」

1930	『신소설』-「웃는 포사」 『해방』-「웃는 포사」
1931	『삼천리』-「서투른 도적」 『신동아』-「연애의 청산」
1933	『동아일보』-「적도」
1938	『동아일보』-「무영탑」
1939	『동아일보』-「흑치상지」
1941	『춘추』-「선화공주」

작가 연보_이익상(李益相)

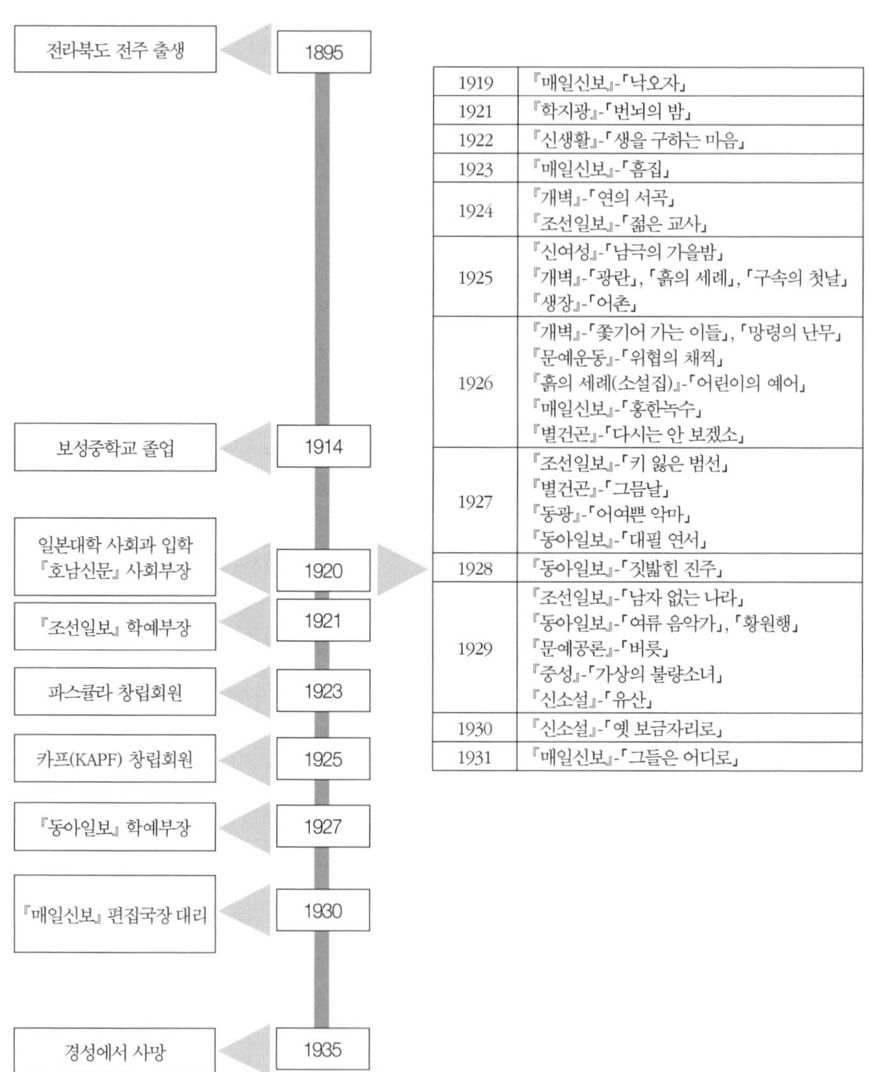

1919	『매일신보』-「낙오자」
1921	『학지광』-「번뇌의 밤」
1922	『신생활』-「생을 구하는 마음」
1923	『매일신보』-「흠집」
1924	『개벽』-「연의 서곡」 『조선일보』-「젊은 교사」
1925	『신여성』-「남극의 가을밤」 『개벽』-「광란」, 「흙의 세례」, 「구속의 첫날」 『생장』-「어촌」
1926	『개벽』-「쫓기어 가는 이들」, 「망령의 난무」 『문예운동』-「위협의 채찍」 『흙의 세례(소설집)』-「어린이의 예어」 『매일신보』-「홍한녹수」 『별건곤』-「다시는 안 보겠소」
1927	『조선일보』-「키 잃은 범선」 『별건곤』-「그믐날」 『동광』-「어여쁜 악마」 『동아일보』-「대필 연서」
1928	『동아일보』-「짓밟힌 진주」
1929	『조선일보』-「남자 없는 나라」 『동아일보』-「여류 음악가」, 「황원행」 『문예공론』-「버릇」 『중성』-「가상의 불량소녀」 『신소설』-「유산」
1930	『신소설』-「옛 보금자리로」
1931	『매일신보』-「그들은 어디로」

삽화가 연보 _ 안석주(安碩柱)

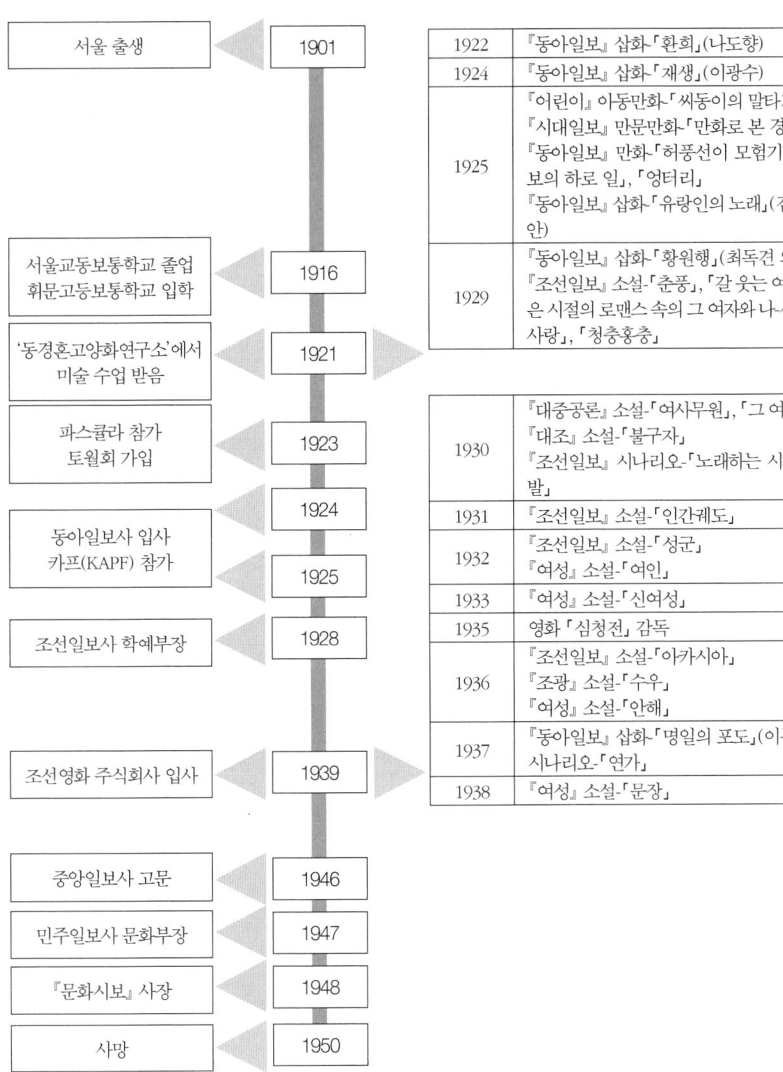

1922	『동아일보』 삽화-「환희」(나도향)
1924	『동아일보』 삽화-「재생」(이광수)
1925	『어린이』 아동만화-「씨동이의 말타기」 『시대일보』 만문만화-「만화로 본 경성」 『동아일보』 만화-「허풍선이 모험기담」, 「바보의 하로 일」, 「엉터리」 『동아일보』 삽화-「유랑인의 노래」(김동인 번안)
1929	『동아일보』 삽화-「황원행」(최독견 외) 『조선일보』 소설-「춘풍」, 「갈 웃는 여자」, 「젊은 시절의 로맨스 속의 그 여자와 나-사생아의 사랑」, 「청충홍충」

1930	『대중공론』 소설-「여사무원」, 「그 여자의 딸」 『대조』 소설-「불구자」 『조선일보』 시나리오-「노래하는 시절」, 「출발」
1931	『조선일보』 소설-「인간궤도」
1932	『조선일보』 소설-「성군」 『여성』 소설-「여인」
1933	『여성』 소설-「신여성」
1935	영화 「심청전」 감독
1936	『조선일보』 소설-「아카시아」 『조광』 소설-「수우」 『여성』 소설-「안해」
1937	『동아일보』 삽화-「명일의 포도」(이무영) 시나리오-「연가」
1938	『여성』 소설-「문장」

삽화가 연보 _ 노수현(盧壽鉉)

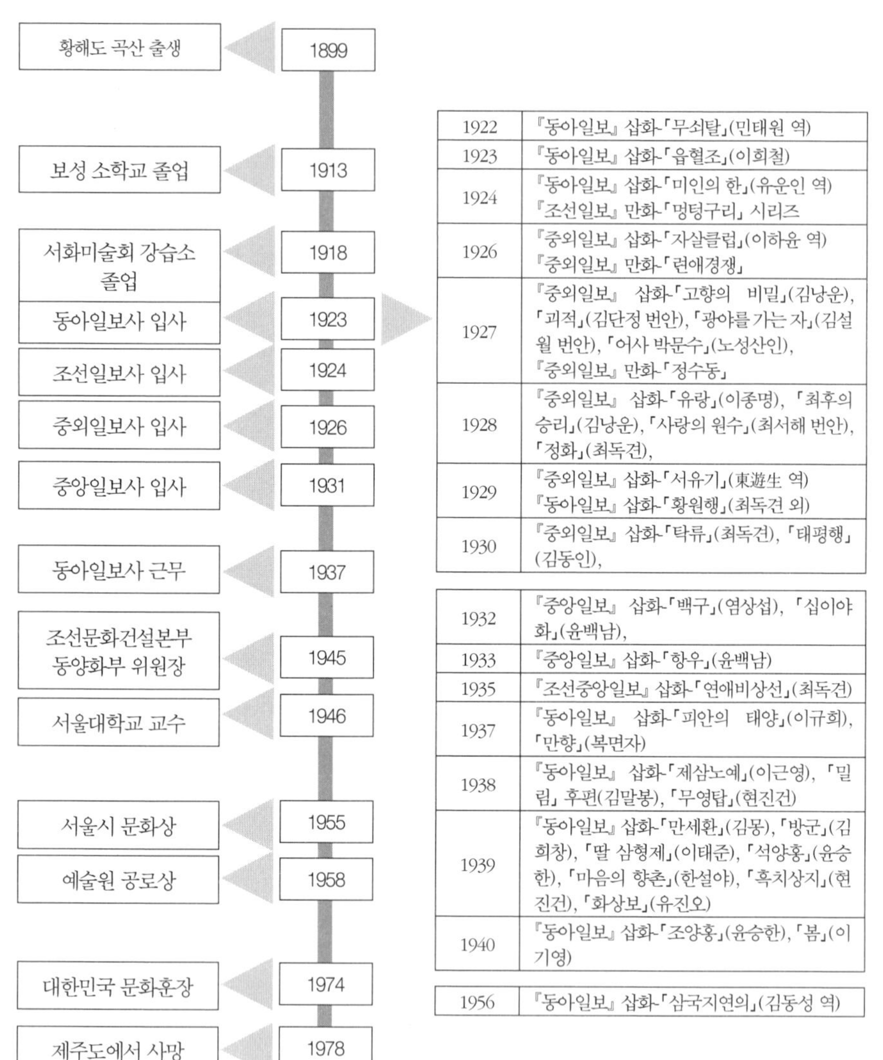

1922	『동아일보』 삽화-「무쇠탈」(민태원 역)
1923	『동아일보』 삽화-「읍혈조」(이희철)
1924	『동아일보』 삽화-「미인의 한」(유운인 역) 『조선일보』 만화-「멍텅구리」 시리즈
1926	『중외일보』 삽화-「자살클럽」(이하윤 역) 『중외일보』 만화-「련애경쟁」
1927	『중외일보』 삽화-「고향의 비밀」(김낭운), 「괴적」(김단정 번안), 「광야를 가는 자」(김설월 번안), 「어사 박문수」(노성산인), 『중외일보』 만화-「정수동」
1928	『중외일보』 삽화-「유랑」(이종명), 「최후의 승리」(김낭운), 「사랑의 원수」(최서해 번안), 「정화」(최독견),
1929	『중외일보』 삽화-「서유기」(東遊生 역) 『동아일보』 삽화-「황원행」(최독견 외)
1930	『중외일보』 삽화-「탁류」(최독견), 「태평행」(김동인),

1932	『중앙일보』 삽화-「백구」(염상섭), 「십이야화」(윤백남),
1933	『중앙일보』 삽화-「항우」(윤백남)
1935	『조선중앙일보』 삽화-「연애비상선」(최독견)
1937	『동아일보』 삽화-「피안의 태양」(이규희), 「만향」(복면자)
1938	『동아일보』 삽화-「제삼노예」(이근영), 「밀림」 후편(김말봉), 「무영탑」(현진건)
1939	『동아일보』 삽화-「만세환」(김몽), 「방군」(김희창), 「딸 삼형제」(이태준), 「석양홍」(윤승한), 「마음의 향촌」(한설야), 「흑치상지」(현진건), 「화상보」(유진오)
1940	『동아일보』 삽화-「조양홍」(윤승한), 「봄」(이기영)

1956	『동아일보』 삽화-「삼국지연의」(김동성 역)

삽화가 연보 _ 이상범(李象範)

1897	충청남도 공주군 출생
1914	계동보통학교 졸업
1918	서화미술회 강습소 졸업
1922	조선미술전람회 입선
1923	동연사(同硯社) 조직
1927	『동아일보』 학예부 기자
1929	조선미술전람회 창덕궁상
1936	『동아일보』 일장기 말살사건으로 복역
1950	홍익대학교 교수 부임
1957	예술원 공로상 수상
1962	문화훈장 대통령장
1963	3·1문화상 본상
1965	서울특별시 문화상
1972	사망

연도	삽화
1927	『조선일보』 삽화-「키 잃은 범선」(이익상) 『동아일보』 삽화-「사랑과 죄」(염상섭)
1928	『동아일보』 삽화-「잊었던 연인」(김낭운), 「고난을 뚫고」(이기영), 「목사·달·연애」(방인근), 「이쁜이와 룡이」(조명희), 「어여쁜 노동자」(김영팔), 「유린」(최독견), 「출가자의 편지」(박야성), 「연연이야기」(유화봉), 「폭풍우 시대」(최서해), 「삼등차표」(김기진), 「신석수호지」(윤백남 역), 「짓밟힌 진주」(이익상), 「단종애사」(이광수)
1929	『동아일보』 삽화-「여류음악가」(최학송 외), 「황원행」(최독견 외), 「사막의 꽃」(주요한) 『동아일보』 만문만화-「서울의 눈꼴 틀리는 것」
1930	『동아일보』 삽화-「군상」(이광수), 「대도전」(윤백남), 「적멸」(박태원), 「젊은 그들」(김동인), 「탐기루만화」(윤백남), 「삼봉이네 집」(이광수), 「바보 이반」(박태원 역)
1931	『동아일보』 삽화-「어린이 조선」란 소설(이은상), 「이순신」(이광수), 「해조곡」(윤백남)
1932	『동아일보』 삽화-「흙」(이광수), 「백화」(박화성), 「떠오르는 해」(김동인), 「골육」(김동인), 「말탄 온달」(김동인), 「마도의 향불」(방인근)
1933	『동아일보』 삽화-「지축을 돌리는 사람들」(이무영), 「봉화」(윤백남), 「무지개」(장혁주), 「적도」(현진건)
1934	『동아일보』 삽화-「심야의 태양」(김기진), 「흑두건」(윤백남), 「인간문제」(강경애)
1935	『동아일보』 삽화-「원치서」(이기영), 「꾸부러진 평행선」(이무영), 「미수」(윤백남), 「화전민들과 같이」(송지영), 「상록수」(심훈), 「밀림」(김말봉)
1936	『동아일보』 삽화-「백련유전기」(윤백남)

연도	삽화
1950	『동아일보』 삽화-「태풍」(윤백남)
1952	『동아일보』 삽화-「야화」(윤백남)
1954	『동아일보』 삽화-「통일천하」(김기진)
1955	『동아일보』 삽화-「형관」(박영준)
1960	『동아일보』 삽화-「성군」(김기진)

삽화가 연보 _ 이승만(李承萬)

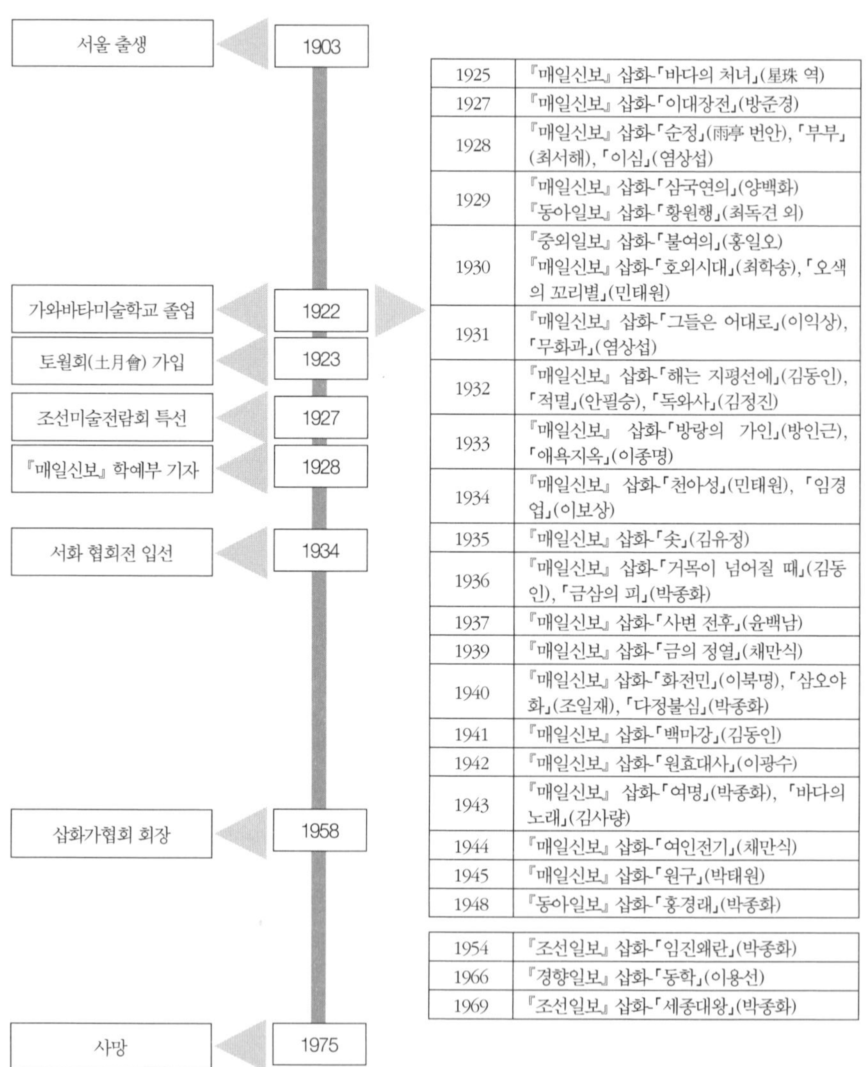

1925	『매일신보』 삽화-「바다의 처녀」(星珠 역)
1927	『매일신보』 삽화-「이대장전」(방준경)
1928	『매일신보』 삽화-「순정」(雨亭 번안), 「부부」(최서해), 「이심」(염상섭)
1929	『매일신보』 삽화-「삼국연의」(양백화) 『동아일보』 삽화-「황원행」(최독견 외)
1930	『중외일보』 삽화-「불여의」(홍일오) 『매일신보』 삽화-「호외시대」(최학송), 「오색의 꼬리별」(민태원)
1931	『매일신보』 삽화-「그들은 어대로」(이익상), 「무화과」(염상섭)
1932	『매일신보』 삽화-「해는 지평선에」(김동인), 「적멸」(안필승), 「독와사」(김정진)
1933	『매일신보』 삽화-「방랑의 가인」(방인근), 「애욕지옥」(이종명)
1934	『매일신보』 삽화-「천아성」(민태원), 「임경업」(이보상)
1935	『매일신보』 삽화-「솟」(김유정)
1936	『매일신보』 삽화-「거목이 넘어질 때」(김동인), 「금삼의 피」(박종화)
1937	『매일신보』 삽화-「사변 전후」(윤백남)
1939	『매일신보』 삽화-「금의 정열」(채만식)
1940	『매일신보』 삽화-「화전민」(이북명), 「삼오야화」(조일재), 「다정불심」(박종화)
1941	『매일신보』 삽화-「백마강」(김동인)
1942	『매일신보』 삽화-「원효대사」(이광수)
1943	『매일신보』 삽화-「여명」(박종화), 「바다의 노래」(김사량)
1944	『매일신보』 삽화-「여인전기」(채만식)
1945	『매일신보』 삽화-「원구」(박태원)
1948	『동아일보』 삽화-「홍경래」(박종화)

1954	『조선일보』 삽화-「임진왜란」(박종화)
1966	『경향일보』 삽화-「동학」(이용선)
1969	『조선일보』 삽화-「세종대왕」(박종화)

삽화가 연보 _ 이용우(李用雨)

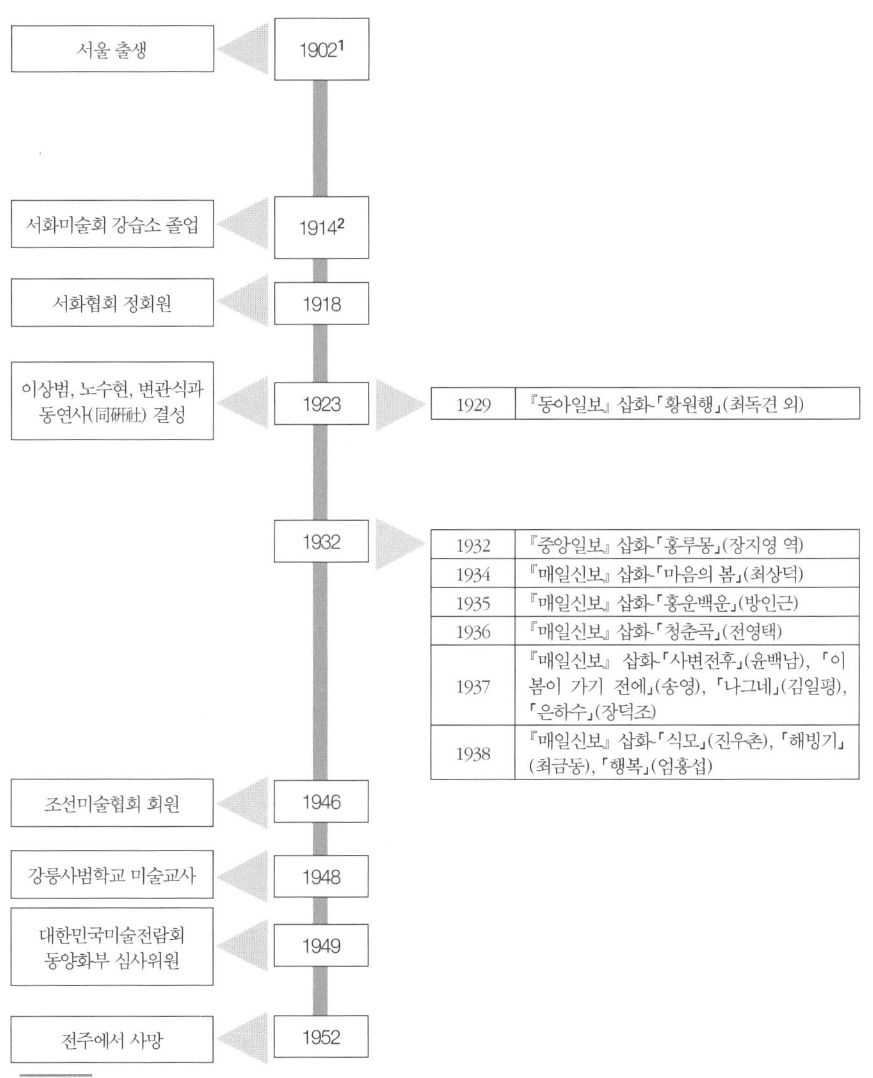

1 출생년도가 '1904년'이라는 견해도 있음.

2 조선 서화미술원 졸업년도가 1911년이라는 견해도 있음.